智造中国

央视财经大型融媒体报道作品集

中央广播电视总台财经节目中心
《智造中国》大型融媒体报道节目组　编著

电子工业出版社
Publishing House of Electronics Industry
北京·BEIJING

内容简介

本书基于由中央广播电视总台、工业和信息化部共同打造，中央广播电视总台财经节目中心推出的大型融媒体报道《智造中国》，以地域为篇章划分，采用"记者手记""直播连线""新闻特写""权威访谈""业界反响"的结构，深入描述了全国16个省（自治区、直辖市）智能制造的前沿场景，报道了我国制造业数字化转型、智能升级的实践成果，展示了"中国制造"迈向"中国智造"的鲜活进程。

未经许可，不得以任何方式复制或抄袭本书之部分或全部内容。
版权所有，侵权必究。

图书在版编目（CIP）数据

智造中国：央视财经大型融媒体报道作品集 / 中央广播电视总台财经节目中心《智造中国》大型融媒体报道节目组编著．—北京：电子工业出版社，2024.2
ISBN 978-7-121-47273-2

I. ①智… II. ①中… III. ①新闻报道—作品集—中国—当代 IV. ① I253

中国国家版本馆CIP数据核字（2024）第013935号

策划编辑：徐 静 马文哲
责任编辑：秦 聪
印　　刷：保定市中画美凯印刷有限公司
装　　订：保定市中画美凯印刷有限公司
出版发行：电子工业出版社
　　　　　北京市海淀区万寿路173信箱　　邮编：100036
开　　本：720×1000　1/16　印张：20.75　字数：398.4 千字
版　　次：2024年2月第1版
印　　次：2024年2月第1次印刷
定　　价：88.00元

凡所购买电子工业出版社图书有缺损问题，请向购买书店调换。若书店售缺，请与本社发行部联系，联系及邮购电话：(010) 88254888，88258888。
质量投诉请发邮件至 zlts@phei.com.cn，盗版侵权举报请发邮件至 dbqq@phei.com.cn。
本书咨询联系方式：qincong@phei.com.cn，(010) 88254568。

序　言

触摸"智造"一线的强劲脉搏

彭健明

"天覆地载，物数号万。"三百多年前，中国的工艺百科全书《天工开物》像一颗种子，将中华民族千百年来对制造、工艺和技法的追求埋植在文化的浩渺之中。昔人制器，技法为先，人力为主，是为制造。时至今日，从衣食住行到国之重器，人力已远不能及。新时代沃土下，以新一代信息技术为先，以先进制造技术为本，"制造"的种子孕育出"智造"的新芽。

路漫漫其修远兮，如何从制造大国走向制造强国？习近平总书记指出了方向：新时代新征程，以中国式现代化全面推进强国建设、民族复兴伟业，实现新型工业化是关键任务。

2022年，在党的二十大召开前夕，由中央广播电视总台（以下简称总台）与工业和信息化部共同打造，总台财经节目中心推出了大型融媒体报道《智造中国》。报道团队历时近两个月、行程3万多千米，采用"大型电视直播+新闻特写+权威访谈"的融媒体报道形式，深入全国16个省（自治区、直辖市）最前沿的智能制造场景。从新中国第一台拖拉机诞生的地方，到我国自主研发、国际一流的大直径盾

智造中国
央视财经大型融媒体报道作品集

构机；从世界最大的水泥熟料生产基地，到亚洲最大的光纤预制棒生产基地；从中国首制大型邮轮的建造现场，到全国最大的机器人产业基地……一个个让人叹为观止的智造高地、一项项核心技术的突破，铸就了中国制造坚不可摧的钢铁筋骨。

粗铁百炼方成钢，节目的制作也需要淬炼。为了全景展现我国制造业发展的成果，《智造中国》大型融媒体报道采取了很多创新"技法"：庞大的制造装备旁，小巧的穿梭机上下翻飞，用灵活的身姿展现空间之大；无人机平稳完成场景切换，如同折叠时空，让原材料和成品同时呈现在观众面前；运动相机在狭小空间中伺机而动，多了一双眼睛为观众展现隐秘之处的高端技术。时而辽阔、时而精密，充满视觉冲击力的画面，让观众身临其境，感受"智造"之美。

智造之业，非一日之功。报道团队用微观视角记录了大国重器背后默默付出的人。他们中有拿起三角尺就敢攻克全球领先装备的老一代匠人，有"板凳甘坐十年冷"、坚守一隅攻克技术难关的新一代研发人员。他们的故事跨越新中国成长史，在绵长的时间中，讲述从中国制造到中国智造的艰苦奋进历程。

智造之路，展一张蓝图。节目中，10余位省（自治区、直辖市）的主席和副省长，和记者一起走进工厂车间。从一项技术突破、一条智能生产线讲起，再以宏观、权威视角介绍本地发展智能制造的思路经验、问题挑战、未来目标，凸显了《智造中国》大型融媒体报道的权威性、全局性视角。

《智造中国》大型融媒体报道播出后，引起了广泛的热烈反响。100多家平台转发，全网总阅读点击量破亿次。作为首次聚焦制造业领域的系统性融媒体报道，节目立意和专业水准得到了业界的高度肯定。而在网友的众多评价中，我们发现"看得懂""自豪感""信心倍增"是高频词汇。这引发了我们的思考，亦感"口授目成而识之"略显不足。何不以节目为蓝本，编写智能制造的科普读物？遂成此书。书稿中，融入了大量主创人员的所见所闻，为读者增加一重视角。节目二维码也收录进册，可让节目现场跃然纸上，带来立体阅读的新体验。

智造的故事并未结束，2023年5月，中央广播电视总台财经节目中心与中国信

序　言

息通信研究院共同研究构建的"智能制造发展指数（区域）"，在中关村论坛上正式发布。这套指数体系从七个方面开展评价、下设14个二级指标，能够客观、全面、科学地评价区域智能制造发展水平，为各地区明确下一阶段智能制造的发展目标和重点，提供科学客观的参考指引。"十四五"时期，区域将成为我国智能制造工作推进的主阵地，区域智能制造发展关系到我国制造业整体水平提升。在此背景下，构建一套具备中国特色的智能制造水平评价体系具有十分重要的意义。总台财经节目中心也通过这一合作方式，进一步发挥专业财经央媒的影响力。

"唯创新者进，唯创新者强，唯创新者胜"，从制造大国迈向制造强国，中国制造业正用源源不断的创新活力和内生动力，为中国式现代化构筑强大物质技术基础，同时为全球贡献绿色、智能发展的"中国方案"。

承古人之智，开未来之新。作为时代发展的记录者，总台将坚持以创新为主基调主旋律，推出更多有新意、有分量、有影响力的报道，为新型工业化和制造强国建设贡献一份媒体力量。

LIST OF STAFF

《智造中国》大型融媒体报道工作人员名单

总 出 品 人	彭健明　辛国斌
总 策 划	田玉龙　高东升　蔡 俊
总 监 制	王卫明　程晓明
总 制 片 人	骆 群
制 片 人	冯玉婷　宋云天　张 涵　刘 阳
总 导 演	斯 琴
策 划	汪 宏　张红宇　叶 猛　赵奉杰　马 剑　徐 静
顾 问	朱森第　张相木　屈贤明　蒋白桦　刘九如　郝玉成 鞠恩民　谢兵兵　赵 杰
导 演	杨 劼　李 琳　柴 华　郁 芸　李 青　薛 倩 李 轶　谢乃川

总协调	徐进 智卫 陈克龙 谢少锋 常国武 徐春荣
	何亚琼 冯长辉 乔跃山 李勇 余晓晖 张立
	赵新华 翟国春 朱师君 王传臣 欧阳劲松
项目协调	杜伟伟 樊烨 陆瑞阳 杨希 李佳 左世全
	朱敏 刘默 李铮 董凯 郭楠 尹峰
	刘丹 周磊 刘昀
记者	宁坤 易扬 孟夏冰 陈昊冰 苏童 张伟杰
	袁艺 马佳伦 吴南馨 闻培雅 姜美羊 乔楠
	李琳 吴佳灵 王舒畅 孙超 赵媛媛 王闻聪
	平凡 谷艳东 赵婕 张嘉乔 谢文璐 白玥
	武立丰 董之一 郭金秋 王燕林 宋瑞娟 吴柏辰
	刘珏 张宇 席杉杉 张文杰 任芳竹 刘艺涵
	张玥 许英 李峥
摄像	布日德 张含晓 赵小伟 廖文铮 王建坤 樊一民
	高文鹏 姚佳 宁涛 邢杰 石鹏 蔚立名
	郑晓天 陈昌进 吴骏琥 马剑飞
导播	裴峰 王喆 迟骋 刘巍 赫莉莉 李都辉
	徐旸 刘梦石 王方旭 李妍静 车华峰 王屹希
航拍	鹿新 时路 刘翀 裴可鉴 许佳星
技术保障	李培 康旻杰 王浩淼 张峻 张维天 袁祥
	梁泽仁

《第一时间》	邓彦　贾广　朱思然　徐慧　赵融　石佳石
《天下财经》	闫一晨　尹卫兵　杨晓蕾　赵洪敏　刘月　林敏
《经济信息联播》	刘天竹　谭杰文　叶立　王春红　郝莉　鲍立 魏欣
新媒体推广	柯成韵　罗敏　张晓丽　于小曼　李天路　张大卫 李亦阳　武洋　戴苑君　金陆雅　孙永慧　刘峥 郭甜甜　李泽平　武安熠　任明哲　吕天翔　张宁 王聿　张婷敏　肖榕　张慧敏　杨一然
制片主任	李文胜　王志亮
制片	满恒宇　刘宁　蒋果　崔师伟
节目统筹	邱红波　刘丹　郑爽　吴畏
运营统筹	高先民　张凤玥　肖梦　康博　谢茜　刘启立
宣传统筹	于婕　侯珍玛
视频统筹	李欣　张地维　索晓宇　冯安琦
包装统筹	唐珂　孙中华　石淼　付晓洁　许婷　赵斐然
出品	中央广播电视总台

目 录

01 湖南篇

记者手记	"人机协同"团队配合,《智造中国》用汗水铸造精品	002
	从核心概念出发,搭建内容逻辑　从感官体验入手,提炼传播亮点	005
直播连线	从尘土飞扬到"盾构咖啡":大国重器的智能升级	010
	钢板进,整车出:智能工厂最快4分钟下线一辆重型卡车	012
	喝着咖啡开盾构机:大国重器的智能化逆袭	014
权威访谈	全力打造国家重要先进制造业高地	017

02 河南篇

记者手记	如果机器会"说话"——谈《智造中国》的画面"智造"	022
直播连线	配置升级,双手解放:记者体验无人驾驶拖拉机	027
	智造赋能生产:农机装备产业转型升级	029
新闻特写	马园园:智能工厂里的"步行者"	032
	河南洛阳:老工匠的"新搭档"	033
权威访谈	"河南智造"正蓄力	035
业界反响	中国一拖的智能制造之路	038

03 福建篇

记者手记   "拼"出一条智能制造的新路子 ················ 044
直播连线   量脚定鞋新体验 ······························ 048
              量脚定鞋、单件生产、规模定制：智造赋能个性新消费 ······ 051
新闻特写   "老将新兵"见证玻璃制造迭代升级 ··············· 054
权威访谈   从汽车电池到纺织鞋服："福建智造"持续发力 ······· 057

04 山东篇

记者手记   一场有惊无险的直播：揭秘商用车背后的智能制造 ······· 062
直播连线   重卡换上自动挡：看变速箱生产的"智造之变" ········ 067
新闻特写   转向架智能制造：让中国高铁走得更远 ············ 071
权威访谈   建网络、配装备，"由点及面"推动智能制造发展 ······ 073
业界反响   《智造中国》走进中国重汽 ···················· 076

05 广东篇

记者手记   美食背后也见"智造"升级：智能制造仍在"进行时" ···· 080
直播连线   从"顺德味道"到"顺德智造"：探访全球最大的微波炉工厂 ···· 084
              敏捷快速响应市场：美味背后有"智造" ··········· 086
新闻特写   广东：制造业聚焦装备突破，机器人推动智造升级 ······ 090

目录

06 四川篇

记者手记	重器之光耀古今	094
直播连线	看大国重器诞生地的智造"变身"	099
	走进大国重器诞生地,看"老厂房"的蝶变新生	101
新闻特写	葛洲坝机组"回家":穿越时空,顶峰相见	104
权威访谈	四川"智"造:"清"装上阵,有"备"而来	107
业界反响	我的遗憾,我的梦	110
	以我青春重焕重器之光	111

07 浙江篇

记者手记	浙江:兼具风情与豪情	114
直播连线	超大吸力油烟机的"智造"之旅	120
	线上线下"两个"工厂,上游下游一致节拍	122
新闻特写	"小"材料有大突破:数字化"炼"出新配方	124
权威访谈	浙江"未来工厂"持续"上新":2025年预计建成100家	127

08 辽宁篇

记者手记	换一个视角看老工业基地的"革故"与"鼎新"	132
直播连线	探秘全球最大机器人产业基地	136
新闻特写	数控机床国产化:制造业向高精尖发展	141
权威访谈	辽宁:推动装备制造业转型发展,振兴东北老工业基地	144

09 湖北篇

记者手记	一道产线一工厂，一根光纤一座城——"智造"点亮光谷	148
	湖北：以光之名，照亮世界	152
直播连线	小屏幕大"智造"：探秘液晶显示屏工厂	155
	好"屏"如潮，点亮智造之光	157
新闻特写	十年磨一"线"：手机"智造"加速跑	161
权威访谈	以"光"之名，照亮世界	164

10 陕西篇

记者手记	穿越璀璨历史，见证时代变迁	168
直播连线	国产高端数控机床助力精密加工	172
新闻特写	梅雪丰：一个齿轮工艺工程师的十年	178

11 江苏篇

记者手记	专业内容通俗化，需要记者当"翻译"	184
直播连线	承担世界 95% 的国际通信：海底光缆制造进行时	188
	探访亚洲最大光棒生产基地：年产光纤可绕地球超 2000 圈	191
新闻特写	钢板变身挖掘机的奇幻之旅	194
权威访谈	智造进行时：企业与政策"双向奔赴"	198
业界反响	《智造中国》用独特视角展现"钢板变身挖掘机的奇幻之旅"	202

目录

12 内蒙古篇

记者手记	一盒牛奶的智造之旅	206
直播连线	"智能家居"精准饲养，草原有了智慧牧场	209
	探访黄金奶源地：一盒牛奶的智造之旅	211
新闻特写	当"百吨"遇到"微克"：奶粉生产如何实现精确配比	214
权威访谈	加速技术创新，"智造"优质乳品	217

13 安徽篇

记者手记	工业丛林里的盎然生机	222
直播连线	矿车无人驾驶，产线全程智控	227
	探访世界最大水泥熟料生产基地	229
新闻特写	工厂焕然一新，智能制造先行	233
权威访谈	智造安徽：从传统农业大省迈向新兴产业聚集地	236

14 京津冀篇

记者手记	燕赵蝶变，一切"钢"好	242
直播连线	打卡海滨钢铁工厂：绿色工厂如何低碳运行	245
新闻特写	大尺寸、薄片化：光伏硅片持续降本增效	252
权威访谈	把传统产业的"黑烟囱"，打造成培育新兴产业的"黑土地"	255

XIII

15 黑龙江篇

记者手记	行走黑土地，看智能制造转型升级	260
直播连线	奶牛穿上智能设备，数据化管理助力产好奶	263
	智能制造打通数据，做好宝宝一杯奶	267

16 上海篇

记者手记	中国近代民族工业发祥地的智造之美	272
	江海通津处：海洋之梦穿越百年	275
直播连线	邮轮建造智能化：2500万个零部件拼成"海上巨无霸"	277
	摘取造船业皇冠上最耀眼的"明珠"，国产大型邮轮来了	279
新闻特写	汽车智造再升级，智慧出行网联未来	287
业界反响	中国首制大型邮轮——智造中国的一颗耀眼明珠	290

目 录

17 专家解读

健全数据要素，推进石化行业智能制造走向深入 ………………… 294

18 智能制造发展指数

中国信息通信研究院和中央广播电视总台财经节目中心联合发布智能制造发展指数（区域） …………………………………………………… 300

研究构建智能制造发展指数（区域） 明确下一阶段智能制造发展方向和路径………………………………………………………………… 303

19 后 记

大型融媒体报道《智造中国》 全景展示智能制造"中国方案" 记录制造强国建设进程…………………………………………………… 307

XV

湖南篇

HUNAN CHAPTER

记者手记
REPORTER'S NOTES

"人机协同"团队配合，《智造中国》用汗水铸造精品

记者：陈昊冰

《智造中国》大型融媒体报道节目可能是我参与的直播节目当中，难度最大、最复杂的特别节目。这主要是因为直播环节多，流程复杂，尤其是在智能工厂中，需要各种机器设备的参与，非常考验"人机协同"。直播的每个环节都有重重考验，经过了数次发现问题、解决问题的过程，我更加感觉到最终呈现的来之不易。

制作这次特别节目的第一个感受是直播团队的配合非常重要。相比于以往直播连线只有一位记者面对摄像的"单打独斗"，这次的特别节目可以说是超高配置。不仅有技术团队加持，还有多机位摄像和导播团队。其中，导播在整个直播当中起了很大的作用。在此次直播当中，导播承担起部分"导演"的职责，不仅要把控机位和镜头，还要负责现场调度。在长沙三一重卡智能工厂，短短四五分钟的直播时间，一共设计了7个机位，包括3个摄像机位接力拍摄，还有GoPro、云台、无人机和穿越机的运用。其中，云台只在移动的自动导向车（Automated Guided Vehicle，AGV）上用了一个镜头，但是却拓宽了画面视角。在整个直播当中，为了丰富画面效果，还嵌入了焊接、涂装等多段视频片段。这些机位和视频的使用，构成了最后丰富精彩、身临其境的视觉呈现。

记者在湖南长沙三一重卡智能工厂内进行直播

此外，设计会让直播出彩。直播中嵌入了不少亮点，例如，整段直播的开头，是我坐在行驶中的无人驾驶卡车上出场，也就是说，卡车虽然在行驶，但是却没有驾驶员。这一设计既有悬念和噱头，也可以在内容上引出制造该卡车的无人工厂，从而带出"智能制造"的主题。为了实现这短短的开头15秒，我们和无人驾驶卡车团队配合了好几天，过程中也遇到了不少困难。遇到的第一个难题是信号障碍，技术人员告诉我，卡车的无人驾驶在厂区内道路可以实现，但在厂房当中，室内的卫星定位做不到准确，因此需要重新对系统进行调试。调试过程中，技术人员又发现，如果用5G对卡车进行实时控制，会导致带宽不够，影响整个无人厂房的5G连接，影响机械臂的工作。最后，经过技术人员的反复努力，终于解决了对卡车的控制问题。但在演练的过程中，直播的配合同样满是细节。例如，卡车从起步到最后停下，要与我的出镜词、无人机画面完美配合，因此行驶的速度、距离，以及停的位置，都需要多次练习才能达到精准。

此次直播项目参与的智能设备多了，就会发现这次直播比日常直播需要更多的时间来沟通和演练。与智能工厂深度接触会发现，智能在一定程度上意味着"不听人话"。这主要是因为工厂的设计是服务于生产的，而不是服务于视觉效果的。在长沙的直播中遇到了很多这样的问题，如行走一段简单的直线距离，对于工厂的搬运工AGV来说，就要解除原有的指令，重新写代码，重新调试。因为AGV和整个工厂互联互通，只根据排产计划在需要的时候完成搬运，它们既不会乱走路，也不会多走路。但在短短的直播时间中，很难恰好遇到 AGV。再如机械臂的运转是完全根据生产节奏进行的，因此，想要在几分钟的直播中"恰好"赶上生产最繁忙的阶段，也需要反复调整磨合。通过这些小例子不难发现，如果希望这种类型的直播呈现比较好的电视效果，往往需要很长的演练时间和极大的耐心。

这次直播，我深为整个团队的专业和敬业感动。整整一周多，技术老师每天比工人上班早、下班晚。工作群里，都是麻烦工厂工作人员"加班"开关门的消息。近 40 摄氏度的高温，让大家的体力和精力经受考验，但没听过谁叫过苦和累。可以说，一次顺利的直播呈现，来自前期的充足准备，更离不开整个创作团队的通力配合。几分钟电视呈现的背后，是一次又一次地抠细节、忙演练。在这个酷暑的夏天，我们用汗水铸造精品。

直播团队在湖南长沙三一重卡智能工厂内合影留念

湖南篇

从核心概念出发，搭建内容逻辑
从感官体验入手，提炼传播亮点

——浅析《智造中国》大型融媒体报道湖南站内容策划

记者：张伟杰

2022年8—9月，中央广播电视总台推出大型融媒体报道《智造中国》。作为出镜记者，我全程参与湖南站的内容策划及执行工作。

作为《智造中国》大型融媒体报道的启动站点，湖南站在电视大屏端设置了三场直播连线、一场省政府领导专访及一条新闻特写报道。如何用镜头语言直观展现工业之美？如何系统性提炼概括湖南打造国家重要先进制造业高地的经验与做法？如何讲述智能制造转型过程中的代表性人物与故事？

在策划阶段，我与项目牵头人以及中国信息通信研究院、湖南省工信厅、湖南省工业互联网创新研究中心等部门、机构深入沟通，历时10天，在湖南长沙、株洲两地实地调研走访10余家企业，研读《湖南省先进制造业促进条例》及其他政策文件，从工程机械、轨道交通、中小航空发动机等湖南优势产业集群中遴选出4家具有代表性的企业。在执行阶段，我们两度前往长沙，历时12天，完成了直播、专访及小片拍摄。

工作人员前往地下30米深处搭建电视直播系统

005

回归核心概念，构建内容逻辑

整个报道活动中，两个场景的三场直播连线是重中之重。作为耗费时间和精力最多的板块，如何让三场直播连线做到既内容充实、逻辑自洽，又精彩好看，是策划中的重难点。

经过前期策划沟通，三一新能源重型卡车智能装配生产线及铁建重工盾构机隧道掘进施工现场，是最终确定的两个直播场景。在三视窗直播连线中，如何让两个场景既充分展现各自的特色，又不让人感觉冗长累赘？两个互不关联的场景该如何编排，以形成逻辑上自然合理的关联？

经过思考，我们决定回归此次报道的核心概念——智能制造。什么是智能制造？它的内涵、外延分别是什么？在与专家沟通后，我对智能制造的理解逐步清晰，智能制造绝不仅指利用数字化、网络化、智能化技术把一件工业品从原材料变为产成品的物理变化过程，还体现为智能技术在设计、质量检测、运行维护等环节的渗透及应用。

工作人员在超过 40 摄氏度的室温下进行设备调试和技术演练

抓住了这一点，在策划时，我们跳出了既有的"从原材料到产成品"的思维模式中，也把目光投向了智能设计、质检运维等环节。在这样的思路下，场景雷同、内容重复的问题迎刃而解，两个直播场景的差异性也得到充分体现：两者分别代表大批量制造（新能源重卡）和定制化制造（盾构机）两种不同的工业生产方式；分别对应智能制造全流程中的不同环节（新能源重卡——加工装配；盾构机掘进——运行、设计）；从空间环境上看，两个直播场景，一个宽敞明亮、现代智能，另一个则位于地下30多米的非常规环境中，两者的环境特点和视觉风格迥异，但都具有较强的视觉吸引力。

在最终的节目呈现中，第一个场景（新能源重卡生产车间）侧重于"从一块钢板到一辆卡车"的加工装配全过程，直播利用穿梭机、运动相机等特种设备，用大篇幅、炫酷的镜头语言，对焊接、喷涂、吊装等工艺流程进行详尽解说和细节刻画；在第二个场景（盾构机掘进）中，通过演示动画、穿梭机等手段，直观展示了地下特殊工况环境及盾构机的功能、结构等。

除充分展现差异性外，如何让受众将直观的视觉感知与智能制造这一抽象概念进行认知上的关联，也决定了内容策划成功与否。

在出镜词中，我们特意做了"科普"式衔接。首先，在第一个场景的直播结束、第二个场景直播开始前的导语部分，特意加上了一段承接作用的文字："刚才我们看到了新能源重卡的智能装配，但是智能制造并不仅仅体现在生产过程当中，在产品和装备投入使用之后，智能制造技术还在继续发挥着重要的作用……"其次，在直播中展示数字孪生大屏之前，记者介绍"这里面其实离不开一系列智能制造技术的赋能加持，其中一项非常重要的技术就是数字孪生"。此时，屏幕上的分标题为"盾构机的'双胞胎'——数字孪生助力大型装备智能升级"。通过直接的文字提示，受众能够把智能制造技术与盾构机掘进过程进行逻辑关联，再配合记者对数字孪生系统在盾构机运行维护、产品设计中作用的讲解，恰当地呼应了智能制造这一核心概念，也让受众对智能制造的理解更深刻全面。

提炼核心关键词，让内容"出圈"

在视频内容创作环境发生变化、竞争日趋激烈的情况下，如何让内容"出圈"，是每一位创作者需要认真思考的问题。在短视频碎片化传播时代，如何通过标题、标签、题图等方式吸引受众的初始点击，获得至关重要的"前15秒"，提炼内容的

智造中国

央视财经大型融媒体报道作品集

核心关键词是一个可行的办法。前期策划中，盾构机生产厂商介绍，"智能制造技术让隧道施工不再尘土飞扬，工人在地下深处可以边喝咖啡边施工"。这一提法被创作团队敏锐地捕捉到，提炼出"盾构咖啡"这一关键词，并把它嵌入镜头设计、标题、内容及二次传播的全过程。

直播团队在湖南站隧道直播现场合影留念

"盾构咖啡"这个关键词可谓无处不在：两段直播连线的标题（《喝着咖啡开盾构机，大国重器的智能化逆袭》《喝着咖啡开盾构机，大国重器智能化升级》）均重点强调了这一概念；主持人导语、记者出镜词也都提到"盾构咖啡"；记者进入盾构机驾驶舱实地探访的过程中，摄像机给了咖啡特写镜头；记者结束驾驶舱探访后再度强调"在地下30多米深处，盾构机驾驶员可以吹着空调喝着咖啡开盾构机……"在二次传播中，央视财经、国资小新等新媒体平台账号不约而同地使用了"盾构咖啡"作为内容标签。

总而言之，"盾构咖啡"这一关键词的提炼与设计，是一次有意识的策划尝试，我认为，在这方面还有更大的创作空间。镜头是视频传播的第一性语言，在盾构机掘进的直播场景中，"盾构咖啡"通过镜头进行表达的篇幅有限，特写镜头仅仅一晃而过，如果在直播镜头中，安排诸如冲泡咖啡、喝咖啡等环节，对于内容的整体呈现效果是否更有助益？

本质上，"盾构咖啡"代表的是智能制造技术带来的工作环境改善。因此，从具象的咖啡可以延展出更多的细节。例如，盾构机掘进施工现场放置的冷藏冰柜及饮料、现场空气的洁净程度、工作人员干净的工作服……从记者、采访对象的感官体验出发，调动触觉、嗅觉、味觉、视觉等多重的感官体验，从而让受众对智能制造带来的施工环境的改善，产生更深的印象。

除充分表达外，关键词文本的提炼，也是关键词能否取得较好传播效果的关键。我认为：一个好的关键词文本，至少有两方面特点，一是具有特异性、反差性，如果与日常毫无二致，就谈不上吸引受众注意；二是要切中社会公众的某种情绪或心理特征，也就是要"抓住痛点、挠到痒点"，这对于触发受众的自主二次传播至关重要。这个发掘与提炼的过程，不仅考验策划者敏锐的观察能力，也需要其对流行文化、大众心理、舆论热点有密切的观察与深刻的把握。

构建内容体系、提炼传播亮点，是内容策划的两项核心工作，也决定了内容能否站得住脚、引发关注。作为视频内容创作者，应不断加强专业知识内容学习、完善自身认知结构，提高观察能力、做现场的有心人，同时深刻把握公众心态与舆论热点，才能创作出更加优质、传播力更强的内容。

直播连线
LIVE CONNECTION

从尘土飞扬到"盾构咖啡":
大国重器的智能升级

《智造中国》来到湖南长沙。前方记者乔楠在地下 20 多米深度的盾构机发回报道。

乔楠：我现在所在的位置是湖南长沙湘雅路过江隧道工程的施工现场。我现在的位置是在地下大约 23 米深度的地方，我头顶上方 20 多米就是奔流不息的湘江。事实上，我们现在是在一台正在不停掘进当中的盾构机内部。

记者在地下大约 23 米深度的盾构机内部进行直播报道

湖南篇

正在转动的盾构机的刀头，只是盾构机整体很小的一部分，盾构机是一个庞然大物，它的总长度达到158米。这样一个24小时不断向前掘进的巨型装备，怎样保证它安全高效地运行呢？工作人员告诉我，以前在盾构机和隧道里，高温、噪声、尘土飞扬，但是随着盾构机的智能化水平不断提高，现在盾构机的核心驾驶舱环境已大大改善了。

乔楠：您好，吃早饭了吗？

王继东（中铁十四局项目部盾构机机长）：吃过了，现在冲杯咖啡，准备开始今天的工作。

乔楠：这个工作环境干净凉快，是不是比以前改善多了？

王继东：对，而且我们的工作也更轻松高效了。以前很多工作都是人工去跑路子、去监测，现在坐在这看着这套盾构机的智能系统就行。

乔楠：这些屏幕都显示哪些情况？

王继东：这边相当于盾构机的眼睛，可以更精准地控制盾构机的掘进方向，下面这个屏幕显示掘进速度。

现在的盾构机非常智能，以前的刀具检查都靠人工，检查一把刀就要三四个小时，费时费力，现在这套智能系统就能实时检查，很方便。

其实不只是驾驶舱，整个盾构机的施工现场也是干净整洁的，不再是我们印象中的尘土飞扬、泥水满地。那这一切就要归功于盾构机不断升级的智能化水平。简单地讲，盾构机就像一个巨大的电动剃须刀，只不过刀盘旋转刮掉的是渣土而不是胡须。随着盾构机在地下每前进1米，就要挖出来约200立方米的渣土。这些渣土将通过两条管道，进行泥浆净化循环分离后，再次送入开挖面，这样能够最大限度地减少对环境的污染和水资源的浪费。

盾构机的智能化，不仅体现在它本身的使用过程中，同时直接作用于下一台盾构机的智能制造过程，这里用到的就是数字孪生的技术。数字孪生，顾名思义，就是盾构机的一个虚拟数字双胞胎体，它把盾构机运行当中的主要数据进行收集、记录和分析，这样就可以对下一台盾构机的设计和制造进行优化，不断提高产品的性能和使用寿命。

主创人员：斯 琴 乔 楠 张伟杰 邢 杰 姚 佳 宁 涛 易 扬

钢板进，整车出：
智能工厂最快 4 分钟下线一辆重型卡车

在湖南三一集团的重卡智能工厂，一辆缓缓开行的大卡车的主驾驶位上是没有驾驶员的，其实这是一辆 5G 无人驾驶的大卡车，目前已经累计完成了超过 10000 千米的测试。

这辆卡车的诞生地——湖南三一重卡的超级工厂，面积非常大，足足有 31 个足球场的大小。整个工厂智能化水平非常高，可以实现"钢板进，整车出"，最快 4 分钟就可以下线一辆卡车。

记者在湖南三一重卡的超级工厂进行直播报道

一辆卡车的智造之旅："智慧大脑"尽在掌握

一辆卡车是如何被制造出来的呢？从工厂的另一端进入，我们看到自动化冲压生产线正在把一块块的钢板塑造成各种形状，它们就是重型卡车车头的零部件。装载于物流 AGV 缓缓运来的零部件，马上就要进入焊接流程。这些 AGV 是整个工厂的大动脉，它们串联起生产的各个环节，每天可以将超过 10 万个零部件准确无误地送到指定位置。例如，最小的零部件是一个小小的支架，最大的单体零部件是驾驶室的侧围，高度可达两米。这些零部件共有 200 多个，会在长达 196 米的焊接线上，经过 184 台机器人接续作业，环环相扣，经由 4500 多个焊点的淬炼，最终成为一个完整的驾驶室外壳。

自动化冲压生产线上的机器人接续作业

不过到了这一步，一切才刚刚开始。焊接之后，就是涂装。车头会由立体物流网络送入涂装车间。整个涂装车间有 29 个机械臂在协同作业，有的负责擦拭车身，有的负责自动开门，还有的负责喷涂车身。大约 10 小时的作业之后，驾驶室换上不同颜色的新装，又会回到内饰车间。中控台、挡风玻璃、转向盘……都在这里完成组装。其中，卡车的前挡风玻璃、座椅是通过视觉定位技术，由机器人自主完成安装工作的，精度可以达到 0.1 毫米。

涂装车间的机械臂协同作业

到这里，一个车头终于组装完成了，这些看起来顺畅的操作，背后都有智慧大脑的控制。指挥中心大屏上或智慧运营中心，显示的是智能制造生产管理系统，可以清晰地看到每天的计划完成情况，让整个制造过程尽在掌握之中。

柔性定制的 400 多种重型卡车来自同一条生产线

不过，要完成一台整车的下线，到这里才完成了一半，接下来它还会经过组装生产线。整个生产线是柔性定制的，可以按照客户需求实现个性化生产。目前，这条生产线已经下线了 400 多种不同的卡车，其中超过三分之一都是新能源汽车。

从这个智能工厂里走出的每一辆卡车，奔跑在全国各地的公路网络，都在感知着中国经济的呼吸与脉搏。而这背后，是从中国制造到智能制造的转型与升级。

主创人员：杨 劼　陈昊冰　迟 骋　王建坤　布日德　吴骏琥　刘 翀　郭 进　满恒宇　张 峻

喝着咖啡开盾构机：
大国重器的智能化逆袭

智能制造并不仅仅体现在生产过程中，在产品和装备投入使用后，智能制造技术还在继续发挥重要作用。在湖南长沙一条湘江过江隧道的施工现场，这台总长 136 米的盾构机，正以每天行进 6 米的速度，24 小时一刻不停，穿越湘江。

记者在湘江过江隧道的盾构施工现场进行直播报道

打开盾构机的舱门,瞬间感觉到非常凉快,因为冷气扑面而来,走进来的第一眼就可以看到放在桌上的咖啡,还有其他饮料。

张伟杰:您好,打扰一下,您在这边主要忙些什么呢?

刘继东(盾构机驾驶员):现在盾构机正在推进,这块屏幕相当于盾构机的眼睛,可以更精准地控制盾构机的掘进方向、掘进速度。在施工过程中,系统能实时感知地质情况,进行自主决策工作,我们主要看着这些盾构机的重要参数,根据系统的提示,现在我们的工作比过去智能多了,也轻松多了。

数字孪生助力大型装备智能升级

过去,隧道施工其实非常危险,而且环境也很恶劣,现在,在地底下30多米处,吹着空调、喝着咖啡、盯着屏幕、操作按钮,这种工作环境的改善,可以说是翻天覆地的变化。而这背后离不开智能制造技术的助力,其中一项很关键的技术叫数字孪生,顾名思义,就是给这台盾构机打造了一个虚拟世界里的"双胞胎"。

整台盾构机最核心的组成部分是刀盘,正是刀盘的不断转动,切削地下的岩土,盾构机才能不断前进。如下图所示,电子屏幕上显示的,就是盾构机数字孪生系统的实时画面。

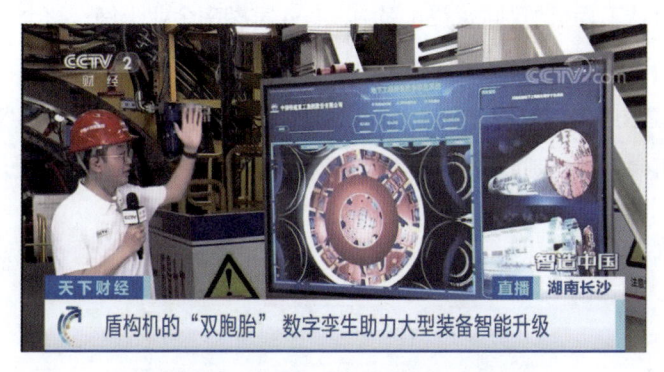

记者展示智能盾构机的数字孪生功能界面

数字孪生有什么作用呢?如下图所示,在刀盘正面的数字孪生系统的实时画面中,颜色的深浅代表的是刀片的受力、磨损情况,中间的黄色甚至红色的部分,代表的是刀片磨损比较厉害的区域。在施工过程当中,收集这些数据并且实时回传,积累到一定程度后，工程师就可以利用这些数据在下一代的盾构机设计中有针对性地优化，提高刀盘的性能和使用寿命，这种优化对于价值上亿元的盾构机来说，有着非常重要的意义。

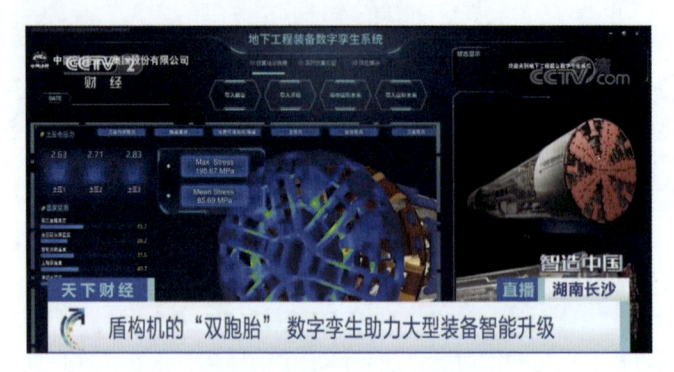

盾构机刀盘正面数字孪生系统的实时画面

盾构机数字孪生系统展示了刀盘正面传感器实时数据。除优化产品设计外，数字孪生还能保障施工安全，因为它能实时收集、回传盾构机运行中的各项数据，如地下的环境数据、地质条件数据等，然后进行分析、预警，甚至是自主决策，盾构机的运行也变得更加安全、智能、高效。

智能制造技术的赋能，使湖南制造业在很多方面，已经走在了全国乃至全球前列。例如，全球工程机械制造商50强中，有4家湖南企业上榜；整个产业集群规模为2800多亿元，排全球前三名；湖南的轨道交通产业集群，也处于全球领先地位，很多技术已经运用到新能源汽车、光伏、风力发电机等新兴行业，不仅给企业带来转型升级的机会，也让制造业整体向着产业链价值链的中高端不断前进。

主创人员：斯琴　张伟杰　乔楠　姚佳宁　涛　邢杰　易扬

权威访谈
AUTHORITATIVE INTERVIEW

全力打造国家重要先进制造业高地

湖南持续推进制造业数字化以及绿色转型，同时提出打造国家重要先进制造业高地。那么，在这个过程中，湖南都有哪些好的经验？还要着重解决哪些问题？节目组记者对时任湖南省副省长陈飞进行了专访。

在 2021 年全球工程机械制造商 50 强名单中，4 家湖南工程机械企业上榜。2021 年，湖南工程机械产业集群规模达 2800 多亿元，成为全球第三大工程机械产业集群，营业收入、利润总额等指标连续 12 年居全国之首。这份成绩，离不开智能制造带来的效率提升。

记者采访时任湖南省副省长

陈 飞
时任湖南省副省长

我们正在建设运行中的最先进的生产线，它的下料、焊接、机加工、涂装、装配和调试六个环节全部实现了数字化、网络化和智能化。

中联重科智能制造工厂中的大型立体仓库

中联重科智慧产业城智能制造生产线

陈　飞

数字化的改造，最主要是依靠企业投资，政府出台文件、做一些补贴，我们于2021年出台了《湖南省先进制造业促进条例》，这在全国还是第一个。

　　近几年，湖南多家龙头企业投资建设了数字化、智能化转型的项目，一批无人工厂、黑灯生产线成为行业标杆。2021年，湖南制造业技术改造投资增长20%，增速高于全省固定资产投资12个百分点。湖南将继续利用制造强省专项资金，对首台（套）智能装备、智能制造示范企业（车间）、智能制造标杆企业（车间）给予资金支持，鼓励、引导有想法、有实力的企业进行改造升级。

　　2021年3月1日起正式实施的《湖南省先进制造业促进条例》，从融资、基础设施等多个方面，支持企业、园区和产业集聚区的数字化转型。湖南将继续为中小企业提供免费的智能制造诊断咨询服务，并提高中小企业开展技术改造的贷款授信额度。此外，还将通过多种方式，大幅度提高电力稳定供应能力和算力资源，满足制造业数字化转型的需求。

中联重科董事长詹纯新向时任湖南省副省长陈飞及记者介绍智能制造工艺

张伟杰：在建设国家重要先进制造业高地的过程中，湖南在哪方面还存在短板？如何来补短板？

陈飞：我们的制造业要迈向中高端，真正成为制造强国，还有很多工作要做，如工程机械行业的很多材料还依赖进口。

陈飞介绍说，以湖南的工程机械行业为例，在液压传动技术等基础领域，与发达国家还存在差距，高端液压件、传动件、底盘等核心零部件依赖进口。为此，湖南与中国工程院联合组建岳麓山工业创新中心，集聚高校、科研院所和企业的创新资源，针对工业的五项基础及工业生产的五个环节，找出问题与短板，开展技术研发攻坚。

主创人员：张伟杰　易　扬　姚　佳　邢　杰　郭　进　娄　超

河南篇

HENAN

CHAPTER

记者手记

REPORTER'S NOTES

如果机器会"说话"
——谈《智造中国》的画面"智造"

记者：马佳伦

七八月的中原大地，长势良好的小麦丰收了。广袤的田野间，一个个巨大的红色身影大刀阔斧，奋力收割！

得益于中国农业机械化的高速发展，农民们拥有了强大的助手——先进的拖拉机、收割机、植保机械，这也是如今国人端牢饭碗的底气。与此同时，在河南洛阳的中国一拖，旺季的生产线边，汗流浃背的工人们加班加点忙碌着。传送带上款式多样、配置不同的崭新拖拉机很快会驶上广阔的田野。

就在距离工厂 30 千米不到的地方，在国家农机装备创新中心，热火朝天地进行着研发、测试。这些年来，从这里开出的拖拉机越来越"高大上"，围绕新能源拖拉机，陆续实现了锂电、氢燃料、轮边、轮毂技术的不断迭代，新能源供应技术被逐一突破。此外，粮、棉、油、糖等九大作物的全程机械化正全面推进，主要粮食作物机械化率达到 80% 以上，农业智能化转型加速推进。

研发创新不断、生产线忙碌不停。一切努力，都在为 2025 年河南建成全国重要的农机装备制造基地基础。

2022 年初，《智造中国》大型融媒体报道将目光聚焦在位于河南洛阳的中国拖拉机先驱工厂，探索新中国农业机械化从无到有的创新发展历程。

河南篇

前期筹备直播之时，从案例收集到实地调研，从策划踩点到内容提炼，如何把没有生命、专业冰冷的机器设备展现得生动鲜活，又如何与繁忙的生产线展开深入互动，是我们面临的难题。由此，《智造中国》带着每一位参与者，开启了一场画面"智造"旅程。

传统印象里的河南，农业大省之名首当其冲。工业制造看河南，会有什么样的故事？1958年，新中国第一台拖拉机"东方红"在这里下线。它不仅开启了我国拖拉机产业的发展壮大史，也见证了农机装备工业的蝶变。

当年，6000多个工人耗费4个多月才完成了第一台履带式拖拉机。如今，在这里，大型轮式拖拉机单班日产量就可以达到200台。从当年的第一台到如今的百万台；从履带拖拉机到无人驾驶、无级变速轮式拖拉机；从服务河南到服务全球。

我们的节目就沿着"能造""会造""智造"这条主线讲述。根据环节设置，每一站都需要完成早、午两档现场直播，同时采制省长专访和特写新闻报道。河南一站，如何讲好农机装备"成长史"？如何让冰冷的机器讲出自己的故事？又如何用丰富的角度来呈现主题？

出发！
新时代的"女拖拉机手"

1962年，由一位女拖拉机手驾驶的"东方红"拖拉机"开"上了1元面值的人民币，成为当时工业制造领域最闪亮的"明星"。此后，我国拖拉机产业一路发展，从有到兴，向智能化、信息化、多功能化发展，进入全程全面高质高效转型升级的重要时期。

60多年过去了，眼下最时尚的拖拉机是什么样的？经历重重蜕变的

记者在中国一拖集团有限公司
乘坐无人驾驶拖拉机

023

新款无人驾驶拖拉机驶入调试场

最新款"东方红"有什么新技能？

2022年8月7日早上的《第一时间》节目中，"佳伦你好，新款拖拉机的'驾乘体验'如何？分享一下你在现场的发现。"随着主持人的开场，直播连线中，我乘坐的新款无人驾驶拖拉机缓缓驶入调试场。在这里，每一辆成品拖拉机都要进行加速跑、颠簸测试等环节。画面背景中，近百辆几米高的拖拉机现场竞速，轻松愉快的场景，开启了全新的早晨，内容设计上也更加匹配《第一时间》的节目定位。不同场景对应不同风格的栏目，直播的结尾部分预告了中午档第二场连线，凸显了大型直播活动的联动性，进一步引流，提升了后续的宣传效果。

拍摄过程中的视听语言运用和细节设置，也让观众更好地感受到拖拉机的内部环境。现场布置方面，无论工作人员还是生产线上的拖拉机，都要经过严格的排兵布阵。记者说到哪台、摄像机拍到哪台，导播画面就随之切换给哪台。跟人、抓景、高点、全景等，机位分工明确，可视化效果显著提升。效果拉满，细节也能继续加分。为了让观众更直观地看到拖拉机驾驶室空调的效果，直播团队的同事把一条红绳捆绑在空调出风口，直播中类似的细节制造了不少生动的记忆点，令人印象深刻。

一些进厂几十年的老员工不断向我们感叹，时代不同了，拖拉机越来越"高级"，"女司机"也越来越多。这些质朴的感叹，是我国农机装备制造业不断发展升级的真实写照。近年来，我国农机装备产业基础能力和产业链现代化水平不断提升，逐步从跟随模仿转向自主创新。初步掌握了动力换挡、免耕播种、高速播种等关键技术。在北斗导航、大数据、5G通信等新一代信息技术的加持下，具备自动驾驶、作业状态实时监测和远程运维能力的智能农机装备，已经跑在田间地头。现代农机早已颠覆了人们对于传统拖拉机作业的认识，不再是汗流浃背、不再是颠簸摇晃，甚至是解放双手。在拖拉机厂，我也亲身感受了新时代农机的升级迭代。

奔跑吧！不断升级的智能生产线

今天，中国的粮食稳定高产，实现了以全球7%的耕地面积养活20%的人口的奇迹，拖拉机的广泛使用和不断升级在其中功不可没。建厂以来，中国一拖已经累计生产了百万台拖拉机和其他动力机械，产品一度占领了全国60%的机耕地面积。如今，研制、生产大型拖拉机、无人驾驶智能拖拉机等产品，成为这家国内拖拉机龙头企业的核心业务。生产线也更加智能，柔性生产线、机械臂屡见不鲜。

对于节目制作来说，智能工厂的展现，会面临场景同质化的问题。如何让专业枯燥的生产线"活"起来？是电视直播要解决的问题。最终，直播场地确定在画面表现力更强的总装生产线车间，5个机位分别拍摄不同景别，快节奏的画面切换下，点面结合，细节和空间感十足。

直播团队在中国一拖集团有限公司工厂内工作

智造中国

央视财经大型融媒体报道作品集

直播团队在中国一拖集团有限公司工厂内合影留念

直播团队在郑煤机集团工厂内合影留念

直播结束离开洛阳的那天,在高速公路上擦肩而过的是一辆载着几台"东方红"拖拉机的重型卡车。一台台火红的拖拉机从洛阳出发,走到全国、走向世界,向一片片金色田野注入生机和活力。

直播连线

LIVE
CONNECTION

配置升级，双手解放：
记者体验无人驾驶拖拉机

河南洛阳是新中国第一台拖拉机的诞生地。1958 年，第一台"东方红"拖拉机在此诞生，由此拉开了中国农业机械化的序幕。我们随着《智造中国》节目的镜头走进中国一拖，看看最新款拖拉机长什么样。每到农忙时节，农民朋友或专业农机手，驾驶着拖拉机、载着各类农具在田间地头劳作，尤其是夏天，他们经常挥汗如雨。来看看下图中的这台无人驾驶拖拉机，空调吹着风、音响放着音乐，更重要的是解放了我们的双手。但是，无人驾驶拖拉机驾驶室还装了转向盘，难道不能通过遥控，还要手动操作吗？

中国一拖集团有限公司大拖公司生产的无人驾驶拖拉机

王光波（中国一拖集团有限公司大拖公司产品研发部副部长）：一是可以通过手持遥控器进行远程操作，我手里拿着的这个遥控器，就像我们用遥控器操作玩具汽车一样，通过提前规划好路径、动作，输入到整机控制模块中，然后我只需按下无人模式开关，拖拉机就会按照预设的动作执行无人驾驶，就像我们现在这样。转向盘是为了极端情况躲避障碍的设置。

工作人员讲解无人驾驶拖拉机的操控方法

马佳伦：那提前规划路径、动作是通过什么来实现的呢？

王光波：我们现在有好多拖拉机在下线的时候其实已经搭载了定位系统。规划路径的时候通过系统先进行地形的熟悉，然后通过控制器进行具体操作。这几年我们搭载了北斗终端的拖拉机已经超过8万台。

在拖拉机下线后的调试场，每一辆成品拖拉机都要经过多重考验，如动力加速跑、转向测试、颠簸测试、紧急制动等，达到标准之后才能入库销售。

中国一拖集团有限公司成品拖拉机调试场

"智造"赋能农机装备：无人驾驶拖拉机实现规模化作业

从新中国第一台拖拉机问世至今，300多万台拖拉机从这里始发，走向世界。下图中的"庞然大物"像是来自未来的没有驾驶舱的拖拉机，这是国内唯一在动力换挡机型基础上开发的无驾驶室无人驾驶拖拉机。除常规功能外，使用者能够在千米距离范围内对拖拉机状态进行干预调整，同时在远程平台上查看作业轨迹参数。值得一提的是，2020 年，这个大家伙已经在黑龙江建三江七星农场顺利完成了规模面积玉米的耕种作业，成功实现整车无人自主作业。

无驾驶室无人驾驶拖拉机

产量提升、产品迭代的背后，是持续走向智能化的产业转型和升级。从当年举全厂之力、耗时数月生产出第一台"东方红"拖拉机，到如今不同马力、不同款式的拖拉机可以在生产线上同步生产，生产效率提升超七成，实现了混合生产模式和智能制造场景下的高效率。

主创人员：骆　群　张　涵　李　轶　刘　宁　李　铮　马佳伦　廖文铮　陈昌进
　　　　　　郑晓天　王闻聪　方启雄　顾海红　许明道　纪玉芳　郑　凯　周长琴
　　　　　　宋一凡　户文杰　段国超　许　博　焦育栋　孙鹏飞

智造赋能生产：农机装备产业转型升级

1958 年，新中国第一台拖拉机"东方红"在河南洛阳的中国一拖下线。如今 60 多年过去了，智能制造给这里的生产带来了怎样的变化呢？

1958 年，中国一拖全厂近 6000 名工人、耗时近 4 个月才能生产出一台拖拉机，如今，这里的大型轮式拖拉机单班日产量可以达到 200 台。产量的变化得益于整个生产线的数控化、智能化改造。走进东方红大型轮式拖拉机的总装车间，左侧是发动机等主体部件的漆前加工环节，生产线上的柴油发动机来自一拖最先进的柴油机加工装配车间。在这里，39 套在线机器人工作站或机器人装置可以完成约三分之二的工序，不仅降低了用工需求，更是提高了产品的精确性。螺栓拧紧机器人扭矩误差不超过 3%。而机器人一天拧紧的螺栓数量，需要 3 个人干一天才能完成。总装车间达到了 100 秒下线一台发动机的最快速度，年产能达 120000 台以上。

东方红大型轮式拖拉机总装车间

总装车间右侧的漆后生产线同样以高效运转，这条生产线负责完成轮胎、驾驶室等环节的安装和调试，这也是下线前的最后步骤。但生产线上的拖拉机大小、颜色都不相同。那么这些拖拉机都是什么款式的，是销往哪里的订单呢？

总装车间右侧的漆后生产线

谢富明（中国一拖大拖公司综合管理部副部长）： 这台车是130马力、下线后出口坦桑尼亚的拖拉机。有个诀窍，其实看轮毂颜色就能知道这台车是卖国内的还是销国外的，如白色轮毂的是销往国外的。

马佳伦： 很明显可以看到前后车型不一样，包括轮胎大小不一，如何精准投喂呢？

谢富明： 这就要靠我们的生产管理系统了。其实从进入生产线的第一步，系统就进行监管，并按照每3分钟完成一个工序的进度安排配料，按计划发货，基本做到了准时准点准确送达指定工位。装配时，还对零件信息进行扫描，经过系统比对，确保装配正确。

马佳伦： 好的，谢谢。秋天到来之前，拖拉机也进入了生产旺季。此刻正在生产的这批订单要保证在7天内完成交付，其中涉及70~200马力不等的14种类别，完成后将分别发往国内及坦桑尼亚、哈萨克斯坦、巴西等国家和地区。所以，正是智能化、数控化制造方式，让拖拉机不仅接地气，而且有底气。生产线智能化的同时也在加速产品的升级迭代。这条生产线可以说是"藏龙卧虎"，除了刚才提到的出口车型，还有目前市面上热销的150马力大型轮式拖拉机、加载北斗定位的无人驾驶拖拉机等。一台装配完成的"东方红"无人驾驶拖拉机，可以实现1000米范围内的远程终端操控，同时可以在云平台查看轨迹参数。下线后，这台无人驾驶拖拉机也将发往东北，为即将到来的秋收做准备。未来，随着无人驾驶拖拉机的加速推广，农民摇身一变成为管理者，农艺水平趋于精细化、土地利用更加高效、耕种作业质量也将随之提升。

60多年前，我们强调农业机械化，中国拖拉机"从无到有"。60多年后，我们不仅要实现农业机械化，还要实现农业智能化。从这里走出的"东方红"拖拉机也在持续迭代升级，从履带到轮拖，从机械换挡到无级变速，从自动驾驶到纯电动拖拉机，智能制造将带给农机装备产业更多的可能。

主创人员： 骆 群　张 涵　李 轶　刘 宁　李 铮　马佳伦　廖文铮　陈昌进
郑晓天　闻培雅　方启雄　顾海红　许明道　纪玉芳　郑 凯　周长琴
宋一凡　户文杰　段国超　许 博　焦育栋　孙鹏飞

新闻特写

NEWS FEATURE

马园园：智能工厂里的"步行者"

如今，随着制造业的数字化转型升级，大量繁重复杂的工作，被智能机械设备所代替，大大提高了生产效率。但在生产一线，仍然有关键点位的工作需要人工来完成。接下来让我们认识一位智能工厂里的"步行者"。

马园园（中国一拖集团装配车间质检员）： 我叫马园园，是中国一拖集团的一名质检员。5000平方米，1200步，在厂区走一圈，是我每天工作的开始。早上的第一件事情，就是巡检现场，我要对现场106道工序进行逐一巡检。检查现场的零部件、工位器具是否在正常的工作状态，这是为了让职工在开线以后，能够迅速地进入工作状态。

发动机生产的106道工序、1272个步骤，马园园早就烂熟于心。为了避免不合规的情况出现，解决生产问题，成了他脚步不停的原因。

马园园： 在发动机下线的地方，咱们新线投产周期要求100秒生产一台发动机，当时我们只能控制在180秒，想缩短这80秒的差距真的挺难。

为了这短短的80秒，马园园花了2年的时间。他只能挨个工序走，反复观察他们的动作，研究他们的操作。为了每一个环节达到最优的生产效率，固化员工的最佳操作方式，马园园制定了标准化作业指导书。整个步骤的顺序，甚至螺丝得拧几扣，他都做出了详细的操作方式。

马园园： 标准化作业指导书已经优化到第17版。我们整线106道工序，都有对应的优化方案。就单单拧紧高压油管这个工序，优化后就可以节省1.6

秒的时间。现在我们实现了 100 秒下线一台发动机的目标，日常产能也从过去的 180 台提高到现在的 320 台。

中国一拖集团有限公司装配车间

今年是马园园入厂的第 17 个年头，在这 5000 平方米的厂区内，他已经徒步完成 12 万千米的行走。在他看来，每一个 1200 步都是解决问题的第一步。

主创人员：骆 群　张 涵　李 轶　刘 宁　李 铮　郑晓天　马佳伦　廖文铮　陈昌进　谢文璐　方启雄　顾海红　许明道　纪玉芳　郑 凯　周长琴　宋一凡　户文杰　段国超　许 博　焦育栋　孙鹏飞

河南洛阳：老工匠的"新搭档"

河南聚焦企业数字化、智能化转型升级，一批老企业因此焕发了新的活力，提升了生产管理效率和精益化管理水平。

在一家有着 60 多年历史的重型机械企业，镗铣工张连成在这里工作了快 30 年，按照设计图加工产品部件是他每天的工作。过去由于信息技术的局限和图纸保密等原因，车间里只有一份图纸，10 多名工人相互借阅。时间一长，图纸难免发生破损。

智造中国

央视财经大型融媒体报道作品集

改变是从张连成机床旁增设的电子看板开始的，这台设备就是张师傅的新搭档。近年来，企业实施"5G+机床联网"，打造数字化制造平台，工人在机床边就能看到电子版设计图纸和工艺资料，实现了技术资料全面数字化和数据实时共享。

张连成（中信重工机械股份有限公司镗铣工）： 现在就方便很多了。机器一打开，看完图纸去加工活件，对活件的质量，有一个非常大的提高。

有了"新搭档"，张连成的工作质量有了保证，效率也在提高。过去机床一旦发生故障，工人需要填写维修单，再去机修车间找人。张连成说，那时每天有一个多小时浪费在走手续和跑腿上，而现在只要通过这台设备系统，机修班就能实时掌握设备运行情况。借助于信息技术，张连成和同事们实现了90%生产数据的线上化，提高生产指挥效率35%以上。

张连成： 我一报修，我们的领导，包括我们的生产部门就能看到。如果需要的时间长的话，生产部门会及时安排这个活件转换到另外的机床去加工，以便按时向客户提交产品。

让客户满意是张连成的追求，也是他的"新搭档"的工作。大数据分析不仅应用在生产端，也能服务于客户。通过"5G+工业互联网"平台，基于数字孪生的智能化远程运维服务，让服务工程师能看到设备在矿山的实时运行情况和数据，进而可以和专家一起帮助客户提高设备运行效率。

主创人员： 骆群 张涵 李轶 刘宁 李铮 王舒畅 郑晓天

杨磊

中信重工机械股份有限公司大数据中心主任

通过（每台设备）200多个数据采集点，我们可以实现设备的智能化，让设备装上更聪明的大脑，从而高效运转。

权威访谈

AUTHORITATIVE INTERVIEW

"河南智造"正蓄力

从"一五"到"十四五",一批批国家重点工业企业相继落户河南,见证了拖拉机、煤矿机械等装备的从无到有。如今,河南已完成新兴工业大省的转型,以智造引领制造业高质量发展。目前,河南智能制造成果如何?下一步又将如何发力?记者马佳伦对时任河南省副省长费东斌进行了专访。

液压支架是用来顶起采煤工作面矿山压力的重型装备,目前,世界最高支护高度的液压支架来自河南。

记者对时任河南省副省长费东斌进行专访

费东斌： 10米高的液压支架，现在是世界第一高的。3年前我们实现的是能达到8.8米，中铁装备的盾构机在全球占有率第一，宇通大巴车的全球占有率也是第一，平高电气、许继集团的输变电设备也是世界一流的。

费东斌
时任中共河南省委常委，河南省人民政府副省长

自从郑煤机集团实施了智能化改造之后，人员减少了三分之二，那么成本也就相应地降低了60%，企业整体生产效率提高了70%。不管是从效率还是效益方面，应该说这个效果是非常明显的。

郑煤机集团10米超高液压支架下线

费东斌： 刚才列举的这些企业的业绩，一定是我们推动数字化转型和智能化改造的成果。同时我们也证明，数字化转型和智能化改造是这些企业发展壮大、提高自身竞争力的一个必然的阶段。

经过智能化、数字化改造的液压支架结构件生产车间，人工手动操作设备的场景已经很少见。AI计算、自动搬运机器人、全自动智能生产单元、5G技术等的运用，让这里成为一座智能制造示范工厂，可以24小时高效运转。

智能制造引领：
企业上云规模超 17 万家

2021 年全年，河南全省高技术产业增加值占工业增加值的比重约 12%，建成智慧工厂和智能车间 919 个，打造智能制造标杆企业 44 家，培育数字化转型应用场景 109 个，全省上云企业达 17.3 万家。创新被摆在制造业发展的逻辑起点。企业牵头、科研院所参与、政府和金融机构支持的新型创新体系，让企业焕发新的生机，加速推进制造转型。

主创人员： 骆　群　张　涵　李　轶　刘　宁　李　铮
马佳伦　廖文铮　陈昌进　郑晓天　闻培雅
方启雄　顾海红　许明道　纪玉芳　郑　凯
周长琴　宋一凡　户文杰　段国超　许　博
焦育栋　孙鹏飞

费东斌

到"十四五"末，我们将新增规模以上企业 1 万家，专精特新中小企业 5000 家，进而实现 7 个万亿级、3 个 5000 亿元级的先进制造业集群。河南坚持制造业高质量发展的主攻方向，全力推动产业转型升级。

业界反响

INDUSTRY RESPONSE

中国一拖的智能制造之路

2022年8月，大型融媒体报道《智造中国》节目组来到河南洛阳，在中国一拖进行了两场以智能制造为主题的大型直播报道。

《智造中国》节目首次用融媒体方式系统梳理和展示我国产业、企业、区域探索践行智能制造的生动鲜活故事，报道制造业数字化转型、智能化升级的实践成果。全方位、立体的创新报道形式，以及直播报道团队的专业水平和素养，让直播报道产生了热烈反响，同时给我们留下了非常深刻的印象。

《智造中国》让"洛阳智造"火出圈

在《智造中国》节目当中，记者介绍了亲自驾乘"东方红"LF2204无人驾驶拖拉机的感受。空调、音响、减震座椅等人性化设施齐全，还能解放双手，让耕作变得更舒适、更简单，效率更高；在中国一拖柴油机生产线和大拖公司总装车间，直播报道呈现了智能化升级改造的生产线，而这也是中国农机装备智能升级的一个缩影。

节目播出后，引起广泛关注，并引发热议。洛阳本地媒体洛阳日报以《刷屏央视！"洛阳智造"一天连登央视舞台》，洛阳广电融媒以"央视大型融媒体报道《智造中国》关注中国一拖"，中国一拖总部所在地涧西区官方公众号以"央视三次专题报道涧西智造火爆出圈儿",分别报道了这次大型融媒体活动的盛况和热烈反响。

《智造中国》,在中国一拖更是引起热烈反响和关注。中国一拖物资装备公司党员杨帆说,收看了央视财经频道的报道后,最直观的感受是三个关键词"自豪、发展、未来"。自豪的是,中国一拖从当年需要借力苏联的制造技术到现在自主研发的无人拖拉机量产下线,这是 60 余载的不断自我革新、砥砺奋进中取得的成就。而"发展"和"未来",则更让大家充满信心:现代化的拖拉机装配流水线、拖拉机马力段制造水平的逐步升级,全自动无人拖拉机的研发……中国一拖,用智能制造的力量,为祖国农业现代化做出了一份实实在在的贡献。

中国一拖大拖公司党群人力部部长黄伟民说,央视团队的专业敬业和高度责任感让我们感动。中国一拖从机械化、智能化到数字化,从履带式拖拉机、轮式拖拉机到混动拖拉机、新能源纯电动拖拉机,中国一拖的每一步都是新的,"东方红"前进的脚步从未停止。

重任在肩,为农业现代化而奋斗

多年来,中国一拖的积极探索、转型及成果,在行业、实践及创新层面,引起各方及媒体的关注。

1958 年 7 月 20 日,新中国第一台履带式拖拉机在中国一拖诞生。第二年,中国一拖就试制出 75 马力的新产品,该产品提高作业生产率 50%。1964 年,"东方红"75 型履带式拖拉机获得当年国家新产品一等奖。

2017 年 10 月,中国一拖自主研发制造的"东方红"LW4004 重型拖拉机亮相"砥砺奋进的五年"大型成就展。这是我国自主研制的首台 400 马力无级变速拖拉机,它的出现结束了我国 350 马力以上重型拖拉机必须进口的历史。该产品突破了无级变速传动系统、智能化控制管理系统等重型拖拉机关键核心技术,填补了多项国内技术空白,充分展示出中国一拖在我国农机智能制造方面的实力。

从第一台履带式拖拉机、第一台八挡小轮拖、第一台大马力轮式拖拉机、第一台动力换挡拖拉机、第一台无人驾驶拖拉机、第一台大马力无级变速拖拉机,到第一台大马力轮边驱动型无人驾驶电动拖拉机，中国一拖为我国农业现代化、智能化、信息化做出了扎实的探索。

"十二五"以来，中国一拖以"高端装备创新、智能工厂建设、创新中心核心技术突破"三个方面为路径，从传统制造业向智能制造转型，走出了具有中国一拖特色的智能制造模式。

中国一拖在打造高端农机现代产业链"链长"、农机领域原创技术"策源地"任务中，围绕全产业链，补链、延链、强链，进行高端智能农机装备研发，在关键核心技术、零部件国产化突破和农机装备补短板等方面强力攻关，取得了阶段性进展和成效。

同时，结合国家中长期战略需求，中国一拖加快发展大型拖拉机的要求，结合轮式拖拉机产品制造的复杂性与产品类型的多样性、现有农机制造技术和生产现状，重点推进了《新型轮式拖拉机智能制造新模式应用》《现代农业装备智能驾驶舱数字化工厂》《重型动力换挡拖拉机智能制造试点示范》等项目，在"工业大数据分析""智能化物流装备体系""多品种定制化产品智能制造体系""数字化车间实景仿真""参数化三维数字设计"等方面推进数字化、智能化制造技术在农机行业的集成应用。

在智能产品发展方面，中国一拖实现了从部件的自动控制向主机的智能控制，到无人驾驶的控制，再到智能平台的不断升级。动力换挡、无级变速、电控悬挂实现了部件的自动控制，自动辅助驾驶达到了智能农机的第二发展阶段，无人驾驶达到了智能农机的第三发展阶段，智能平台为智能农机提供了准确的大数据支持。

2016年10月，中国第一款真正意义上的无人驾驶拖拉机——"东方红"LF954-C首次在中国国际农业机械展览会亮相。

2018年6月2日，"东方红"LF1104-C无人驾驶拖拉机在江苏兴化进行了全程无人化旋耕作业。2018年9月25日，在陕西省"三农"农机农艺融合现场演示会上，LF1104-C无人驾驶拖拉机首次实现了田间实地无人化播种作业。100马力无人驾驶轮边电机电动拖拉机（ET1004-W）是国内首台大马力轮边驱动型无人驾驶电动拖拉机。

在关键技术突破方面，中国一拖承担了国家发展和改革委员会大马力智能拖拉机高端农机装备重点攻关工程，突破了电动无人无座舱拖拉机的电动、自动驾驶、拖拉机动力换挡、无级变速传动系统及智能化控制系统等核心技术，关键零部件实现国产化替代。

中国一拖《现代农业装备智能驾驶舱数字化工厂》项目成功申报工业和信息化部 2017 年智能制造综合标准化与新模式应用项目，并顺利通过验收。该项目的实施，解决了农机装备智能驾驶舱智能化制造的关键共性技术，建成我国农机行业首个智能驾驶舱数字化制造工厂，引领行业向高端智能制造转型升级。

2022 年 2 月，中共中央、国务院发布《关于做好 2022 年全面推进乡村振兴重点工作的意见》。文件指出，提升农机装备研发应用水平，推广大型复合智能农机。

中国一拖将赓续红色传承，持续创新攻关，为我国农业现代化而奋斗。

福建篇

FUJIAN CHAPTER

记者手记

REPORTER'S NOTES

"拼"出一条智能制造的新路子

记者：苏童

福建位于我国东南沿海，境内多山，素有"八山一水一分田"之称，全省山地和丘陵占去了九成面积，平原占地仅十分之一强。与此同时，福建漫长的海岸线旁是便捷的海上交通通道，千年以前是海上丝绸之路的起点。这样的地理条件孕育了福建工业的特点，那就是外贸导向产业多、轻工业集聚优势明显。新中国成立以来，作为沿海制造大省、外贸大省的福建，鞋服纺织和食品等轻工业产品享誉海内外，这些是福建工业的传统优势产业，也是"爱拼才会赢"闽商精神的典型体现。于是，采访福建工业的转型升级，传统鞋服纺织行业是绕不开的主题。

这样一个劳动密集型行业，流血流汗做代工拼了几十年，如何转型实现高附加值产出，是个难题。福建的莆田和泉州是两大鞋服生产基地，相同产业走向了不同的道路。泉州的几家大工厂于20年前选择"高举高打"，搭上"身家性命"去做自主品牌；而莆田继续安生代工生意，做精做深。20年过去，泉州突破重围，拼出了一两个闪亮品牌，而莆田鞋服的转型升级迫在眉睫，智能制造是他们的机会。带着疑问，我们走进了莆田，这个据说是"全国每生产10双鞋中，就有1双从这里诞生"的地方。

位于莆田的一家鞋业工厂让我们眼前一亮。鞋子是人人每天穿的消费品，我们知道鞋子是先生产后给消费者的。但这家工厂却能实现先定制后生产、规模化"量脚定鞋"。定制鞋履这件事其实对专业运动员来说完全不是新鲜事，它既能给穿着者提供更舒适的脚感，也让步态更加健康，不过，高昂的定制成本使得定制概念一直不能普及普通消费者。这家工厂根据不同脚型为每个鞋码确定出若干个子鞋码，在制鞋生产流程中融合智能制造，通过采集用户足部的外形数据，再把每只脚的数据匹配到对应的子鞋码上，接下来安排生产，采用对应子鞋码的鞋楦来为这双鞋定型。这样一来，用户只花运动员定制的二十分之一的价格，就能拥有一双定制鞋履。对企业来说，"先定制后生产"完美解决了消费品制造企业库存大的痛点，实现降本增效。虽然还有不少商业化问题亟待解决，但从很多角度来看，智能制造正在带给这家制鞋工厂一种颠覆式创新。

在节目中，我们选择直播的方式探访一双鞋的生产流程，最终播出的效果展现了记者从测量双脚数据到拿到一双鞋的全过程。在展现细节的同时，也穿插阐述了产业依靠智能制造转型升级的背后逻辑：重塑生产流程、解决行业痛点、探索传统行业的升级之路。

直播团队在双驰公司定制鞋智能工厂内合影留念

随着时代的变迁，福建工业不仅要"往外走"，更要"往上走"。纪录片《美国工厂》记录了福建一家玻璃制造企业在美国开设的工厂与福建本土的工厂之间，由于中美两国工人办事风格的巨大差异，产生的"生于淮北则为枳"的反差。影片的结尾，玻璃制造企业最终引入了无人生产智能制造生产线。产业升级的步伐就在这样悄然重塑着每个产业。

智造中国
央视财经大型融媒体报道作品集

玻璃是化工产业的产品，这个产业一直以来给人的印象是生产环境差、产品附加值低。但看完福耀玻璃公司的两个生产现场——一条全自动无人生产线和一个测试天线玻璃产品的暗室后，我的体验完全是这两个刻板印象的反面。两个场景各自的主人公也是背景迥异，一位是从业30年的行业"老将"，一位是刚刚转行加入的"新兵"。"老将"讲述自己奋斗过的玻璃生产线如何一步步从一个体力活儿，蜕变为如今的无人化，依靠工业互联网平台实现智能辅助和数据分析，从而大大提升生产效率，提高产品竞争力；"新兵"则是通信行业出身，为了实现玻璃天线的研发，专门跳槽来到玻璃行业，同时也带来了仿真实验系统这个行业以前没有应用过的智能制造工具平台。故事所反映的，是这个传统产业依靠智能制造实现产品迭代和生产流程现代化，堪称转型升级的典范。

记者在福耀玻璃公司汽车玻璃天线测试暗室拍摄实验

近年来，福建通过加大科技创新投入、培育龙头企业等方式，以新能源为代表的战略性新兴产业也在高速发展。

对时任福建省副省长康涛的专访，选在了一家动力电池行业的龙头企业的生产现场。这家"独角兽"动力电池企业在10年内做到了全球出货量第一，充分体现了福建工业新的增长极。这家企业的示范生产线，省领导亲自视察过多次。专访便从最高精尖的智能制造生产一线开始，康副省长带领我们参观生产工厂，来到最为关

福建篇

键的"涂布"工序。在锂电池的制造环节中，需要把正负极材料尽可能分别均匀涂在铜箔和铝箔上，速度还要快。工厂采用 5G+ 智能化手段，把喷头的精细调节功能连接至智能控制系统，于是，只需 1 名工人拿着 1 台平板电脑，就可以让一台长达 100 米、双层的"庞然大物"涂布机稳定运行。

康副省长在现场接受采访时说："总书记在宁德工作时就说过，希望宁德能多'抱几个金娃娃'。现在这些'金娃娃'可以说都抱起来了。"这一示范场景确实是集中体现了宁德乃至福建在前沿产业"拼"出的新路子、新布局。

在整集节目的最后一部分，我们重新梳理了福建工业脉络，以全局观展现智能制造对传统优势消费品工业和战略性新兴产业的意义，漫谈全省智能制造的转型之路，直面存在问题的同时，也充分展示了福建已经形成的优秀经验。康副省长提到他参加晋江企业转型推进会时，深有感触地回忆起和闽商交流的细节："福建的企业有一个特点，就是学习能力比较强。如果你做得好，我就跟你学。"这句简短的话很直接地体现了福建企业的"爱拼才会赢"精神。相信在八闽大地，一定会诞生出更多由智能制造转型带来的工业领域新发展和新变化。

记者在宁德时代公司专访时任福建省副省长康涛

直播连线

LIVE CONNECTION

量脚定鞋新体验

纺织鞋服产业是福建的传统优势产业，福建莆田更是被誉为"中国鞋城"，据说全国每生产 10 双鞋就有 1 双产自莆田。为了做好消费者脚上的一双鞋，智能制造会给出什么样的解决方案？ 我们来看记者的探访。

在福建莆田一家制鞋企业的工厂店，记者体验了专门针对自己的脚所测量出来的定制鞋的诞生。定制鞋这个概念在运动员群体中是比较普遍的，不过，面向大众消费者可以随时测量、随时生产的定制鞋，还是比较新鲜的。它是怎么实现的呢？

这家工厂店的正中间摆着一台大型仪器，这是用来采集足部三维数据的，是这家企业和科研院所共同研发的。据说它比你自己更了解你的脚。

双驰公司采集足部三维数据的大型仪器

福建篇

人站上去之后，只需要15秒钟，它就可以采集足部54项三维数据，并且自动测量、分析得出最适合你的鞋款。

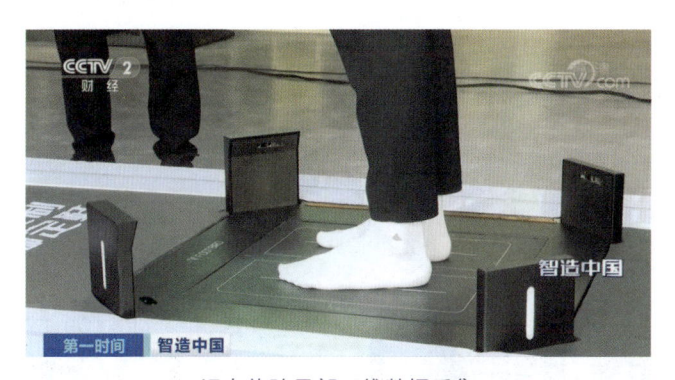

记者体验足部三维数据采集

苏童： 可以看到，仪器上的进度条正在飞速地推进，结果已经显示在屏幕上。您好，想问一下这说明我的脚是有什么问题吗？

古玮明（双驰智能工厂负责人）： 从数据上来看，您的左右脚的长度是一致的，但是您的左脚比右脚偏宽。您的足弓是比较健康的。您的身体的体态重心是偏右的。系统已经根据您的特征推荐了最适合的鞋型以及对应的定制尺码。

苏童： 左脚比右脚宽，就说明其实左脚的鞋有可能要稍微大一点？

古玮明： 是的，您的左脚要用更宽的鞋楦来定制鞋子。

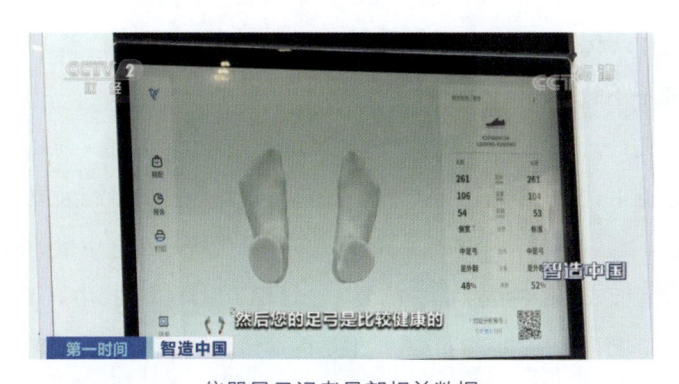

仪器显示记者足部相关数据

苏童： 我看这里除一些足部的三维数据外，还会推荐步态重心、足底压力等数据。下面是不是就可以进入选样式的环节了？

049

古玮明：是的。这个是系统匹配出来的鞋款，您可以看看有没有您喜欢的款式，我们进行定制。

苏童：不然就选下面这款黑色的运动鞋吧。定制到这里就结束了吗？

古玮明：还没有，刚刚您选择的款式已经推送到我们的小程序上了，您可以看到这是您选的款式，如果您有需要的话，还可以针对不同的部件进行颜色、面料的选择。

苏童：连面料也可以选？

古玮明：是的，如果您还想要更个性化，您可以绣上自己想要的签名。

个性化定制鞋产品

苏童：可以的，那我来写一下。那现在就下单了？

古玮明：对，我帮您下单。系统显示订单已经推送到我们的生产系统。大概两个小时左右就可以取到为您定制的这双鞋子。

苏童：两个小时就可以拿到了？

古玮明：是的。

在订单数据下达之后，工厂的中控系统马上安排生产，系统大屏上已经有这个订单的数据了。通过这样一个中控系统实现了突破传统最小订单量的限制，在这家工厂不大幅度增加成本的情况下，只需要 1 个订单，就可以安排生产 1 双鞋。

这样一种定制个性化生产的方式，也是福建传统的纺织鞋服产业和智能制造融合的一次新的尝试。在这次采访当中，我们也从不少制鞋企业了解到，在生产环节部署了工业互联网等设备和平台之后，打通多个环节，产能有所提升，而用工是大幅下降的。不仅如此，柔性定制还可以为企业解决库存的痛点等问题。

福建篇

近年来，福建纺织鞋服的产业规模不断增长，在六年之间增长了 1.76 倍，在 2021 年底达到了 1.1 万亿元的规模。福建纺织鞋服产业正在依靠智能制造的力量改变、焕发新生。

主创人员： 冯玉婷　苏　童　邢　杰　石　鹏　郑晓天　刘　巍　李文胜　刘　翀　张　军　吴南馨　郭金秋

量脚定鞋、单件生产、规模定制：
智造赋能个性新消费

一双鞋的生产过程其实要历经鞋面、部件、鞋底、鞋楦定型等多个环节。步入这个工厂，马上就看到一组高速运转的飞织机，它们正在全自动编织鞋面。每台机子上纱线的颜色是不一样的，它们连成一个矩阵，根据不同纹样的订单，系统会进行智能拆分，分配给所对应的机型来生产。

全自动编织鞋面的飞织机

当一台飞织机织出了鞋面的半成品，这时，AGV 搬运机器人就会闻风出动前来这里，取上这个半成品，送往下一个工序。在工厂里，工序之间的衔接通过无人物流的方式进行，加快了生产节拍，提升了生产效率。在这个工厂，一天 10 小时的班次当中，最多可生产 1000 双定制鞋，可以说是实现了规模化的定制。

智造中国

央视财经大型融媒体报道作品集

跟随 AGV 搬运机器人的路径，接下来就来到了辅料配装环节。在这里，鞋面、鞋舌、鞋底等部件都会被装进一个蓝色小筐中，同样被装入的还有一张 RFID 射频芯片。从现在开始，这张芯片会一直跟随着这个订单，直到最终它被缝进鞋底，成为鞋子的一部分。这样也就实现了这张订单全程生产过程是可追溯的。

定制鞋的辅料配装环节

在人机接力环节，工人要继续进行熨烫平整等一些精细活。然后就要来到鞋楦选配的环节了。

可能到这里您还是有疑问，这个鞋楦是怎么实现定制化的呢？其实这个工厂把每个鞋码都拆分成了 5～9 个不同的子鞋码，根据客户端传来的数据自动匹配对应的子鞋码进行生产，这样就降低了定制的成本。在下图中的八角货架当中，机械臂正在从 500 多个鞋楦中选取这个订单对应的鞋楦，交到工人手里，定鞋型。这也是定制鞋生产最为关键的一道工序。

机械臂从 500 多个鞋楦中进行选取

福建篇

　　接下来就到了成品线的出货环节。与传统的量产鞋千篇一律不同的是，这条生产线上下来的每一双鞋，都是不一样的。不仅如此，这里还有一个工位，专门把刚刚下线的定制鞋打包发货。这个工厂按需生产、即刻发货的特性，也让它实现了成品鞋零库存，直接解决了企业库存的痛点问题。

　　下图中的这双鞋就是记者定制的鞋，它已经下线了，摸上去还是温温热热的。这是完全根据记者的脚型尺码来定制的，上面还绣有四个大字——"智造中国"。

记者拿到了定制鞋产品

主创人员：冯玉婷　苏　童　邢　杰　石　鹏　郑晓天　刘　巍　李文胜　刘　翀　张　军　吴南馨　郭金秋

新闻特写

NEWS FEATURE

"老将新兵"见证玻璃制造迭代升级

　　智能制造也在重塑福建的传统制造业。福耀玻璃公司通过一位从业30年的"老将"和一位今年刚转行来的"新兵",来理解在他们眼中,智能制造给传统制造业带来哪些新变化?

　　在全球产量最大的汽车玻璃制造企业的生产车间,一片片玻璃顺着生产线陆续滑出,左右两排机械臂毫不费力地从线上抓起玻璃,再精准地叠放在一旁。

福耀玻璃公司的生产车间

　　郑明生(福耀集团汽车玻璃工程研究院院长):机械臂抓取正常不超过10秒。原来大板下来,一片玻璃都有100多斤,两边各站着两三个人,一起搬下去,这个我都见过。

福建篇

在玻璃制造业干了 30 多年的郑明生，亲眼见证了生产线上体力活越来越少的过程。如今这条生产线 24 小时全自动运转、日产 600 吨玻璃原片，偌大的车间空空荡荡，不需要一名体力工人。不仅如此，智能制造系统还能自己完成质检、切割等工作。

福耀玻璃公司无人生产线

郑明生：自动化的优化切割系统可以对缺陷进行规避，如果说我这个板面里面缺陷很多，它会把这个板面优化切割下来，然后作为废品，变成玻璃碎再回炉。

福耀玻璃公司的自动化优化切割系统

玻璃生产全自动，能藏天线能通信

在部署智能生产设备和平台后，生产线的生产效率提升了 30%，不良率降低 30%。现在郑明生只需坐在办公室，就可以通过工业互联网平台纵览全局生产数据。而在郑明生办公室的隔壁，有一个暗室实验室。工程师陈志兴正在这里进行一场汽车玻璃的研发测试，测试玻璃的一种全新功能。

智造中国

央视财经大型融媒体报道作品集

陈志兴：随着新兴智能网联技术的发展、全景天窗玻璃的使用，我们要在玻璃上实现天线的功能。如ETC、RFID（识别芯片）、5G通信。这是一个极大的转变，因为这条路没人走过。

其实，陈志兴是个加入玻璃行业不到一年的"新兵"。正是玻璃天线这个全新的概念，让他决定从电子通信行业转行，投身玻璃制造行业。在带来新技术的同时，也更多地运用了实验、仿真系统等智能制造工具，提升了玻璃的设计能力和效率。预计多家知名车企的新车型将搭载这个新型玻璃产品。

陈志兴

福耀集团创新研究院智能网联部副总监

我们致力解决整个智能网联汽车发展中间的一些瓶颈问题，做了玻璃天线这件事。通过智能制造，才可能实现我们的这种使命。

福耀玻璃公司展厅

主创人员： 苏　童　高文鹏

权威访谈

AUTHORITATIVE
INTERVIEW

从汽车电池到纺织鞋服："福建智造"持续发力

福建是我国东南沿海的工业新星，2021年全部工业增加值达1.78万亿元，工业总量从全国第10位跃升至第6位。从汽车电池到纺织鞋服，福建的智能制造如何发力？来看记者苏童对时任福建省副省长康涛的专访。

康涛：这里是全球动力电池出货量最大的一个企业，出货量占了全球的三分之一。这个企业的工厂，代表了全球动力电池制造的最高水平。

动力电池涂布车间

涂布工序是生产中最为关键、最精细的环节之一。这里所有的设备都接入了中央控制系统，所以你可以看到我们的工人就拿一台平板电脑，用5G传输的技术就可以控制、调节挤压头，能在微米级进行调节。

高速运转的涂布机长100多米、有两层楼高。在电芯制造环节中，往几微米厚的铜箔和铝箔上均匀地涂材料，曾经是世界性难题，如今，智能的力量正在突破制造的极限。

康涛： 它的速度非常快，一分钟涂布100米，每一个电芯只需要1.7秒就可以生产出来。在这样快的速度下，缺陷率只有十亿分之一。

这个数字代表基本上不能出问题，因为汽车电池是非常重要的，没有这个智能化的控制系统，靠人工是无法做到的，肯定还会不断突破它。

以电池产业为抓手，
打造新能源汽车产业集群

随着新能源汽车产业的快速发展，不到十年时间，福建以动力电池生产制造为核心，带动钢铝铜等新材料、动力装置、装备制造等上下游产业，形成了新能源汽车产业生态圈，将打造万亿元级产业集群。

康　涛
时任福建省副省长

这样就带动了大量的产业向这里集聚。当时总书记说宁德要抱几个"金娃娃"，这就是几个"金娃娃"，已经抱起来了。

记者对时任福建省副省长康涛进行专访

传统产业转型，
纺织鞋服企业制造变智造

除了高科技的战略性新兴产业，包括纺织鞋服、工艺品、食品在内的消费品工业，也是福建智能制造转型的重要一环。

苏童： 智能制造会给一件衣服的生产过程带来一些什么样的变化？

康涛： 我可以举个例子，例如，做一件衣服，以往它的布料需要人工进行分拣配送，现在它的每一块布料都有特定的ID，可以用柔性的系统把它精准适时地送到每一位工人的工序里。直接的效应一是用工减少，二是效率提高，三是质量保障稳定。

智能制造赋予每一块布料特定的ID

打造产学研用全生态，
助力小企业智造升级

2021年，福建全省纺织鞋服产业已超过万亿元规模，其中活跃着大批民营中小企业的身影。如何帮助他们进行升级改造是一大难题。

康 涛

福建的企业有个特点，就是学习能力比较强，你做得好我就跟你学。政企的互动特别好，大家一起想办法，一起努力，一起应对困难，一起发展。

康涛： 2022 年 7 月，我们举办了一场项目推介会，一个重要目的就请企业家来现场看，让他们受到启发、互相交流，来下决心进行转型，在这种情况下政府再出手推动。第一，搞诊断：政府购买服务，一对一派企业的"医生"上门来帮他诊断，你这个企业的智能转型痛点、难点在哪里，用什么办法解决。第二，借助一些科研院所和平台来做这件事情，如一双硫化鞋，其实是一个规模不大的企业跟科研院所一起合作，做了柔性的生产线，使产能提高了 25% 以上。

2021 年数字经济增加值达 2.3 万亿元

在一系列措施的推动下，福建已培育 40 多个工业和信息化部智能制造示范项目，超 5 万家企业上云、上平台。2021 年，全省数字经济增加值达 2.3 万亿元，同比增长 15%。

主创人员：苏 童 李 青 蔚立名 张 玥 林 舟 曲绍虎 林建军

山东篇

SHANDONG CHAPTER

记者手记

REPORTER'S
NOTES

一场有惊无险的直播：
揭秘商用车背后的智能制造

记者：宁坤

  山东是传统的工业大省，以往的产业结构以"两个70%"著称：传统产业占工业比重约70%，重化工业占传统产业比重约70%。近年来，山东持续推动新旧动能转换，使传统产业朝着智能制造的方向不断转型升级。在众多不同类型的产业中，选哪个，成为这期节目前期最关键的问题。

  此次《智造中国》大型融媒体报道节目的前期选点阶段，每个省份的每个直播点都历经层层筛选。直播点既要考虑单个案例在该地区内和行业内具有绝对出色的智能制造水平和代表性，又要通盘考虑全国各地直播内容之间的差异性，保证整个系列的涵盖面广、区分度足、可看性强，因此并不容易。

  山东一站，当地相关部门提供了一个很好的报道思路，就是从省内的商用车产业链入手，把上下游企业串起来，体现整体迈向智能制造的升级。1960年，山东诞生了新中国第一辆"黄河"重型卡车（以下简称重卡）。经过数十年发展，山东已成为我国商用车配套综合能力最强的省份，在国际上也具有极强的竞争力和产业链韧性。整车有中国重汽、发动机有潍柴动力、内燃机活塞有渤海活塞、轮胎有三角轮胎和赛轮轮胎、车身冲压有二机床……这些企业不仅在各自的领域将业务水平做到了国内甚至是世界领先，各个工厂整体的智能水平也相当不错，上下游企业之间在供应链智能化方面正在逐步实现互联互通。顺着这个思路踩点后，我们最终选定了在山东济南中国重汽投产的变速箱智能工厂内进行大屏直播，同时将上下游企业做一定的内容勾连。

中国重汽拥有国际先进水平的缸体缸盖加工线、世界首条商用车杜尔涂装生产线（自动化率高达72%），以及亚洲最长的商用车总装线。智能技术的应用，让企业实现明显的降本增效。以变速箱智能装配车间为例，产能提升的同时用工只需原来的三分之一。而直播地点最终选择了变速箱的装配车间，是因为在这个车间内，集中应用了机器人、立体仓库、AGV、工业互联等多项智能制造技术，可以在最短时间内达到最丰富的视觉呈现效果。

内容丰富了，但带来了新的问题。短短六七分钟的直播时间内，如何尽可能充分地展现这么多场景？我们在现场调度和新技术应用上下了功夫。在现场路线和道具设计上，我们特意准备了一辆小车来实现车间两头的快速转场；为了尽可能展示车间全貌、提供不一样的视角，我们提前利用穿梭无人机和GoPro摄像机完成大量航拍及细节处的机器主观镜头；为了让观众直观理解变速箱这样一个重达300千克的"铁疙瘩"是多么精密，我们还提前专门让车间配合制作了一个带有透明剖面、可以自动转动的变速箱实物，直观展示变速箱的内部结构，让观众一眼就可以看明白。而在直播时的表述语言上，我们尽可能将复杂的技术翻译成直白易懂的"白话"。例如，为了描述AGV与机械臂作业岛之间的配合，我们把这一场景形容为餐厅里的"厨师"和"配菜员"。"配菜员"AGV来回游走，把零部件送到机械臂周围一

记者在山东济南中国重汽重卡变速箱智能工厂车间内进行直播

圈的"案板"上，机械臂这一"厨师"再依次加工。林林总总各种努力，都是为了最终将节目完美呈现，让观众最大限度地理解各种智能技术，同时还能看得津津有味。

中国重汽重卡变速箱智能工厂车间的智能装配线

"好的，前方情况就是这样，主持人。"

我在直播中说完最后一句话，停顿三秒后，信号被切走，现场导播间瞬间爆发出了雷鸣般的掌声。从前期设想到最终完成，这场直播真的是有点刺激和不容易。整场直播用到了大卡车、特制实物道具、特效动画、车辆模型、远程视频等设置，以确保节目足够丰富。原本以为会是一场比较轻松顺利的直播，没想到从正式彩排开始，挑战接连出现了。

在整个直播设计中，最大的难点在于如何从开场时工厂立体仓库的一头，转场到结尾产品总装下线的另一头。两端之间的距离大概有100多米，而在短短5分钟的直播中，记者加三个机位的摄像要完成转场，耗时最多不能超过30秒，内容还不能拖沓。反复沟通后，我们决定使用园区电瓶车作为工具，让现场工程师在车上以嘉宾身份和记者交谈，这样可以快速顺利过渡。没想到，解决了内容设计后，技术上的挑战更多。导播和技术老师告诉我，这次可能算是他们见过的最长距离的转场。SDI线的正常长度不够用，无线图传设备连接摄像机容易出现声画不对位的问题，车上收声也存在干扰。历经多次尝试，我们最终选择让所有的摄像机长距离连接网线进行传输，专门由一人坐在车上负责收放线，才实现了设想。中间还出现了因线路过长而被现场 AGV 碾坏的状况。

导播在车间内现场切换不同机位的直播画面

技术老师在车间直播开始前 1 小时紧急解决遇到的网络新问题

关关难过关关过。终于，我们解决了所有问题，也顺利完成了当天早上的第一场直播连线。然而新问题又出现了。在准备午间直播时，每次画面都出现了不明原因的严重卡顿。技术老师反复排查后猜测，可能与昨天新换的网线有关。眼看离直播时间越来越近，大家逐渐陷入了焦虑。是果断换成备播播放，还是挑战一次？临直播开始前 15 分钟，当技术老师更换了网线的水晶头后，最后一遍彩排的画面终于不再卡顿。

倒计时准备、深吸一口气、耳机里声音响起……整场直播顺利完成。在离开的飞机上，我无意中看到了手表上的心率监测数据——12 点那一刻折线达到了最高值，确实刺激！

一台变速箱里有 260 多个零部件，严丝合缝才能正常运转。一场复杂的直播也如此，需要各工种流畅衔接、互相支持。相信我们的直播能力，未来也会像智能制造的发展一样，在一次次的打磨中不断升级进步。伴随着直播能力的提升，我们也可以一次又一次生动记录，呈现更多优秀的智能制造实践场景。

直播团队在中国重汽重卡变速箱智能工厂内合影留念

直播连线

LIVE CONNECTION

重卡换上自动挡：
看变速箱生产的"智造之变"

16挡重卡用上自动变速箱，自主研发实现技术进步

我们知道家用小轿车一般有6个挡位，但重型卡车会有几个挡位呢？在山东济南一处重卡的生产园区里，答案是高低挡加起来最多有16个挡位！

为什么需要这么多挡位呢？我们知道，汽车的变速箱是用来协调发动机转速和车轮行驶速度的；而卡车因为载重大、行驶路况复杂，需要更多的挡位来变速。以前手动换这么多挡位，开起来绝对是个技术活；但随着变速箱技术的进步，现在高级重卡也有了自动挡。当重卡屏幕上显示挡位信息左上角的小字母，从M切换成了A，说明已经是自动挡了，司机驾驶起来能轻松不少。

中国重汽这款16挡重卡的变速箱安装在车头底部中间的位置，它是重卡最关键的三大件之一。而现在这些重卡使用的变速箱，都是由企业自主研发和生产的。变速箱的内部，实际上有多个不同大小的齿轮在组合工作，从而调节速度。而自动挡的变速箱，结构更为复杂、工艺要求也更高。在中国重汽高度智能化的变速箱生产车间可以看到，这样一个大家伙，它的重量有300多千克，要用到260多个零部件，生产时对精密度的要求极高。

智造中国

央视财经大型融媒体报道作品集

山东是国内商用车产业链最为成熟的省份之一，上下游配套齐全。如今，产业链上的许多企业都建成了自己的智能工厂，产品的技术水平也不断提升。在中国重汽位于山东济南的一处变速箱工厂内，生产变速箱的智能生产线车间非常明亮和整洁；在车间内的大屏幕上，可以看到实时产能和各项生产数据，整个生产管理实现了数字化。

记者在中国重汽重卡车上进行直播

特效展示自动变速箱结构

与传统流水线不同，这里的变速箱都是通过机械悬臂吊装起来的，围绕生产区域自动旋转前进。通过柔性配置，每一台变速箱可以用到不同的零配件，工人在相应工位完成加工。而像拧紧螺栓时用的扭力扳手等设备，里面都实时同步了需要的力矩等信息，无须人工每次单独调整，操作起来既省力又简单。这个车间每小时下线 30 台变速箱，但只需要原来三分之一数量的工人。在物流和生产环节，也都用到了大量的机器人。

立体仓储和物流系统，智慧物流连通生产环节

那这么多的零部件，如何精准配送到各个工位呢？这就离不开智慧仓储和物流系统。在这个大型立体仓库里，机器会根据生产线需要，来回穿梭，取出不同的零部件托盘，再通过传送带传输出来。而现场的 AGV，就像餐厅里的"配菜员"一样，把零部件托盘送至生产线上不同的位置，这些 AGV 如何找到自己的路线呢？其实，地面上有很多二维码，AGV 通过车身上的摄像头识别二维码后自动行驶。

山东篇

智能工厂内的立体仓储系统正在传输零部件

零部件配送到位后,生产岛中间的机械臂就会夹取零部件并放到周围的工位上,再依次加工,就像一个"主厨"在周围的一圈"案板"上做菜。而在一些生产环节中,需要人机协同完成作业。下面我们对现场的师傅进行采访。

既精准又安全,智能技术助力人机协同

宁坤: 师傅您好!现在您这里的生产方式有什么变化呢?

石世蒙(中国重汽集团济南变速箱厂装配技师): 像这个自动化装配岛,放在以往,需要一条近20米长、10多个工位和工人来完成的流水线,现在经高度集成和自动化以后,只需要我一个人与机器简单协作就能完成生产。我们还有一个激光对射的光幕,它就像一个电子护栏。在作业过程中假如有人误入,设备就会立即停止作业,来保障我们的人身安全。

宁坤: 好的,谢谢您!我们看到这些智能化技术,既可以提升生产的精度,又能保障生产的安全。那这样一个车间,可以说是从物流到生产的各个环节,智能制造无处不在。

单小时下线 30 台变速箱,智能工厂降本增效

宁坤: 葛健是深度参与了这个智能车间建设的工程师之一。请您介绍一下,建设这么一个车间需要多大的投入?建成投产后现在的产能和效率提升情况怎么样?

葛健（中国重汽集团济南变速箱厂装配线现场工程师）： 我们这个生产线高度集成，车间装备总体投资8000余万元。目前单小时产能是30台，在业内算是比较高的，但是用工人数只是老生产线的三分之一。

宁坤： 那确实实现了降本增效！整个车间生产的末端环节是变速箱的总装装配。与传统流水线不同，现在这些变速箱都是通过机械悬臂吊装起来的，围绕生产区域自动旋转前进，每个环节可以进行柔性配置和加工。

从无到"优"，智能制造助重卡再升级

宁坤： 在这张桌子上，我们可以看到两个模型：左边这辆是最早的"黄河"重卡——1960年中国自己生产的第一辆重型卡车，当时它的载重只有8吨；右边这辆最新款的"黄河"重卡，车重加载重已经可以达到49吨。而旁边的这块屏幕上显示的先进的无人驾驶重卡，已经在天津港日常行驶作业。

记者展示新老重卡的变化升级

在这个大型立体仓库里，我们确实能清晰地感受到我国重卡制造能力的进步。当下，这一产业链上的各个关键环节，也正像我们看到的变速箱生产那样，朝着智能制造的方向迈进。未来，更加值得我们期待。

主创人员： 刘　阳　李　青　宁　坤　廖文铮　高文鹏　王建坤　席杉杉
　　　　　　赵　婕　李都辉　刘　宁　韩　森　李志超

新闻特写
NEWS FEATURE

转向架智能制造：
让中国高铁走得更远

  2022年8月初，我国出口海外的首列时速为350千米的高速动车组——雅万高铁高速动车组在山东青岛下线。中车四方股份公司的工程师邓鸿剑参与了这列高速动车组转向架的智能制造，见证了中国高铁从"追赶者"到"领跑者"角色的转变。在他的眼中，智能制造带给传统制造业哪些新的变化呢？

  邓鸿剑所在的技术团队主要负责通过智能制造来完成整个转向架的生产，转向架是高速动车的关键部件，负责车辆的牵引和制动。

工业机械臂在高铁转向架车间的应用

  说起智能制造，邓鸿剑一脸自豪。在他的办公桌上，有一支旧电筒和一块钢片，"这是我们的人工打磨的检测样板，通过这个样板能够检测人工打磨之后圆滑过渡的外貌形状"，邓鸿剑说，

邓鸿剑
中车四方股份有限公司技术工程师

在效率方面，它较人工有很大的提升，人可能需三小时完成的工作量，用设备半小时就可以完成。

智造中国
央视财经大型融媒体报道作品集

这两个老物件曾经是生产必备的工具，而现在是一种纪念也是一种鞭策。

人工打磨产生的噪声、铁屑对工人身体伤害很大。智能化升级后，工厂有了自动打磨设备。设备通过扫描对工件建模，再与目标模型对比，最后开启自动打磨程序。

人工打磨考验的是手上的力度，人工检验考验的是眼里的精度。过去转向架出厂前的最后一道工序是工人拿着手电筒进行检查，而如今这台智能图像采集器可以围绕转向架的各个零部件拍摄照片，即便是1毫米的差错它也看得清楚。智能设备用15分钟可以完成一个转向架的检测，而人工检验可能需半小时。

李 新
中车四方股份有限公司质量管理部工程师

（智能检测）最大的好处就是比较清晰，对各个部件的位置定位比较准确，发现异常它会自动报警。

邓鸿剑

智能制造是我们"走出去"的一个有力保障。雅万高铁下线，我们都特别自豪，但是我觉得更多的是一份责任，我们应该并且有能力保证我们的产品在全球能够运行得更好，走向世界的各个角落。

工作人员正在对生产的高铁部件进行检测

快速行进中的中国高铁动车组

主创人员：王舒畅　王 伟　柳 栋

权威访谈

AUTHORITATIVE INTERVIEW

建网络、配装备，"由点及面"推动智能制造发展

山东是传统的工业大省、经济强省。近年来，山东持续推动新旧动能转换，朝着智能制造的方向不断转型升级。建好网络基础设施、培育推广智能装备，如今的山东，已经打造出了一批智能制造的标杆示范工厂，正带动着产业链整体升级。

时任山东省副省长凌文
向记者介绍 5G 在工业领域的应用

那么山东在智能制造方面有哪些具体的实践和经验呢？走进山东济南一处生产计算机服

凌 文
时任山东省副省长

我们把 5G 和光纤都匹配到了极致，已经建了 13.3 万个 5G 基站，光纤一共 5600 千米。任何两个城市之间，我们的时延能做到 1 毫秒之内。工业、港口、交通，也包括民用领域，所有的设施都能实现最好的智能化通信。

务器的智能工厂，记者对时任山东省副省长凌文进行了专访。

设备信息联网后，每条生产线可以同时生产多款不同产品，大批量的柔性生产得以实现。而借助各类智能装备，工厂的用工数量只需原来的四分之一。

近年来，山东聚焦劳动强度大、危险性高的生产岗位，推动机器换人，累计研发推广300余项"首台套"智能制造装备。2022年上半年，山东的工业机器人产量同比增速达33.1%。

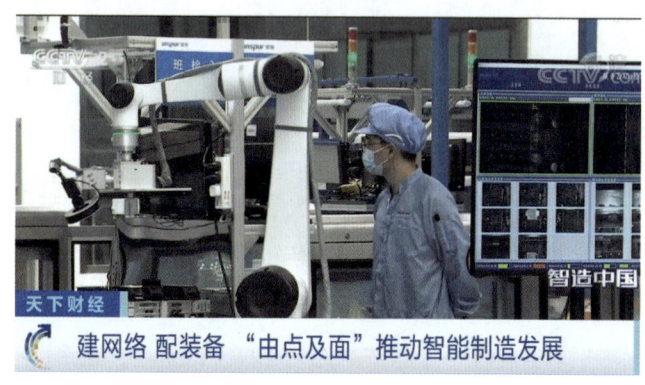

> **凌　文**
>
> 智能制造最基础的单元就是每一个装备。像现在，我们省很多比较先进的智能化工厂，它的装备智能化率已经达到了95%。中小企业购买、使用"首台套"，都有一些激励政策。

工业机器人在山东济南一处智能工厂生产线上应用

产业链整体智能升级，
工业互联网赋能中小企业

在打造出一批智能制造标杆企业后，山东正在推动产业链整体智能升级，"由点及面"形成生态。以商用车产业链为例，山东已成为配套综合能力最强的省份；在上下游的发动机、轮胎、车身冲压设备等领域，头部企业都实现了较高的智能制造水平。目前，山东已有43个重点产业链推行智能化改造。

此外，加快建设工业互联网，也是山东推进智能制造的重点任务之一。目前，国家级工业互联网"双跨"平台中，山东有 4 个入围，数量排名居全国第三位；省级行业平台共服务 50 多万家中小科技企业。

数字孪生助力传统产业转型升级

加大技改投资，破解传统产业"两个 70%"难题

取得如今的智能化转型成果，对于山东来说并不容易。以往，山东的产业结构以"两个 70%"而著称：传统产业占工业比重约 70%，重化工业占传统产业比重约 70%。为了推动传统产业转型升级，山东持续加大技改投资。2020 年至 2021 年，山东技改投资两年平均增长 6.4%，技改投资规模位居全国前列。

宁坤：近年来，山东一直在持续推进新旧动能的转换、培育新的经济增长点。您认为在这个过程中，智能制造方面积累了哪些独到的"山东经验"呢？

凌文：这些老的工业，我们要用智能化、数字化及工业互联网为它们赋能。山东是化工产业规模最大的一个省份，化工厂要集中进园区，所有的罐都装上了传感器，把很多的隐患提早预警、提早排查、提早处理，让装置安全、高质量运行。未来，我们不仅要坚决推进这些应用场景、经验，还要花大量的精力去扶持、促进、推动、引导这些中小企业，实现全社会的智能制造。

主创人员：陈永庆　刘　阳　李　青　宁　坤　廖文铮
　　　　　　高文鹏　任芳竹　窦效磊　张　涛　李金林
　　　　　　宋　帅

业界反响
INDUSTRY RESPONSE

《智造中国》走进中国重汽

崔云飞　中国重汽集团党委宣传部副部长

2022年8月，中央广播电视总台财经节目中心大型融媒体报道《智造中国》节目组来到山东济南，在中国重汽变速箱工厂开展了大型直播报道。节目对我们自主研发的16挡重卡自动变速箱、智能生产线、智慧工厂进行了生动、详实的报道。节目的热播，让更多的人看到了中国重汽从"中国制造"走向"中国智造"的成果，也更加坚定了我们继续走"降本、增效、提质"的数字化转型之路的信念。

虽然呈现在观众面前的节目只有数分钟，但这背后却蕴含着总台报道团队成员们的大量心血和付出。与他们共事的日子里，我们一次又一次被总台记者的专业素质和敬业精神所感动。

早在直播开始前的几个月，负责此次报道活动的记者宁坤便与我们取得联系，远程开展前期准备工作。通过照片和视频等方式，双方不断沟通，初步确定了直播场地和采访路线。直播前一个月，宁坤记者来到济南，在厂区实地考察直播现场环境，规划直播时的机位布置，预估每个镜头需要的时间，策划镜头转场方式等。直播前一周，总台直播团队工作人员陆续到达，并第一时间开展工作。作为企业宣传部门工作人员，我们在日常工作中经常涉及新闻节目的拍摄制作，但总台节目团队在工作中的默契配合和专业水准，还是让我们不禁感叹：不愧是央视，不愧是总台。

面对济南盛夏的炎热天气，为追求更好的直播效果，直播团队主动要求从户外开始直播。烈日下，一遍遍地排练，大汗淋漓的他们没有一个人叫苦叫累，而是不断揣摩每一个镜头、每一句出镜词，讨论哪里可以优化提升，力求达到最佳的播出效果。面对三千多个字、包含大量工程机械专业术语的直播脚本，我们为记者的直播捏了一把汗。等到直播结束，我们悬着的心终于放下来，出色的表现向我们证明，永远可以相信总台节目团队的专业实力。

节目播出后，产生了热烈反响。中国重汽的官方视频号发布了视频，在官微推送了微信，取得了惊人的观看量。视频号播放量首次突破 10 万 +，集团上下干部职工自豪感倍增！山东省国资委官方微信转发此次活动，向全省省属企业推广学习，《智造中国》深深印在了每个中国重汽人的心里，也在中国重汽掀起了一股智能制造的热潮。

乘着《智造中国》的东风，济南变速箱厂趁热打铁，积极推进数字化文化建设、培植数字化转型"土壤"，将数字化基因植入每一个流程、每一个作业、每一个岗位，以点带面持续打造数字化转型新生态。与 2020 年相比，济南变速箱厂装配自动化水平由 10.9% 提升至 48.7%；机加工自动化水平由 50% 提升至 95%，生产线整体生产效率提升 15%。在产能持续提升的情况下，员工人数由 815 人下降至 514 人，降低 37%，其中智能化物流配送系统使生产作业环节人力节省 60%。数据采集、交互和生产报表实时性提升 80% 以上。高水平的数字化能力，保障了产品品质，产品合格率提升 10%。

2022 年，济南变速箱厂荣获"国家级智能制造示范试点优秀场景"，打造了数字化转型落地车间的标杆，更是鼓舞了员工士气。

与《智造中国》的相遇，不仅让我们看到了总台团队的专业素养，更让我们坚定了在全集团持续推进数字化转型的信心。回望来时路，我们的脚步坚实有力；展望新时代，我们更加信心满怀。

广东篇

GUANGDONG CHAPTER

记者手记

REPORTER'S NOTES

美食背后也见"智造"升级：智能制造仍在"进行时"

记者：宁坤

  在结束了山东站的直播之后，我们节目组马不停蹄地在当天下午乘坐飞机转战广东，准备《智造中国》的下一站直播节目。广东是全国主要的制造业大省和强省之一，GDP常年居全国第一位，产业种类多、企业实力强，在推进智能制造转型升级方面一直走在前沿，许多行业在全国都具有代表性和示范性。因此，在前期选点阶段，我们并不缺乏素材，而是要重点考虑从什么样的角度切入，才能更好地体现出广东当地制造业的独特之处。广东的制造业主要集聚在珠三角地区，因此我们在当地提供的文字材料基础上，重点对汽车、家电、电子产品等多个不同行业的优秀企业开展了实地走访调研，去工厂一线看智能制造实际应用情况。在这个过程中我们发现，广东这些企业的生产端与市场端结合得非常紧密，常常同一类产品可以有上百种不同款式混线生产；基本上每隔几个月、半年或者一年时间，就能快速根据市场需求的变化而推出新品，完成快速迭代。这些产品往往为消费类产品，与百姓生活紧密关联。因此，我们最终选定了"以敏捷快速智能制造响应市场变化"这一主题作为观察广东智能制造的小切口，来设计我们这次的整体直播。

广东篇

在众多企业案例中，我们将直播点定在了位于广东顺德的美的微波炉工厂，这也是全球规模最大的微波炉工厂。在这里，最快每 8 秒可以下线一台微波炉，而整个工厂的年产能可以达到 4800 万台。虽然是一个小小的微波炉，但是产品涉及复杂的磁控管核心技术，以及每年不断地更新迭代功能设计。这些都对工厂生产提出了很高的要求，要在实现大批量生产的同时保证生产线的柔性快速变化。生产端采用了以销定产的"T+3"订单管理模式，也陆续在不同环节应用了 5G+AI 视觉检测、AGV、自动化仓储、数字化生产线等技术手段。但即使有这些丰富的内容，刚到企业第一天踩点时，我还是有点"傻眼"。

这一工厂建成使用已经 10 年左右，而且部分生产线正在休整改造当中，因此生产线现场从视觉观感来说并不好。整体看起来比较旧、光线暗、噪声大；每条生产线上的用工人数并不少，并非机械臂交替作业那种场景……这些问题叠加起来，对于工厂生产本身没有任何影响，但对我们的直播呈现效果来说可谓是"灾难级"的。一眼看去，确实无法让观众感受到这里的智能制造水平。

怎么办？在和领队商量讨论后，我们决定"双管齐下"。一方面，在直播的前半部分的设计充分加强可视性和趣味性：我们先加入微波炉提前做好的美食菜品展示，在中午饭点播出的节目中吊足了观众胃口；再展示各类新旧微波炉和关键零部件的拆解样品，并结合大屏幕展现数字孪生工厂的智能化程度；另一方面，后半部分的直播走入车间后，索性把现场情况说穿，直白地告诉观众，这个车间正在做改造、

全球最大的微波炉工厂，平均每 8 秒下线一台微波炉

在向更智能的方向不断升级。在这一段表述时，我特意用了一句"智能制造是一个进行时，而不是完成时"。而在之后与企业的深度交流中，我也深刻感受到了这句话确实不假。

企业的工艺负责人告诉我，最早生产微波炉时，产品生产线上基本靠人工。那时候叫做"万能线"，就是什么款式的微波炉都能在这条生产线上生产，因为人的柔性是最强的。后来为了提升效率，企业也尝试过重金投入建设"高大上"的全自动生产线，一条生产线投入 2000 多万元。但机器作业整体要求产品的规格类型更为一致，因此不能完全适应企业产品快速迭代、柔性生产的需要。现在，企业采取的方式是人机结合，将拧螺丝、质检等工序交由机器完成，工人则负责一些差异性较大的内容，这样能在保证效率的情况下尽量提升生产柔性，一条生产线的成本仅 500 万元。而下一步他们正在改造的生产线，则用到了更多更智能的机器设备，柔性和效率兼具，进一步向智能制造升级。

直播团队在广东佛山数字孪生工厂大屏前合影留念

从这种变化中我深切感受到，我们在宣传报道智能制造时，一定要结合企业实际。智能制造是拿来用的，而不是摆来看的。企业算的账是真实的投入和产出关系，是要见到实实在在的效益的。"高大上"的技术很多，但不能盲目为了"智造"而"智造"。往复杂了说，智能制造的推进还涉及职工接受度等社会问题，需要综合考量、稳步推进。而从直播角度来说，更是要求我们充分挖掘现场、结合企业生产实际来真实合理设计节目，而不能沉浸在"自说自话"中。

　　值得一提的是，这次节目播出后不仅面向社会广泛传播，还得到了广东省领导的高度重视。广东省一位副省长在节目播出后专门作出批示，要求将相关内容作为案例，嵌入他在浦东干部学院讲课的内容当中。我们也希望，通过这次《智造中国》大型融媒体报道活动的努力，能从上至下地影响到更多的人，为实现"中国智造"的目标添砖加瓦。

直播团队在直播结束后合影留念

直播连线

LIVE CONNECTION

从"顺德味道"到"顺德智造":
探访全球最大的微波炉工厂

广东顺德被誉为"世界美食之都",全球每生产两台微波炉,就有一台出自顺德。为了更好地满足消费者对美食的需求,微波炉会做出怎样的迭代升级呢?

川渝地区的小酥肉、闽南地区的名菜红鲟米糕、东北地区的地三鲜、顺德的招牌菜清蒸石斑鱼,还有美国风味的烤鸡、法国的经典甜品可露丽……各种类型的美食,全部可以用微波炉制作而成。而这么多做法不一的菜,特别是像地三鲜这种需要猛火旺炒的菜,到底是怎么用微波炉做出来的呢?

记者与厨师互动展示最新款微波炉的烹饪能力

1999年生产的老式微波炉,只能用来简单加热食品,后来随着市场的需求,推出了微烤二合一、微蒸烤三合一、微蒸烤炸四合一的多功能微波炉。而现在已经是智能微波炉时代了！以前的微波炉达不到炒菜所需要的温度，现在将微波的瞬间功率提高，使微波也可以达到中餐炒菜的火候。有了这样的智能微波炉，"厨房小白"也可以通过数字化的食谱做出2000多道菜。例如，做一道辣子鸡：将一些腌制好的鸡胸肉放进微波炉里操作，稍等片刻就可以享用美味了。制作辣子鸡的过程完全没有油烟和呛人的辣椒味，但是做出来的菜品色泽鲜亮、鸡肉的口感软嫩，味道一点也不输大火烹制的。实际上，现在的微波炉除能替代大火烹饪外，还能满足大家对低脂减盐减糖的需求，这些多元化的功能究竟是怎么实现的？一台小小的微波炉，还有哪些我们想象不到的黑科技？

微波炉功能迭代升级的背后，离不开技术的进步。微波炉最核心的技术是磁控管，它是把电能可控制地转化为热能的关键，因此又被称为微波炉的"心脏"。最新研发的第三代磁控管在实现变频输出的同时，重量从升级前的800克减小到400克，体积缩小了40%。磁控管的缩小，让微波炉海运装柜率直接提升20%，也方便了微波炉这样的广东智造代表走向全球。通过微波炉内部结构及关键技术的特效图，可以看到微波炉内含最新一代的磁控管、传感器，以及能够支持各种功能的芯片，一台小小的微波炉，涉及的智能制造如此丰富。

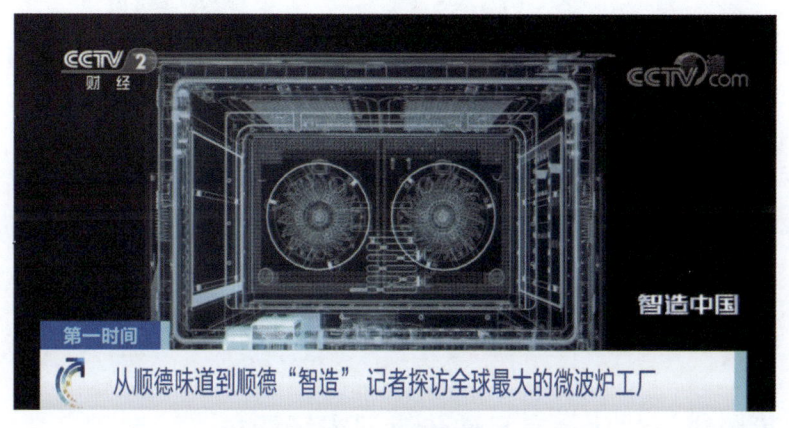

用特效展示微波炉内部结构及关键技术

主创人员： 杨 劼 贾 广 宁 坤 闻培雅 姜美羊 高文鹏 宁 涛 廖文铮
　　　　　　乔 楠 李文胜 贺莉莉 刘 翀 王 昊

敏捷快速响应市场：
美味背后有"智造"

广东是我国制造业的"排头兵"，总体规模大、产业类型多、技术含量高。近年来，"广东制造"以敏捷快速的智能生产，响应市场变化，获得了市场的认可。

从"顺德味道"到"顺德智造"，小小微波炉不简单

说到广东顺德，大多数人的第一印象肯定是这里的美食。您可能会问，这跟制造业有什么关系？在顺德当地的一处微波炉工厂内，一款微蒸烤炸多功能一体机最多可以做出两千多种菜品，烤、蒸、炸这些功能都是一代代增加上去的，大大颠覆了对微波炉的传统印象。

记者展示微波炉产品响应市场需求快速迭代

微蒸烤炸一体化：产品迭代满足市场需求

产品快速迭代的背后，离不开技术和制造能力的支撑。几个叫作磁控管的零部件是微波炉的"心脏"，主要功能是通过发射微波加热食物。要实现小巧的微蒸烤炸一体机，就必须生产出体积更小、功率更强的磁控管，技术上有门槛。而想要实

现指定温度，就得加上传感器；想要内置菜谱、连接手机，就得再加上各类芯片……这些零部件的生产和装配过程，都对制造能力提出了更高的要求。

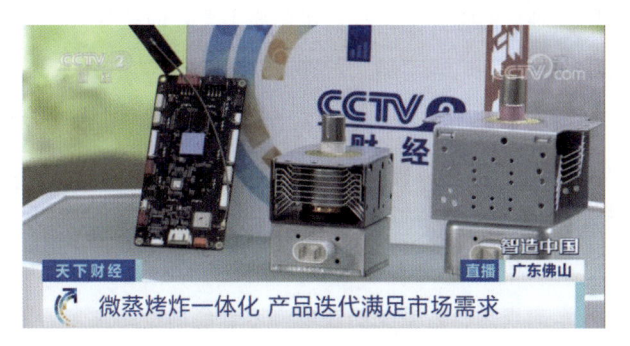

直播中展示微波炉拆解后的磁控管等关键零部件技术

仿真模型，数字生产线：智能化贯穿全流程

为了让不断迭代的新品以最快速度投产，企业在由设计到制造的环节上有了新变化。在工厂内的大屏幕上可以看到，新品在投产前，工艺人员会先用仿真软件将产品做成数字化的模型，不断在计算机上进行测试和调整；之后，将新品拆解到生产线生产的各个环节中进行仿真测试，模拟生产流程发现问题、优化调整生产线。之后，新品才会正式投产。这样既能做到快速响应，又能节省试错成本，也是智能制造的体现。

此外，在大屏幕上可以看到整个工厂各条生产线的运行状态，各类生产数据一目了然，还能实时跟踪每个订单生产到了哪个步骤，真正实现了一个数字化的工厂。

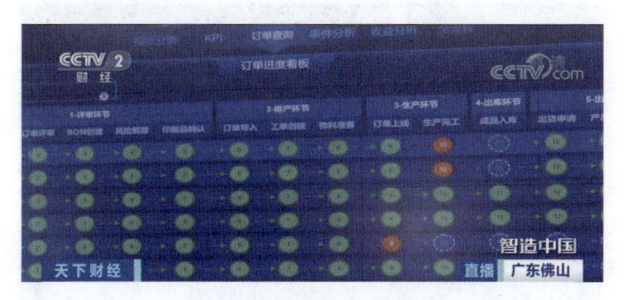

工厂大屏幕实时显示生产线的运行状态

微波炉数字化工厂：实时监测生产线状态

宁坤： 您好！请问我们将整个工厂数字化的主要目的是什么？目前看效果如何？

柴家岗（美的微清事业部顺德工厂生产部生产计划经理）： 工厂数字化主要是为了提升我们的管理和生产效率。如以前一个厂长要管 24 条生产线，巡检一圈就要花费好长时间；而我们现在通过系统实时监测，每年能推出上百款新品，但是也能轻松实现生产管理。

宁坤： 好的，谢谢您！走出大厅以后，我们就来到了微波炉工厂的总装车间入口处，从这边进入车间现场，看看里面还有哪些智能制造的应用。

效率柔性兼备，8 秒下线一台微波炉

走进这样一个总装车间以后，我们就能看到一台台微波炉产品基本成型，准备下线了。这些生产线逐步应用了自动化、智能化的技术，如拧螺丝的工序基本由机器完成：一台微波炉箱体上的二三十颗螺丝，只有最后一颗需要人工来拧紧。此外，在产品质量检测的多个环节，都用上了各类传感器和视觉检测等技术。而在其他车间里，立体仓库、AGV、工业机器人等设备，都在让生产变得更加智能和高效。

随着市场变化越来越快、产品款式越来越多，工厂选择人机搭配作业，这样可以在保证效率的同时，尽可能提升柔性能力，一条生产线就能满足多款不同产品的生产。现在这样的一条生产线，每 8 秒可以下线一台微波炉，而整个工厂的年产能可以达到 4800 万台，是全球规模最大的微波炉工厂。

全球最大微波炉工厂的智能化生产线

广东篇

生产线持续升级改造，智能制造仍在进行时

但即便是达到了这样的生产能力，在这个车间的另一头，还有多条生产线正在进行进一步的升级改造。这些新生产线将用更多智能化的设备提升生产线的柔性和效率。

我想，这也恰恰是智能制造最真实的一面，它会根据实际市场的需要、生产的需要，去不断地迭代升级，这是进行时，而不是完成时。相信有了这样的智能制造赋能，未来我们的微波炉还能做出更多的美味，我们的生活也会变得更加美好。

主创人员：杨　劼　贾　广　宁　坤　闻培雅　姜美羊　高文鹏　宁　涛　廖文铮　乔　楠　李文胜　贺莉莉　刘　翀　王　昊

新闻特写

NEWS FEATURE

广东：制造业聚焦装备突破，机器人推动智造升级

王志成
广东拓斯达科技股份有限公司技术专家

机器人最核心的肘关节的磨损寿命能提升到6000小时的话，相当于机器人的寿命能够提升20%。

我们的机器人的绝对控制精度可以到0.1毫米，这是一个什么概念？0.1毫米相当于我们人的一根头发丝那么细。

随着越来越多的企业转向智能制造，当前国内市场对于工业机器人这一关键生产设备的需求量也不断增加。要在这一智能制造的核心环节上实现技术突破，已经成了广东不少企业的共识，让我们来了解一下他们的故事。

早上八点，在广东东莞的一个会议室里，王志成正在和同事讨论机器人的优化。这种最新研发的工业机器人，正应用在工业生产、生活娱乐等多个领域。

近20年来，王志成一直从事机器人高性能伺服系统等研究。伺服系统是工业机器人的三大核心零部件之一，相当于人体的肌肉，能够精确控制机器运动的位置。经过多年的努力，最近，王志成和他的团队终于在自研伺服系统上实现了"从0到1"的突破。

广东篇

成批的工业机器人在车间进行最后调试

家电龙头自研工业机器人：
速度精度缺一不可

在广东，利用工业机器人的发展，推动制造业智能升级已成为共识。

智能装备负责人向记者介绍工业机器人研发进展

4年前，已负责中央空调生产多年的张天翼，接到一个新的任务，研发新一代工业机器人。张天翼明白，只有生产装备实现根本突破，才能更快、更好地造出产品。要实现这一目标，并不容易。

经过上百次优化，张天翼团队自主研发出的新一代工业机器人已经能应用于上下料、焊接、切割、装配等

王志成

现在不到原来空间的三分之一，成本能做到不到2000元。打破国外的技术垄断，实现国产工业机器人的自主研发，是我们不断为之而奋斗的目标。

张天翼
格力智能装备研发负责人

再提升速度很容易会出现过热保护情况。但我们优化了机器人的路径，也做了一个多月近30多万次的实验，我认为这个风险是可控的。

091

张天翼

工业机器人是智能制造的核心设备。我们在开发运行过程中遇到最大的矛盾在于机器人的速度提起来之后,机械臂的抖动就会增大,这样的话就会影响效率。这个问题如果不解决,我们自主研发的意义也就不存在了。

张天翼

现在我们用机器人上下料之后至少节省了6名人力成本,同时也能实现24小时的无人化生产。

近80%的生产场景。除了应用在公司内部,现在,这些机器人已走向外部市场,为广东乃至全国的家电、汽车、食品等行业提供服务。

家电工厂生产线已大量应用自研国产机器人

广东：工业机器人产量全国第一，产业集群推进智能制造

当前,广东的智能制造水平在全国领先,工业机器人产量位居全国第一。为了进一步推进智能制造,广东正在实施智能机器人产业集群行动计划,通过培育86家机器人骨干企业等措施,为工业机器人在智能手机终端配件、石化加工、装备制造、大规模家具定制等传统支柱产业的示范应用打好基础。

主创人员：杨 劼　姜美羊　闻培雅
　　　　　宁 坤　姚 佳　宁 涛

四川篇

SICHUAN CHAPTER

记者手记

REPORTER'S NOTES

重器之光耀古今

记者：易扬

　　回顾 2022 年整个夏天的奔波，当我在地图上重返和《智造中国》大型融媒体报道走过的三省五市——成都、德阳、合肥、芜湖、杭州，将它们标记并串联起来，得到的这条线几乎与北纬 30 度线重合，这条神奇纬线贯穿四大文明古国，蕴藏着至今未被摸透的神秘力量。在人类最早播撒文明火种的地方，如今亮起了现代工业智造之光。这样的巧合也让我在回顾这趟探索之旅时，有了更辽阔的视角。

　　三星堆是北纬 30 度上一颗耀眼的明珠，这里出土的青铜重器昭示着古蜀国天马行空的想象力和制造天赋。20 世纪 60 年代中国的"三线建设"，唤醒了这片土地沉睡千年的制造基因，天南海北怀揣梦想的年轻人涌入这座人口数量不足两万的西南小城，用肩挑背扛的方式，筑造起了如今的重工业基地，我们在四川的直播点就选在了德阳东方电机的重跨车间。

　　回到最初，报道点位并不清晰，我们历经了一番艰难取舍。放眼四川，除发电装备外，食品加工、电子信息、动力电池等产业也在其制造版图中占据重要位置。随着与当地沟通的深入，信息量和选择的困惑交替增加。特别是对于直播点的选择，只能有一个。起初我们非常执着于选择"最"能代表四川的智

四川篇

改造中的重跨车间

能制造场景，可是何为"之最"呢？后来我们转变思路，把寻找"之最"变为寻找"唯一"。

什么是四川带给世间的"唯一"？这未必是选出来的，当你积累了足够多对四川的了解，"唯一"就会浮出水面。这可能是一种直觉，也可能是信息从量到质的变化。就在我们为直播点的选择感到困惑时，白鹤滩水电站正凝聚山河之力一泻千里，近百米长的风电叶片沿着挂壁公路穿梭在大凉山腹地，这样的画面不时在我脑海里若隐若现……节目创作并不止于就事论事的案头工作，想要全方位展示一个省的智能制造，阅读它的人文地理、历史纵深和远期规划，都会有收获，"唯一"也会逐渐清晰。

四川是三线建设中，国家投入最大的省，这些投入在数十年后转变成我国的重工业之基。白鹤滩、葛洲坝、三峡、华龙一号，

无人机飞过重跨车间上空

智造中国

央视财经大型融媒体报道作品集

每一个名字都让人心潮澎湃，每一件重器都是世间唯一的，更何况它们还有一个共同的出处，一座打破国外垄断、为共和国培养了第一批大国工匠的德阳"造梦工厂"。一代人背井离乡在这里为青春之中国奉献了自己的青春，这正是我们一直在寻找的"唯一"。今天的四川作为水电第一大省，基于完备的重工业基础正在重点打造符合国家"双碳"目标的清洁能源装备产业。正如世界上没有两条一模一样的河流，水电装备也都需要定制生产，这就给智能制造带来了机遇和挑战。

1979 年，东方电机自主研制的葛洲坝电站 170MW 轴流转桨式水轮发电机组，其 11.3 米的转轮直径为世界之最

第一次走进东方电机的重跨车间时，厂房正在进行建成以来规模最大的一次智能改造。由于大多数产品都仅此一件，每过一段时间，工厂的布局就会发生较大改变，所以准备直播的第一件事就是根据直播时间盘点彼时在家的"宝贝"。幸运的是，直播的时间节点赶上了葛洲坝改造项目 2 号机组时隔 40 多年再"回家"。葛洲坝发电机组是这座厂房铸造大型发电机组的起点，纵使后来的岁月里从这里走出过无数的大国重器，但这里的人们对于葛洲坝项目依然有着不可替代的情感。准备直播期间，我们看着世界上最大的轴流式水轮机转轮从一个光秃秃的转轮体到一个可以自如张开"翅膀"的水轮机转轮，来来往往的职工总会停下匆匆脚步与它合影，巨大的感动和震撼在车间蔓延开来。它承载过一代人的奋斗，在遥远的地方与我们的生活产生关联，聚山河之力，点亮万家灯火。

四川篇

直播团队与葛洲坝改造项目 2 号机组转轮合影

直播团队踏勘场地

  这个长 400 米、高 33 米的重跨车间几乎是在直播前一天才完成改造的，当它完整地交到我们面前，其恢宏气势超出我们的想象。置身在大国重器之间，人格外渺小，这期节目在表达上最大的挑战就是——什么样的解说词和情绪才能配得上这遍

097

地的大国重器？如果只是浮于表面的"技术流"，直播可能就会呈现出两张"皮"——内容和画面脱节。做这样的大型直播要有匠心，但不能有匠气。我们在路线设计、构图、语言表达、节奏等方面都反复进行打磨，更重要的是基于前期的所见所闻，始终怀着诚恳与敬意。

直播团队挤在狭小的车间办公室打磨节目

　　这也是我们想通过节目传递的一个重要信息。智能制造带来效率，但我们也不要忘记，数十载岁月里沉淀出的经验也是当今智能制造的重要组成部分。以孤注一掷的勇气用三角板设计和制造世界上最大的轴流式水轮机，何尝不是一次壮举，今天的进步也是对曾经艰苦卓绝奋斗的一次致敬。这里的智能制造不是冰冷的机器、算法和数据，是一代又一代人的赤忱，是国家的共同记忆。走近那段历史，才更能看清今天智能制造的意义。

　　当下的新闻就是未来的历史，它不应该只是信息的罗列，而应该包含记者在直面采访对象时所有感受的总和。作为记者，永远都会为这种简单、质朴、纯粹的精神所感动。回看《智造中国》大型融媒体报道，它们不仅是一次新闻报道，也是对团队忘情工作的记载和我们新闻理想的寄托。

直播连线

LIVE
CONNECTION

看大国重器诞生地的智造"变身"

记者：易扬

　　四川是发电装备制造大省，我们探访的这个大型发电装备数字化车间，兼具科技感和年代感。这个车间始建于三峡工程的建设时期，长400米、高33米，在建成时被称为"中华第一跨"，属于典型的离散型生产。大型装备大都是定制化生产的，所以在这里很难找到两件一模一样的产品。就是这样一个有年代感的厂房，完成了建成以来最大规模的智能化改造。

四川德阳东方电气的大型发电装备数字化车间

智造中国

央视财经大型融媒体报道作品集

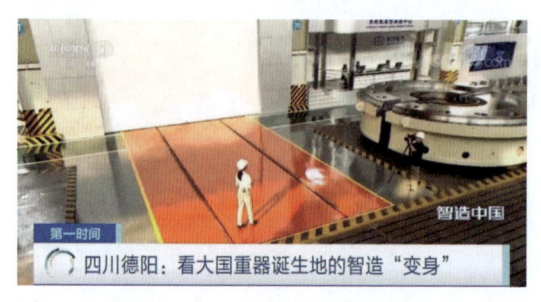

门后是行业内第一个三维测量车间

上图中的这扇门里，是行业内建成的第一个三维测量车间，为什么要关着门呢？因为它在前一天才刚刚完成调试，还有一些"犹抱琵琶半遮面"的羞涩。在这个车间里，直播节目揭晓了大部件将如何测量。

在这个车间里有一个"团宠"，它是葛洲坝改造项目2号机的水轮机转轮。它的直径达到了11.3米，是世界上最大的轴流式水轮机转轮。很多职工走到这里都会上前与它合影。

这座工厂的生产起源于肩挑手磨时代，曾遇到过重重困难，正是这些困难造就了一批大国工匠，也沉淀了许多宝贵的生产经验，为日后的智能制造打下了良好基础。

对于这些大块头的产品来说，它们在出厂之前必须经历一个关

葛洲坝改造项目2号机的水轮机转轮

键的环节，就是预装，预装之后才能分拆发货。举个例子，导叶已经算是整个车间比较小的部件了，但是每一根导叶的重量都达到了1.5吨，要顺利完成一根导叶的安装，需要2小时。有没有办法可以让像我一样外行的人快速了解它的装配效果呢？在下文中将为大家介绍这个车间在行业内首创的数字装配技术。

主创人员： 刘　阳　郭倩茹　易　扬　布日德　樊一民　赵小伟　张伟杰　迟　骋
　　　　　　刘　宁　谢乃川　刘　珏　许佳星　裴可鉴　王浩淼　张　峻　齐　涛
　　　　　　许　英

四川篇

走进大国重器诞生地，
看"老厂房"的蝶变新生

火热的"三线建设"为四川奠定了体系齐全、规模壮大的工业基础，也造就了一批重工业城市，为我国源源不断地输送大国重器。四川德阳东方电气集团东方电机的这座车间所生产的发电装备约占中国总装机容量的三分之一，不管是地面的大型装备，还是空中纵横的天车，都能让人感受到超强的制造能力。

这座生产车间始建于三峡工程建设时期，长400米、高33米，在建成时就被称为"中华第一跨"。

大型发电装备没有办法量产，水电设备也都需要定制生产。生产车间中的大多数产品都是世间仅此一件。更重要的是，这里诞生了众多的大国重器，三峡、白鹤滩、溪洛渡、华龙一号发电机组的重要部件都诞生于此。

上新了！水电机组三维测量间"开门迎客"

2022年8月，这个生产车间完成了它建成以来规模最大的一次智能改造。在这里有行业内建成的第一个三维测量车间，它所测量的第一件产品是一个抽水蓄能机组的底环，底环直径达6米，机械臂会对这个底环进行完整的扫描，精度可以达到0.03毫米，掉下的头发丝也能被精准识别。对于大部件来说，三维测量的难度就在于尺寸每增加一寸，结构再复杂一些，它的算力数据都会成倍甚至成指数倍增长。

还有一些部件正在排队等待测量，这些部件和上文中的底环一同组成了抽水蓄能机组导水机构的基本框架。

在出厂之前它们都要经过预装配来验证质量是否过关，之后分拆发货。大家不要小看这样一根小小的导叶，虽然个头不算大，每根重达1.5吨，顺利安装一根大约需要 2 小时，整个导水机构涉及的主要零部件超 100 种，数量将近 1000 件，安装装配周期超过 30 天。

难道产品生产出来之后必须 30 天才能知道合不合格吗？现在有一个新办法。

这个车间还在行业内首创了数字装配，它基于三维测量的实际数据，构建出真实装配效果与设计效果的比对。

四川德阳东方电机的大型球阀

装配精度有赖于机床加工精度，通过不断的数字化改造升级，车间里的很多老机床"手艺"也越来越老练。上图中的大型球阀相当于水电站的水龙头，每天开合可能多达 20 次。它即将接受压力测试，测试的压力相当于在指甲盖大小的面积上承受 120 千克的重量，正因为要承受如此大的重量，所以它必须通过金属"硬接触"的方式进行密封。就是在这间厂房，造出了世界上第一个超高水头滴水不漏的巨型球阀。

焊接机器人集群："小巨人"围坐"绣花"，干劲十足人人夸

下图是葛洲坝改造项目 2 号机的水轮机转轮，它也是世界上最大的轴流式水轮机转轮，直径达 11.3 米，重达 550 吨。其中间的转轮体表面是不锈钢结构，它是通过 3D 打印的方式焊接上去的，焊接面积达到了 32.7 平方米，堆焊重量达到 3.8 吨。

完成这件巨型作品的就是行业内首个焊接机器人集群。这里的焊接机器人有的三三两两分工协作，有的独当一面。它们的重复定位精度可达 0.2 毫米。机器人最高约 7 米，操作半径达 4 米，能满足车间里所有部件的焊接需求。这样的机器人在车

间里还没有固定工位，哪里需要搬到哪里，不管严寒酷暑，依然干劲十足。

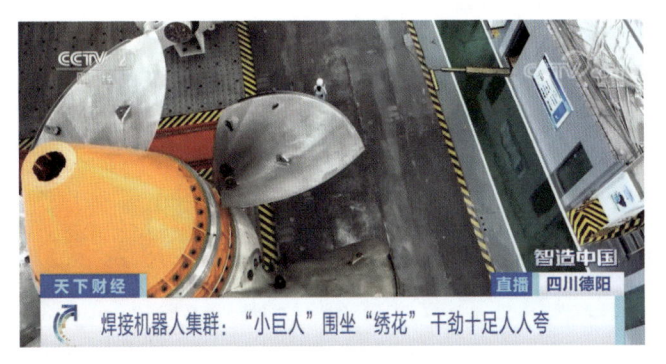

葛洲坝改造项目 2 号机的水轮机转轮

行业内首个焊接机器人集群

这座生产车间见证了我国大型发电装备研发制造的变迁。曾经，发运通道门的开启总会引来德阳市民的围观和相送，现在大家已经习惯，越来越多的大国重器从这里出发，走向山河湖海，为经济社会发展提供源源不断的能源保障。

主创人员： 刘　阳　郭倩茹　易　扬　布日德　樊一民　赵小伟　张伟杰　迟　骋
　　　　　　刘　宁　谢乃川　刘　珏　许佳星　裴可鉴　王浩淼　张　峻　齐　涛
　　　　　　许　英

新闻特写

NEWS FEATURE

葛洲坝机组"回家"：穿越时空，顶峰相见

四十多年前，葛洲坝水电站大机组的研发制造正式开启了东方电气制造大国重器的篇章，安全运行超过四十年的葛洲坝水电站已临近运行期限，当葛洲坝改造项目再次回到诞生地，会经历怎样的蜕变呢？

2022年7月16日，葛洲坝水电站首台17万千瓦水轮发电机组改造完成，顺利投产发电，历经40多年，葛洲坝水电站重焕青春。

葛洲坝老机组建造时所使用的行业标准

水轮发电机转轮叶片

时间回到 1981 年，葛洲坝水电站两台 17 万千瓦机组并网发电的消息震惊世界，外界纷纷猜测中国到底使用了怎样的秘密武器。

走进车间，熊茂云一眼就认出了这个大家伙，曾经需要 6 名工友三班倒两个月才能铲磨出一片的庞然大物，如今出落得精致灵动。现在的生产只需在设计阶段建好叶片的三维模型，把三维模型导到数控机床上，光洁的表面便可以直接铣出来。

40 多年前，叶片的完工还并不足以让熊茂云宽心，因为预装环节，往往会开启无数次的返工和吊装。图纸做完以后，工人在预装时要相当小心。

如今，在设计时就会对叶片进行虚拟的三维装配，以此检查在实际装配过程中，会不会发生干涉和碰撞。为了更好地发挥三维协同设计优势，年轻的工艺团队为这些功勋机床搭建了数字孪生系统。

从设计到发电，葛洲坝机组改造只用了不到 3 年的时间，而曾经，老厂长却和工友们举全厂之力足足干了 10 年。

青年工程师为老厂长介绍葛洲坝更新的改造机组

水轮机转起来，带动发电机发电。照片上这个发电机的核心部件定子由 20 万片冲片组成，当时，定子冲

熊茂云
东方电气集团东方电机水轮机分厂原厂长

20 世纪 70 年代，东方电机厂接到了葛洲坝水电站设计任务。当时世界上都没有这样的大机组，国内有些专家认为，制造不出来这样的大机组，生产出来也是扔在长江里的一堆废铁。当年，我们连手摇计算器都没有，就凭一个简单的计算尺，上尺下尺找好以后对齐，然后用游标尺来找答案。它的精度远远赶不上计算机，但是我们还是把机组造出来了，造得很好。

智造中国

央视财经大型融媒体报道作品集

宋渭滨
东方电气集团东方电机葛洲坝副主任设计

2019年我接到了葛洲坝大机（组）改造的设计任务。它现在依然是世界上直径尺寸最大的轴流式水轮发电机组，现在我们造这样的大型机组已经是家常便饭了。

李浩亮
东方电气集团东方电机工艺部副部长

以前我们的刀具寿命是没法监测的，可能加工过程中刀具已经坏了，但是我们不知道，通过目前的改造，我们基本能够100%还原产品的设计。

片全靠人工从生产线上接下，再一片片叠好。一两秒出一片，机器一刻也离不开人。

熊茂云夫妇珍藏的老照片

如今，老厂房里建起了行业首个定子冲片无人车间。从投料到叠片，近10道工序，机器人一气呵成。葛洲坝大机组诞生时，它是全厂的掌上明珠，而当它再回到这里时，巨型机组的队列已排起长队。2022年8月，东方电气建成国内首个叶片加工无人车间及首条黑灯生产线。生产线上昼夜不息正在加紧生产的就是我国自主研制的重型燃气轮机G50的第一个商业订单，它的研发、制造，打破了长久以来国外技术的封锁和垄断。制造能力不断升级让更多大国重器触手可及。

葛洲坝机组更新改造工程

主创人员：刘 阳 易 扬 张伟杰 布日德

权威访谈

AUTHORITATIVE
INTERVIEW

四川"智"造：
"清"装上阵，有"备"而来

  大型发电装备只是四川制造业靓丽的名片之一，"双碳"目标的提出让四川在清洁能源装备领域找到了更广阔的空间。在现代工业体系的打造中，四川怎样推动存量、增量齐头并进，实现从四川制造到智能制造，再到四川创造的转变呢？记者对时任四川省副省长罗强进行了专访。

记者对时任四川省副省长罗强进行专访

智造中国

央视财经大型融媒体报道作品集

罗强
时任四川省副省长

对增量项目要按照资源消耗少、环境影响小、科技含量高、产出效益好、发展可持续等标准选择。从生产线的规划设计上就一定要数字化，要来投资，要来发展，必须得上到这个层级，整体就提升了我们在新的增量上的技术水平和智能制造水平。

罗强

低碳能源、零碳能源，所以在整个生产制造过程中，包括在后续的运行过程中，它的碳排放是极低的。突出我们清洁能源的优势，下一步就把这些清洁能源装备产业发展起来，提高现代化水平。

　　从 325 米的参观通道看出去，只是这个光伏电池智能生产线的冰山一角。这个厂区的实际面积相当于 11 个足球场的大小，2021 年投产，5G 信号全覆盖。这是全球出货量最大的光伏电池供应商在四川建设的第三个生产基地。

精准招商，增量项目数字先行

　　与配套成熟、起步更早的东部相比，四川怎样来吸引产业的入驻呢？2022 年 7 月，世界动力电池大会在宜宾召开，48 个动力电池和新能源汽车配套项目集中签约，总金额达 962 亿元。

　　四川现有工业企业 8.4 万户，面对巨大的存量该如何发展智能制造呢？在德阳一家家居企业 5G 工厂的柔性生产线上，一位工人正向罗强演示如何通过扫码辅助生产。这条生产线上的订单来自千家万户，板材的规格千差万别，复杂的生产密码就隐藏在小小的二维码当中。设备完成扫描后，会自动排产、分拣和发货。

　　四川作为人口大省，也是巨大的消费市场，特色消费品和电子信息、重大装备一同成为四川"十四五"期间重点打造的三个世界级产业集群。

四川篇

在四川从制造业大省向强省跨越的过程中，第一大支柱产业电子信息发挥着顶梁柱的作用。

缺芯，是新能源汽车行业正在经历的切肤之痛。建成国内第一条 6 英寸第三代半导体生产线的这家成都芯片制造商，已经在为车规级新生产线做准备。

据介绍，新生产线的国产化率将提升到 90% 以上，日后扩产将不再被限制。从产品的自主研发到与行业联动发展，这家企业的成长也是四川电子信息产业发展的一个缩影，不仅龙头云集，一批本土企业也逐渐成长为行业的破局者。

主创人员：刘　阳　李　青　易　扬　宋瑞娟　张伟杰
　　　　　　刘　翀　张俊卿　殷瑞柯

> **罗强**
>
> 尽管是传统产业，但是市场潜力很大，面向亿万的消费者，需求是不一样的，都可以数字化，这样就极大地提高了它的适应性。通过智能化以后，劳动强度极大降低了，工作环境好了，而且提高了安全性。

> **罗强**
>
> 需要招商引资，要把大树移过来，但是更重要的我们自己要有苗圃，要从小来培养。不光是生产产品，而且要把这个产业生态圈建好，我们就近配套，有一批这样的企业成长起来，整个制造业基础就会更加雄厚。

业界反响

INDUSTRY RESPONSE

我的遗憾，我的梦

熊茂云　东方电气集团东方电机水轮机分厂原厂长

　　我非常荣幸接到邀请，进厂参观葛洲坝机组 17 万千瓦水轮机转轮升级改造项目。回到工厂，进入那曾工作多年的车间，心情无比激动！宽敞明亮的厂房，变得无比的壮丽，新上过绿漆的地面"一尘不染"；红色安全道两旁，摆放着一些零部件的成品、半成品，显示出工厂生产任务的饱满状态！往前走，一个眼熟的"庞然大物"吸引了我：那就是升级改造完工的 17 万千瓦水轮机转轮。40 年前我也曾经为它奋斗！

　　40 年前，我们曾用了近 10 年的时间制造了这个当时世界上最大的轴流式水轮机，创造了当时许多专家认为不可能实现的成果！今天，年轻的工程师们仅用了两年的时间，就完成了这个更为先进的机组！

　　这个转轮是那么壮观秀丽，加工制造十分精美！转轮的球体和 5 个叶片，像用"模具"压制的那般精致。转轮叶片进行动作试验，平稳缓缓转动……当初，我们为制造这个机组遇到了太多太多的技术难关，工人们为之熬过了多少个日日夜夜！工程师们为解决技术问题，在车间度过了数不清的不眠之夜！现在，科技进步、智能制造已将我们那个年代的生产技术难点一一突破，正如葛洲坝机组大机改造项目副主任设计宋渭滨所说:"现在制造这样的大型机组已经是家常便饭了。"

看到这转轮,看到安全人行道两旁形状熟悉的零部件,它的质量,它的加工精度让人无比感慨,当记者采访我时,我情不自禁地说:"太羡慕这些年轻人了,干得真好!"

看到转轮精美的叶片,让我回忆起70年代到80年代加工制造转轮叶片的艰辛。这叶片形状特别复杂,当时工人们戴着两层口罩、防尘眼镜,穿着工作服,手持十多斤重的风动砂轮机,硬是将一个厚厚的叶片,正面和背面留有大量余量的铸件"抠"出来!工作一小时下来,已满脸沙尘,汗水湿透工作服!那时是反复用卡钳测量,结合立体样板,逐步磨去铸造余量,逐步"逼近"所要求的一个叶片。业内人士称这些艰苦作业的工人为"伟大的雕刻师!"我们这些负责技术的工程师,也不断努力改造工艺,如逐步采用"三维坐标测量"、"激光测量"、制造铲磨机械专用磨床等,90年代初也开始摸索用数控加工。

2000年我退休了,未能完成叶片数控加工工艺,算是我一生从事水轮机制造的一个遗憾,这也是我未能实现的一个梦!

现在,我的工厂、我的同事们实现了这个梦!

《智造中国》报道了重跨厂房,有年代感、有科技感的智能变身,让曾在此工作的职工,深有感触,为之振奋!为我厂的科技进步无比自豪,感到骄傲!祝愿"智造中国""中国制造"誉满全球!

以我青春重焕重器之光

宋渭滨　东方电气集团东方电机葛洲坝机组大机改造项目副主任设计

我很荣幸能参与中央广播电视总台财经节目中心大型融媒体报道《智造中国》节目的拍摄,这是一档展示中国科技创新成果的节目,旨在传播科学知识,激发国人的创新热情。我认为这样的节目对于推动中国科技事业的发展,提高国民的科学素养,增强国民自信心和中国制造的影响力,都具有重要的意义。我希望能有更多的机会参与这样的节目，为智造中国贡献自己的一份力量。

作为葛洲坝大机改造项目的设计者之一，对于这个伟大的工程项目，我充满敬意也深感自豪。这个项目对于中国的水力发电事业产生了深远的影响，也永久地留下了我的印记。

葛洲坝水电站装设 2 台 170MW 水电机组（即大机），是当时世界上单机容量最大、规模最大的轴流式水轮发电机组，是中国水力发电事业的重要里程碑。东方电机的老一辈水电人，克服了 40 年前设计、制造条件极差的困难，通过艰苦卓绝的努力，突破了水力设计、结构设计和大部件生产制造的难题，创造了"万里长江第一坝"的神话。

时光荏苒，40 年过去了，功勋机组到了更新换代的时候。在这 40 年里，东方电机也发生了翻天覆地的变化，从前我们设计图纸用的是铅笔、丁字尺，计算用的是计算尺，轴流式水轮机的核心部件——转轮的设计、装配，全靠设计师的设计经验保证；现在我们用的是专业三维设计软件，通过三维建模、虚拟装配的形式检查转轮的干涉情况，指导转轮的装配工作。从前我们转轮叶片全靠手工打磨，打磨的叶片型线偏差大、表面质量差，可以说是靠工人一点一点抠出来的，工人的劳动量也很大，尤其在四川的炎炎夏日做打磨工作十分痛苦；现在我们用的是专业数控设备加工叶片，只需要输入叶片的三维模型，就可以把叶片高质量加工出来了。这 40 年，不仅设计、生产条件改善了，我们的设计理念和设计水平也取得了新的突破。大机改造项目中，我们的团队对大机进行了全面的分析和研究，在水力研发、结构设计方面取得了多项创新成果。2022 年 7 月 16 日，大机 1 号机圆满完成投运前的各项试验，顺利投入商业运行，各项运行指标达到"精品机组"标准。记得那天我站在水车室的门口，看着自己设计的机组正安全平稳地运行着，不禁热泪盈眶，通过团队的努力，没有辜负前辈们对葛洲坝大机的付出和期望。

改造完成后，看到大机的性能得到了显著提升，我感到非常欣慰和自豪。这个项目的成功，不仅体现了我们团队的努力和智慧，也证明了中国水力发电事业在技术和工程方面的成果和进步。我相信，在未来的水力发电事业中，我们的技术和经验会继续发挥重要作用，为国家和人民的发展做出更大的贡献。

浙江篇

ZHEJIANG CHAPTER

记者手记

REPORTER'S NOTES

浙江：兼具风情与豪情

记者：易扬

当《智造中国》来到杭州，正值初秋。每日穿梭在钱塘江两岸，都会看见奔涌的江水拍打出钱塘江大潮的前奏，农历八月十八的钱塘潮也是北纬30度上的一大奇观。杭州不仅有西湖的风情，也有钱塘江的豪情。浙江发达的水网成就了它兴盛的商贸，如今在浙江，像水一样流淌不息，串联起千行百业的还有数字经济。

在浙江做产经报道，首先要进入到它的"之江语境"，在这其中，我们听到"产业大脑+未来工厂"的次数尤其多，这是浙江数字经济系统建设的核心。此外，在浙江还会高频听到"亩均论英雄""共同富裕示范区"等关键词，这都是勇立潮头的浙江率先提出的概念。得先了解浙江的老板们都在关注什么，政府在忙什么才能更好地聊下去。以"未来工厂"为例，我们关注到一个细节，在浙江省经济和信息化厅公布2022年首批浙江省"未来工厂"时，微信公众号的阅读量瞬间达到了日常阅读量的数十倍。按计划到2025年，浙江将推出

100家"未来工厂"。这对于每8个人中就会出一个老板的浙江来说，竞争实在激烈。企业盼着入围，城市想要扩容，县区则在努力实现零的突破。

我在浙江的采访不少，浙江老板的务实给我留下了深刻的印象，能吸引他们的改革一定能带来实实在在的效益。我们也把"未来工厂"当作直播选点的突破口，它们各有千秋、难分伯仲。在浙江，企业数字化水平整体较高，面对智能制造已经构建了共同的语境，企业对自己也有清晰的定位。这也是浙江均衡发展的一个缩影，浙江的城乡差距为全国最小，2021年我国GDP超千亿元的县市为42个，其中城乡差距最小的浙江桐乡城乡居民收入倍差仅为1.56∶1，这也构成了浙江建设共同富裕示范区的基础。

直播点所在的"未来工厂"

在《智造中国》大型融媒体报道中，数字孪生、人工智能、5G通信等关键词贯穿始终，但不同生产线的智能化程度却存在差异。以数字孪生为例，可以是一台设备的孪生，也可以是一条生产线、一个工厂的孪生，还可以是一条产业链的孪生。有的孪生是模仿机器的动作，有的则可以分析整条生产线的生产节拍。浙江尤其注重通过智能制造来强化产业链、供应链的韧性和稳定性，带动上下游协同发展。在智慧供应链建设等方面的创新让"未来工厂"有别于一般的智能工厂和数字化车间，"浙"里的智能制造早就不是数据驱动生产那么简单了。

智造中国

央视财经大型融媒体报道作品集

直播所在企业生产车间与立体仓库之间的连廊

　　浙江雄厚的制造实力，常常让人忽略了它是中国面积最小的省份之一，"七山一水两分田"挤压出了超高的效率，这与我的直观感受非常吻合。乘车行驶在杭州去往萧山和临平的高架桥上，一家家知名企业的名字划过车窗，站在直播点企业的办公楼放眼望去，几家不同领域的龙头企业依次排开。浙江在全国创新地提出"亩均论英雄"，并成立了"亩均办"。2022年上半年，排名第一的杭州规上工业亩均增加值达117.3万元／亩，而关于亩均效益的统计除了按照各市区的地理界线划分，还会分领域、分行业、分企业统计，评级高的企业在项目申报、用地审批、金融信贷等方面将得到重点支持。我们的直播活动涉及的几家企业，都出现在了各自行业的亩均效益领跑者名单上，这也说明了智能制造能带来效率。

　　浙江这场直播在一家厨电行业的"未来工厂"进行，高效简洁的无人工厂生产时行云流水，对于直播呈现却是个难题。由于无人工厂里没有预留太多人为活动的空间，加上工厂内的噪声较大，我们把直播点放在了一个面向工厂、背靠"数字大脑"的地方。为了弥补不能置身现场的遗憾，我们在画面和环节设计上做了充分的准备。

主观镜头模拟机器视角，身临其境感受生产节拍

　　冰冷的机器与大众有天然的距离感，而生产线外的围挡也会阻隔观众对于更多细节的观察。直播时大量使用GoPro跟随拍摄，模拟机械臂和冲床等机器的主观视角，让观众感受真实的生产节拍。GoPro仿佛是机械臂上的眼睛，观众可以近距离观察机

械臂如何与冲床配合、如何串联起整条生产线。此外，智能立体库无人平板车上的 GoPro 原汁原味地展现了小车的行进速度，侧面反映出工厂运转的高效。

机械臂主观视角下近距离观察网罩生产

设计互动环节拆解专业概念，化被动为主动

验证环节中 AGV 列队出行

数字孪生的概念贯穿节目始终，对普通受众来说这或许有些陌生。在以往的很多报道中，都是记者主动传递信息，观众被动接收信息。观众将记者传递的信息默

认为前提，以便接受后续的信息。而此次直播通过现场验证的方式引导观众主动思考并理解数字孪生等专业概念。直播紧扣线上线下两个"工厂"，画面从工厂的AGV切入，再由导播切入工厂实景，通过"L"型行进的小车，不仅让观众看到"两座"工厂的关联，还加深了对"数字孪生"的理解。

让画面说话，全方位展示"无人工厂"

工厂开灯前窗外一片漆黑

无人工厂的核心是"无人"，直播团队摆脱场地限制，通过画面和拟人化的解说完整展示了一件厨具的诞生，用画面说话，不赘述"无人"，却在画面中处处体现"无人"。直播中，记者虽然身处数字后台，但一窗之隔就是黑灯工厂，于是节目特意设计了开窗和开灯两个环节来增加现场感。开灯的瞬间，窗外工厂忽现；开窗的过程中，机器的轰鸣逐渐清晰，通过富有层次和变化的视觉、听觉体验为观众营造身临其境之感。

在我参与的几个省份的节目中，浙江的场景不是最宏大的，但内容十分聚焦，每个环节都与《智造中国》的主题格外契合，与政府部门之间的高效沟通也在时刻提醒着我们，浙江的"学霸"气质，特别是浙江在智能制造和数字经济等领域的超前探索。而对于我们感受到的高效和便捷，商人和企业自然有更深刻的体会，营商环境的吸引力不言而喻。制作这期节目的过程也是向经济发达地区学习先进理念的过程，因此，对于浙江这期节目的定位是让大众觉得通俗易懂、好看有趣，同时也希望正在探索智能制造的业内人士能从中受到一些启发。在浙江，智能制造不是"盆景"，而是"风景"，来看看浙江的潮吧，里面写着它的雄才大略和壮志豪情。

直播团队在老板电器九天中枢数字平台前合影留念

直播连线

LIVE CONNECTION

超大吸力油烟机的"智造"之旅

近年来，浙江制造业数字化转型步伐不断加快，"未来工厂+产业大脑"的发展模式，让浙江的智能制造走在全国的前列。跟随记者走进厨电行业的智慧工厂，在这里，智能制造会给出什么样的解决方案？

说到抽油烟机，吸力一定是它的硬核指标，在这家抽油烟机工厂内部的厨电实验体验中心，灶台上正在进行的就是吸力实验，即使油烟非常大，但是在强劲的吸力之下没有任何跑烟的现象，目前的技术已经可以让吸油烟机的吸力达到每分钟 27 立方米，理论上说它可以在 1 分钟之内把一个 9 平方米左右的厨房的油烟全部吸收干净。吸力迭代升级的背后离不开的是它的核心动力系统，其中两个最核心的零部件——风道和叶轮，它们相当于油烟机的心脏，风道的结构会影响风压排风量及噪声，而叶轮的品质则会直接影响吸收油烟的效果。目前这两款关键零部件在工厂里已经全部实现了自动化生产。

浙江老板电器超大吸力油烟机生产线

浙江篇

在超大吸力油烟机生产车间，通道的两侧同步进行的风道焊接作业，虽然都实现了自动化生产，但两边的工艺却大不相同，如果说左边是自动化的 1.0 版本，那么右边就是它的升级版，右边机器人上红色移动的激光点，代表着激光焊接机器人在作业。

激光焊接机器人作业

它能够更加精准地控制能量，从而实现更高精度的焊接，同时它的焊接速度更快，每 10 秒就能完成一次焊接作业，它的效率也是普通生产线的 1.5 倍。

接下来就是叶轮的自动生产线了，可以看到叶轮是由非常多的插片组成的，它的插口非常小，并且有形状和弧度。现在由伺服电机操作的机器人不但可以控制速度而行，自动插片的速度可以达到每秒一片，定位精度可以达到 0.001 毫米。整个车间通过自动化生产，不但可以更快地生产更高精度的核心部件，同时也保证了产品的一致性和稳定性。

在上述的车间里，还能看到人来协助这些自动化设备进行生产，而黑着灯的车间，真正实现了无人化，只能听到机器的轰

黑灯工厂真正实现无人化

鸣声，一些设备进行自动化运转，AGV 摸黑工作。目前，这个无人智慧工厂里一共有 16 条生产线，以及上万个数据点位，并实现了有序运转。

主创人员：吴南馨　高文鹏　马剑飞　赵　婕

121

线上线下"两个"工厂，上游下游一致节拍

浙江在全国率先提出并打造"未来工厂"，融合应用数字孪生、人工智能、5G通信等新一代信息技术，赋能行业智能化转型。

在浙江，我们探访了节拍一致的"两个"工厂，一座是线下的实体工厂，还有一座是线上的数字孪生工厂。通过数字孪生系统，能够还原实体工厂里150台设备、16条生产线和27台AGV的真实生产节拍，可以模拟机械臂的每一次抓取和冲床的每一次冲压。

真实的工厂其实是线下的黑灯工厂。

怎么证明黑灯工厂和线上的工厂是孪生的关系呢？我们先在屏幕上找一个参照——一列AGV正在穿行，再看黑灯工厂内部，有同样数量、同样队形的AGV，在以同样的速度去往同样的方向。

数字孪生：冲压床、机械手，"孪生兄弟"同步走

在行业内建成的第一条油烟机集烟罩生产线上，串联起了13道工序，一块平整的板材经过90米的生产线，就会变成一个集烟罩，它的产品精度达到了0.2毫米，方便下一个环节的焊接机器人进行自动作业。对于肉眼发现不了的问题，在生产线末端有5G视觉检测系统，那么5G通信技术怎样发挥它的优势呢？

举个例子，它对每件产品进行检测的时候都会拍摄26张照片，每张照片的大小约15M，单张照片采集数据的时间仅为千分之一秒。在这条生产线上数据的分析、上传，产品的拍照、放行，有丝毫延误都会拖累整条生产线的生产节奏。而在这个出货口，平均每天会下线5000个集烟罩产品。

再去看看它的"邻居"——行业内唯一一条网罩自动化生产线，和集烟罩不同，这里每个环节之间的传递靠的是机械臂，机械臂和冲床之间的配合就像是一双正在剪纸的灵巧双手，有时转180度裁剪一下，有时翻转30度或者15度再裁剪一下，

看似全靠手感，实际分毫不差，当镂空的花纹均匀散开，一个网罩就做好了。

在总装线上，一个网罩要配上一个集烟罩，怎么样保证进度，协调它们步调一致呢？数字孪生系统已经对生产线的节奏进行了分析，如这条集烟罩生产线，经过分析，它的生产比平时要快出10%，此时，上游采购和供货商都已经得到消息在加紧备货，而下游仓库也在提前准备仓容。我们在数字孪生工厂上看到的每一个节拍变化的背后，系统都已经向前或者向后跑出了好几步。数字孪生不仅还原生产，还融入了自己的计算、分析和思考。这样行云流水般的生产线上每天可以产出5500立方米的货物，如果按照1.5米的标准高度堆放，每天都需要新增半个足球场大小的库容。

上哪去找这样的库容呢？来看看智能立体仓。

智能立体仓：产品千变万化，仓库整齐如一

在下图里，通过廊桥与工厂相连的，是一座巨大的智能立体仓，它的占地面积相当于3个足球场大小，高32米，有3.2万个仓位，在这个立体仓，很容易关注到两个细节，首先是这里的小车跑得很快，无人机都快追不上它了。其次，小车上装载的货物堆垛的形状不一样，灶具轻巧可以堆6层，油烟机块头大一般堆两层，这个工厂生产的产品总共有1200个型号，它们均匀地分布在智能立体仓里，每一件产品都与工单挂钩，保证先进先出。这个超大的智能立体仓每年会发出800万件货物，这也是小车要跑那么快的原因。

智能立体仓

通过一件厨具的工厂之旅，我们能看出，数字赋能生产不仅提高了生产效率，也在完成越来越多曾经不可能完成的任务。

主创人员： 郁 芸　谭杰文　刘 月　易 扬　吴南馨　布日德　高文鹏　马剑飞
　　　　　　刘 翀　徐 旸　刘梦石　李文胜　张 军　张 峻　梁泽仁　谷守衡
　　　　　　万承涛　苏 童

新闻特写

NEWS FEATURE

"小"材料有大突破：
数字化"炼"出新配方

浙江产业数字化步伐加快，也让制造业上游的材料行业研发提质加速，更多的新材料取得了关键突破，填补了国内生产的空白。当数字与科研相遇，会产生什么样的化学反应？又会给产业链带来什么样的变化？

孟祥鹏
浙江宁波博威合金
材料股份有限公司
研发总监

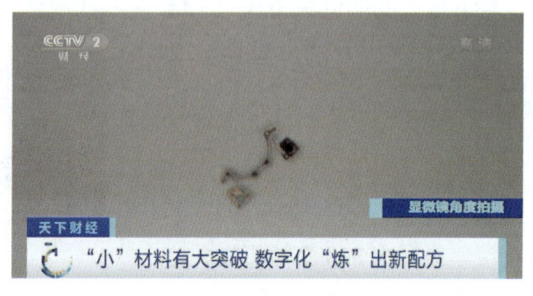

钛青铜是整个业界非常难量产的一个材料。全球也只有日本一个国家能够供货。当我们团队接到钛青铜技术研发任务时，面临的压力非常大。

音圈电机马达弹片

音圈电机马达弹片是手机摄像头实现变焦所需要的重要零部件，它的厚度只有0.035毫米，比头发丝还细，却能够经受住100万次调焦。而制造马达弹片所需要的钛青铜合金材料，此前在国内没有一家工厂能够生产。

浙江篇

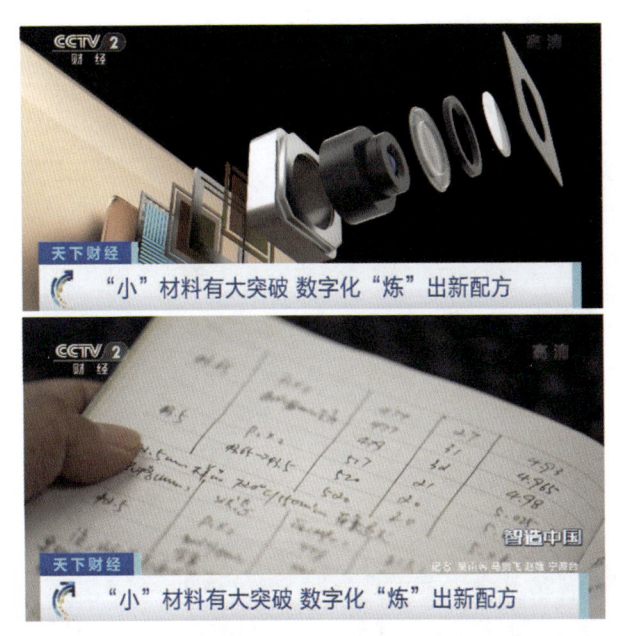

合金材料研发周期紧迫

孟祥鹏的压力来自研发的周期。在他办公室的书柜里，20多本笔记本记录着他入行十几年来总结的数千条工艺配方。每一条工艺配方的背后都经过了成千上万次的试错。而试错最大的成本就是时间，市场不等人，时间就是企业的生命。2022年5月，团队正式启用数字化研发系统，用计算机代替传统试错，基于数据推荐最佳工艺，短短两个月时间，就突破了关键的技术工序，填补了钛青铜生产在国内的空白。

从原来的"十年磨一剑"到两个月实现关键突破，这一切，都归功于数字化研发，它大大缩短了新产品的研发周期。对孟祥鹏来说，数字化带给他的是信心和底气。

孟祥鹏

之前想都不敢想，几乎是不现实或者不可能完成的，（原来预计）至少要5年以上。整个团队最为自豪的一点就在于我们仅仅用了两个月时间，就解决了整个合金最难的一个制备工序的技术难题和技术壁垒，找出了它最佳的工艺参数。

孟祥鹏

之前不敢做的项目，咱们现在都可以去做，如224Gpbs（交换容量），这样的高速通信，它需要的传输材料要求非高，其实已经面临无材料可用的情况，同时像现在智能汽车用得很多的耐高温连接器，全球在悬赏能实现200摄氏度耐应力松弛的材料，之前是不敢想象的，现在正从实验室到产业化的一个孵化过程中。

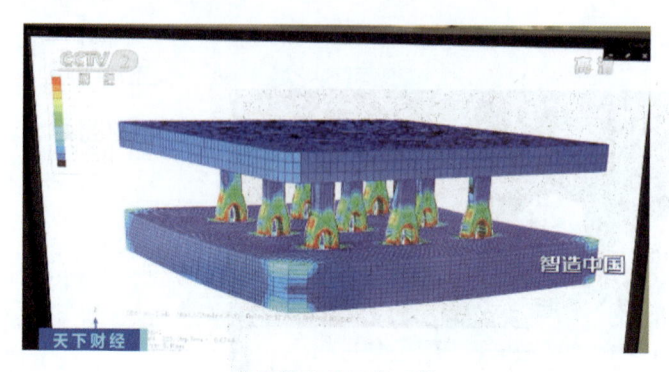

启用数字化研发系统

"智造"新材料，补强产业链

数字化赋能材料研发

数字化赋能下的材料研发，成了带动产业链提质增效的点睛之笔。未来，新材料的研发速度还将继续加快，"数字＋科研"的组合，也将补齐产业链的短板。

谢识才（浙江宁波博威合金材料股份有限公司董事长）：数字化是一种变革，也是一种革命。应用前沿的数字化技术，这几年当中，已经从研发到生产，实现了产品的一致性、稳定性和可靠性，不仅仅填补了我国的空白，而且帮助了下游产业在材料应用中发挥更好的功能，源源不断为科技进步提供新的材料。

主创人员：吴南馨　马剑飞　赵　婕　宁波台

权威访谈

AUTHORITATIVE
INTERVIEW

浙江"未来工厂"持续"上新"：2025 年预计建成 100 家

浙江是数字经济大省，2021 年，浙江数字经济增加值占 GDP 比重达 48.6%，位居全国前列。数字经济正在加速赋能浙江制造。目前，浙江初步构建起以"未来工厂"为引领的新智造体系。随着行业产业大脑的构建和接入，一场新变革正在浙江制造业的车间里酝酿。

2022 年 8 月 26 日，浙江公布新一批"未来工厂"，9 家企业入选。至此，浙江已建成"未来工厂"41 家，覆盖新一代信息技术、现代纺织、智能装备等 14 个重点行业。

"未来工厂"：穿越生产周期，面向未来

在 2022 年新入选的一家服务器生产商的生产车间，长达 220 米的 U 型生产线将 120 台设备 54 道工序串联起来，实现从单板到整机连续自动化生产，

不断迭代的"未来工厂"

智造中国
央视财经大型融媒体报道作品集

整条生产线只有 9 名员工，却有 17000 多个传感器和 300 多路摄像头。

面向未来、穿越周期的"未来工厂"

张鹏（新华三集团副总裁）： 这个高度大概是几毫米高，要靠人看，那肯定很费劲了，利用视频智能去看这个焊接工艺，精度要求是 0.025 毫米，精度要求提高了 4 倍。

高端服务器订单少则只有 1 台，连接的零部件却多达 7153 件，整条生产线一天生产的配置可能多达 100 种，机器换线的时间最多只需 3 分钟。让生产线切换自如、闻风而动的就是企业基于全方位数据采集、治理和应用所构建的企业大脑。数据驱动生产线，企业大脑沉淀出的知识模型则为浙江正在搭建的"产业大脑"打下了基础。

浙江数字经济"一号工程"升级版：
未来五年，数字经济增加值实现倍增

2022 年 7 月，浙江提出打造数字经济"一号工程"升级版，"产业大脑+未来工厂"是核心。到 2025 年，浙江计划建成行业"产业大脑"50 个，培育"未来工厂"100 家，力争数字经济增加值实现倍增，突破 7 万亿元。

卢山
浙江省副省长

我们把面向未来的工厂称为"未来工厂"，它是数字工厂、智能工厂的更高阶形态，我们如何穿越经济周期、活到未来？浙江抓住数字这个最大的变量，把这些概念进行了吸收整合，大家形成一个共识，并不是说它们就是一个终极形态，已经认定的"未来工厂"也在不断迭代。

浙江篇

供应链平台：
增强韧性，带动上下游协同发展

这家链主型"未来工厂"搭建的供应链平台连接300多家供应商的生产数据，供应链的管理一目了然。

周俊良（西奥电梯总裁）：某一个地方受影响的时候，从其他地方能够快速调配，我们现在的整个生产是零库存管理。

"未来工厂"的供应链管理一目了然

这条电梯生产线上平均每2分钟就会下线一台定制生产的电梯，10000多个零部件和上百道工序必须配合得严丝合缝。

记者对浙江省副省长卢山进行专访

卢山：他们能够实现零库存的管理，实现柔性制造等都有赖于数字化、智能化。对于产业链供应链来说，

卢山

我们所说的"产业大脑"是基于企业、行业、政府的公共数据，对这些数据进行挖掘。我们更强调互联互通，强调共建共享，它既是一个资源池，里头有数据，也是一个工具箱，有很多模型，有很多知识，更重要的是，它是一个能力中心。

卢山

一提数字经济，大家可能都常说的两个"化"：数字产业化、产业数字化，那对于浙江来说，还有治理的数字化，更重要的是，我们还有数字的共享化，以及数据的价值化。

129

智造中国

央视财经大型融媒体报道作品集

我们的"产业大脑＋未来工厂"就体现为打造了"产业一链通"的重大应用。实现了上下游的协同配合，上线以后，大概解决了企业上下游7.6万个问题。

这条生产线的浙江本地配套率超过80%，覆盖各类大中小企业。浙江结合块状经济的特点，专门针对细分行业推出了智能化改造方案。

卢山： 有的企业只改造一个机床，有的只改造一条生产线，想（花钱）少的可能几十万元就可以，能迅速体会到数字化改造的优势。

卢山

要通过智能制造打造全球先进制造业基地，企业产品要向价值链的中高端演进，我们还要解决绿色化的问题。"产业大脑＋未来工厂"这么一个新的模式，一定会在行业和企业取得越来越多实战实效的效果，为整个工业高质量发展做出更大的贡献。

打造智能化改造方案

浙江有全国数量最多的单项冠军和专精特新"小巨人"企业，智能制造已成为中小企业通向专精特新的快车道。

主创人员： 郁　芸　薛　倩　易　扬　张　玥
　　　　　　布日德　张含晓　赵　婕　张国飞
　　　　　　胡作华　曹美丽　卢玉斌　薛琪峰

辽宁篇

LIAONING CHAPTER

记者手记

REPORTER'S NOTES

换一个视角看老工业基地的"革故"与"鼎新"

记者：孟夏冰

  我的《智造中国》大型融媒体报道第一站是辽宁，它作为环渤海经济圈的重要一环，过去被誉为"共和国长子"，是新中国工业体系的摇篮。第一架喷气式飞机、第一艘万吨巨轮、第一辆内燃机车等1000多项新中国工业史上的"第一"，都诞生在辽宁。这几个量词是在我反复修改文稿时，始终没有舍弃掉的内容。开国初期，让人眼前一亮的大国重器，都诞生在辽宁。1982年，我国第一台示教再现工业机器人样机，在中国科学院沈阳自动化研究所研制成功，这揭开了中国工业机器人发展的帷幕。与辽宁相遇就像是翻阅中国工业的历史书，跨越时代的沧桑、喜悦和激情澎湃，都成为绵延在产业链上的不断生长的创造力。而我也希望在中国工业机器人的诞生地，寻找一些有关人工智能的答案。

  1968年，美国作家菲利普·迪克用一部《仿生人会梦到电子羊吗》探讨了什么是人工智能。那个时候的读者不会想到，2022年人形机器人的面世，让小说中关于"人和人形机器究竟有什么区别"的探讨再度成为热门话题。

  就在网络上如火如荼的讨论声中，我踏上了前往辽宁的高铁。这一次出发，开启了2022年我的智能制造探索之旅，旅程从东北到西北，从渤海之滨到长江入海口。在穿越春末和仲秋的时间维度上，关于智能制造的一切扑面而来，遨游其中，乐不思归。

智能和制造放在一起，第一件要讲的事情必然是机器人，于是新松成为我们的直播点位。每个点位的企业和工厂都会带上这个城市鲜明的地方特色。如果用一个词来形容我对新松厂房的第一印象，我会选择一个东北词汇——"敞亮儿"，儿化音是必不可少的。这不仅仅是说工厂宽敞明亮，而是它在粗犷、大气和精密、稳定之间找到了完美的平衡点。但是初见的画面又让我觉得很有戏剧冲突，一个平平无奇的工业厂房里，竟然聚集着上千台工业机器人，国内智能生产线上的智能生产设备，几乎都能在这里找到同款。这个冲突，恰恰与当时网络热议的话题相互呼应，人工智能究竟是"人类智能的物化"还是"机器智能的拟人化"？

为了能够引发观众的思考，我们采取了双重视角的拍摄方式——在常规的记者主机位之外，在机器人身上绑定了GoPro，埋藏了一条机器人"观察"人类的暗线视角。每当解说词中提到某个具体的机器人的时候，我们改变了传统直播中"指哪切哪"的切换方式，采用了"指谁谁来看"的方式。

记者在辽宁沈阳新松厂房进行直播

例如，在直播开场，我们设计了用AGV还原2014年雅典奥运中"北京八分钟"的表演，同时在我说到身边的AGV时，就切到了AGV上戴着的GoPro镜头。

这是一次很冒险的尝试，GoPro接入直播台的稳定性很差，画质也与摄像机画质有明显区别。此外，人与人之间的配合可以通过反复演练进行，而人与机器的配合则复杂得多。举个例子，为了能够体现不同类型的机器人可以在"超级指挥官"的控制下完美协作,我们设计了一个多类型机器人是否可以完美协作的实验。

设计直播镜头

在这个环节的开始,我们计划的镜头是一个机器人与我在试验场外相遇,然后机器人进入场地。这个过程,我们打算用机器人自带的 GoPro 拍摄的长镜头来完成。这就要求我跟机器人要在指定时间、指定地点用指定动作(见面后立刻右转)相遇。在彩排中,我们遇到了很多问题:有一次我在前一个环节多说了两秒钟,导致在我还没有遇到机器人的时候它就已经转身入场。后来,我严格把控好了前一个环节的语速与时长,但是步伐与步速的改变,也影响到了我和机器人的完美相遇。这要求我在所有场景中的时长、步幅和节奏必须分毫不差。而这样的要求充斥于我进行直播的每个环节,如厚板焊接机器人需要在我走到它面前的时候,刚好完成"智造中国"几个字的最后两笔;真空机器人,要在我走到这个部分的时候,刚好拿出一块晶圆。

直播节奏须分毫不差

困难很多，但是在一遍遍的磨合和演练中，我惊奇地发现，虽然我的词改了又改，路线变了又变，我需要反复训练寻找节奏，而机器人程序的修改往往迅雷不及掩耳。在场景中，我才是最大的不确定因素。

在直播结束，我说出"时间交还给演播室"时，"人和人形机器究竟有什么区别"这个问题瞬间蹦入我的脑海。人、机器和机器人，都分别找到了自己的位置和角色。这也为我后面的几站直播，提供了基本的认知框架。

换一个视角，不仅是我们在直播中寻找到的突破点，也是辽宁工业改革的方法论。实体经济是辽宁曾经铸就辉煌的支撑，但是传统产品占大头、"原字号""初字号"产品居多，也是辽宁的结构之痛。当地人开玩笑说，"长子"陷入了"中年危机"。如何辩证地看待"革故"与"鼎新"，是新时代辽宁的新课题。这些结构之痛的背后，是雄厚的重工业发展的支撑能力。在传统制造业的基础上，生发出以高端装备、航空航天、IC装备等行业为代表的"新字号"，顺应新一轮科技革命和产业变革的发展方向，成了辽宁工业的重要增量。这些曾经的痛点，都成为老工业基地全面振兴的坚实基石，辽宁也逐渐散发出澎湃的活力。

直播团队合影留念

直播连线

LIVE
CONNECTION

探秘全球最大机器人产业基地

作为侧重重型装备制造业的老工业基地，辽宁如今积极发展新兴产业，焕发新的生机。辽宁沈阳就有全国最大的机器人产业基地。

可以倒饮料的机器人

上图中为记者倒饮料的机器人叫多可。多可完成这一系列的动作可是非常不容易的，凭借它的灵活度、柔韧性，开瓶盖这一下的力度恰到好处。它是一个协作机器人，还可以在工厂里与人一起协同合作，提升生产效率。

这里是全国最大的机器人产业基地，也是工业机器人品类最全的地方，有几千台机器人正在这里等待着出厂。

辽宁篇

辽宁沈阳新松机器人调试装配车间

下图中的这个"小朋友"是这个工厂里面最小的"兄弟"。它出生在上周，本职工作是工业清扫。

工业清扫机器人

工业生产机械臂

137

智造中国
央视财经大型融媒体报道作品集

跟随着小机器人的步伐，我们来到了一片庞然大物的前面，这些就是工业生产中常见的机械臂。这些机械臂的负重范围为 4~500 千克，可以满足工业生产各个环节的需求。像这样的大家伙，能举起 210 千克重的电焊头，但是每次行动的路径误差又不超过 0.2 毫米。这样的运行能力，在全球都属于一流水平。

正在作业的机械臂

而这个机械臂从控制系统、核心零部件到加工工艺都已经实现了国产化。过去，国产机械臂的生产为等一个零部件可能要 8 个月，现在哪怕所有零部件都从零开始，也只需要 30 天就可以完成生产。这些"硬汉"就是大国重器生产中的重要角色，它们发挥了重要的作用。

探秘全国最大机器人产业基地：
机器人如何赋能工业生产

进入"十四五"新征程，老工业基地将如何进行自主创新，如何突破关键技术呢？位于辽宁沈阳的新松机器人调试装配车间可以一览机器人将为制造业升级提供哪些可能。

从车间大门进入，可以看到在这个 20000 平方米的厂房里，有几千台机器人正在进行出厂前最后的调试。

AGV 是工业生产中出现频率最高的选手了，它在工业机器人的应用中占比接近 40%。为了满足工业生产的不同需求，移动机器人也实现了个性化定制。组装成迷你叉车的机器人是用来搬运箱体的，白色带支架的机器人用来搬运不规则的零部件，"大家伙"是用在新能源电池的生产中的……这么多的机器人是如何在同一间工厂协同作业的呢?如工业清扫机器人,别看它年龄小却是团队协作的高手,即便它刚刚进入这个环境,就能迅速给自己规划出一条路线,不仅避开了前方障碍,还可以为后面行驶过来的机器人让路。

"超强指挥官"上线:
国产控制系统破解复杂环境机器人协作难题

多种机器人的超强团队协作能力的秘密就藏在这个系统里——由我国自主研发的移动机器人控制系统,相当于一个逻辑缜密的指挥官。每1秒就会为在场所有的机器人下达一个指令,进行快速部署。而每个机器人的执行能力,靠的是机器人的大脑,也就是它的主控器。别看它个头小,但是每20毫秒就能完成一个控制周期。也就是说,1秒钟,它就对自己的运动路径进行了50次调整。而这些机器人,从控制系统、导航技术到核心零部件,已经全部实现了自主可控。

汽车底盘合装机器人出海进行时

机器人不仅国产化程度越来越高,而且已经走出国门。如汽车底盘合装机器人,它的研发生产可以追溯到20世纪90年代,也是这个厂房里的"老大哥"了。它可以与车身同步运动,完成汽车底盘和车身的合装作业,实现了汽车生产线的不停顿装配方式。这个"老大哥"在全球汽车行业的应用中占比达80%,如今在很多知名的国际汽车品牌工厂里,都能看到中国生产的工业机器人。

工业机器人为大国重器助一"臂"之力

如果说移动机器人是工业生产的"脚",那么机械臂就是工业生产中的"手"了。它们的承重范围为4~500千克,可以应用在工业生产的各个环节中。这些"大块头"也有"铁汉柔情",随着小个头的焊接机器人的快速移动,"智造中国"四个大字就以焊点拼接的方式出现在这个厚钢板上。这些焊点高低一致,线条流畅,可以满足复杂的焊接作业需求，是厚板焊接技术中的最高水平。这项技术填补了国内中厚板焊接的空白，葛洲坝坝体埋件和深中隧道的焊接都是由它来完成的。

焊接机器人焊点拼接"智造中国"

　　板凳甘坐十年冷，是这里研发人员的座右铭。随着工业机器人核心技术的不断突破，这个行业也开始为解决其他领域的"卡脖子"技术而努力，如半导体前端设备模块、真空机械手和国产大飞机的检修。

　　从这里走出去的每一台机器人都在感知着中国工业的脉搏，它们铸成中国制造的筋骨，为制造业转型升级注入强大动力。

主创人员：薛　倩　赵　融　赵洪敏　孟夏冰　姚　佳　宁　涛　张含晓　吴骏琥
　　　　　　刘　宁　刘　巍　谢乃川　王浩淼　袁祥建伟　段一雄　裴可鉴
　　　　　　陈昊冰

新闻特写

NEWS FEATURE

数控机床国产化：
制造业向高精尖发展

机床被称为"工业母机"，是制造机器的机器。高端数控机床的技术水平，是衡量一个国家核心制造能力的标准之一。随着我国工业的快速发展，数控机床也从依赖进口走向自主化、智能化。

在辽宁大连的一个产业园区，一片开阔的草坪下面，藏着一座25万平方米、相当于30个标准足球场大小的恒温恒湿地下工厂。在这座工厂里，100多台五轴联动数控机床正在同时进行装配。陈虎是这家企业的负责人，十几年前，他作为技术专家来到这里，参与了企业第一台自主研发的高端数控机床样机的制造，也见证了这个被称为"工业母机"的高端装备一次次的迭代升级。

辽宁大连的恒温恒湿地下工厂

智造中国

央视财经大型融媒体报道作品集

陈虎
科德数控股份有限公司总经理

我们于2013年刚研制出这个产品的时候，首机全厂大干100天才完成首台样机的制造。

这个数控系统相当于工业机床的大脑，数控系统运算1秒，要给每一个电机发送1000次指令，是国际主流水平。我们在极致的实验状态下可以做到1秒发送4000次指令。现在我们的自主化率是非常高的，平均的自主化率超过85%。

陈虎介绍，从最初的一年只能产几台五轴联动数控机床，到现在企业年产能达到250台，这背后是技术的不断迭代升级。原点标定，是五轴联动数控机床装配调试的一个重要环节，可以使机床的工作精度达到标准。过去这一环节，需要有经验的工人，使用机械表反复人工测试，架表方式和操作方法都会产生一定误差，此外还要使用标准球、球头刀等一系列的辅助工具，过程很烦琐。而经过智能化升级，机床一键启动，可以自动进行原点校准，无论是精度还是效率都提高了。

辽宁沈阳机床数控技术国产化

陈虎告诉记者，技术和装备的迭代升级，不仅发生在生产线上，更重要的改变来自控制系统。目前他们生产的高端数控机床，已经安装了"国产大脑"，从数控系统，到电主轴、传感器、电机等关键零部件，都实现了自主化。

辽宁篇

五轴卧式铣车复合加工中心

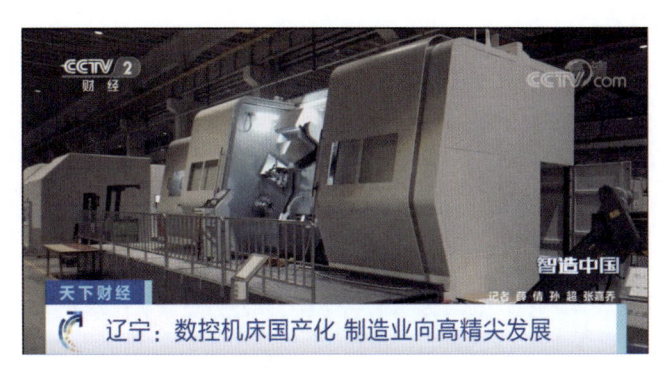

上图中正在装配的五轴卧式铣车复合加工中心，主要用于生产飞机起落架等航空航天零件，最大回转直径可以达到 1.2 米。陈虎介绍，这是他们在自主研发大规格机床产品上的又一个突破。

作为第七台此类设备的交付，这个设备在交付给客户之前，全部要依赖进口。向客户提供先进的智能化的数控机床，就是对各个领域的智能制造提供一个基础的支撑。不仅是对制造能力的支撑，还包括智能制造过程中的各种生产过程数据的采集和基础的处理，都是由先进的数控机床来完成的。

主创人员：薛　倩　孙　超　张嘉乔

权威访谈

AUTHORITATIVE
INTERVIEW

辽宁：推动装备制造业转型发展，振兴东北老工业基地

在辽宁的制造业中，装备制造占据重要地位，工业机器人、透平压缩机、数控机床等大型装备，不仅见证了新中国工业的起步与发展，对其他制造业的发展也至关重要。如何借助数字化转型促进装备制造业发展、推动更多重大装备自主创新？记者和时任辽宁省副省长姜有为来到沈阳一家"老字号"装备制造企业进行了实地探访。

在这家"老字号"企业，技术工人正在操作数控机床加工离心压缩机的关键零部件——转子。这家工厂始建于1952年，70年来，一批大国重器在这里诞生。2018年，这里进行了数字化改造，"老字号"企业焕发了生机。

姜有为介绍说，车间的数字化改造只是第一步。2022年，辽宁发布了700多个数字化典型应用场景，积极促进企业与

沈鼓集团转子生产车间在智能化改造后焕发生机

辽宁篇

平台服务商对接，促进企业改造升级。在辽宁，33 个工业互联网平台，连接了 1.25 万家工业企业的 49.7 万台设备；62500 多个 5G 基站和 5200 多个在建基站，为企业的数字化转型提供了重要基础设施。

记者对时任辽宁省副省长姜有为进行专访

姜有为：对于离散型制造业的数字化，我觉得，重点是提高研发设计协同水平。好多工作都需要整机厂和供应商，以及用户同步开展，那么基于数字孪生模型、虚拟仿真等技术的协作设计平台建设就很重要。

对于大型装备而言，产业链很长也很复杂：一台离心压缩机的零部件就多达数千个，涉及供应商数十家。如何让整机生产企业和零部件配套企业加强协同，提升产业链整体竞争力，是数字化改造的重要内容。

姜有为：我们正在推动头部企业开展整零共同体示范，主要是通过搭建数字化管理平台，实现整机企业和配套企业同步研发、同步制造、同步物流、同步运维，进一步提升整个供应链的运行效率。

2022 年底，这家企业自主研制的 150 万吨级的"乙烯三机"正式交付使用。乙烯三机是乙烯生产的关键核心装备，而乙烯则是全球产量最大的化学品之一，与人们的衣食住行息息相关。过去，这种装备只能从国外进口。如今，乙烯三机不仅实现了国产化，规模也从最初

姜有为
时任辽宁省副省长

以前车间里的设备都是单台运行的，生产数据无法采集传输，处于"孤岛"状态，现在，通过数字化改造，建立了车间运营管理系统，能够实时获取每台设备的生产数据，车间总体生产运行情况最终都会直观地反映在这个系统上。这里有生产管理数据、设备管理数据，还有项目管理数据。

145

智造中国
央视财经大型融媒体报道作品集

的 80 万吨级提高至 150 万吨级，而这背后，离不开一系列打破国外垄断的创新成果。

姜有为

推动国有资本向具有核心竞争力的优势企业集中，从非主业资产、低效无效资产中退出来，市场化机制不断健全，省属企业用工 100% 公开招聘，劳动合同签订率、全员绩效考核率、管理人员竞争上岗率都高于全国地方国企平均水平。

深入实施创新驱动发展战略，加快促进传统产业转型升级，积极培育战略性新兴产业，推动制造业朝着高端化、智能化、绿色化、服务化的方向发展，实现东北老工业基地全面复兴、全方位复兴的新突破。

150 万吨级"乙烯三机数字孪生模型"

姜有为： 在基础工业软件方面，横向振动、机组选型等软件做到了自主可控，提高了设计能力和水平。在协同设计方面，整机厂商与主要供应商一起同步创新，提高了驱动设备、辅助系统、关键配套件的国产化水平。

在这家企业的培训中心，新员工正在进行精益管理培训。这几年，辽宁通过大规模培训，企业整体的劳动生产率明显提升。从所有制来说，辽宁的制造业以国有企业为主。这几年，辽宁也推动体制机制改革，激活国有企业活力。

2022 年，辽宁继续加大财政资金在科技领域的投入力度，全省研发经费支出在 2021 年 600 亿元的基础上继续增加，推动国家重点实验室、工程技术研究中心、企业技术中心、制造业创新中心等创新平台建设取得更多成果。

主创人员： 薛　倩　张伟杰　张含晓
　　　　　姚　佳　宁　涛　吴骏琥
　　　　　时本军　金光宇　辽宁台
　　　　　张成靓　鲅鱼圈台
　　　　　王江浩

湖北篇

HUBEI

CHAPTER

记者手记

REPORTER'S NOTES

一道产线一工厂，一根光纤一座城

——"智造"点亮光谷

记者：马佳伦

1976 年，在武汉邮电科学研究院的简陋实验室里，一根长 17 米的"玻璃细丝"，也就是中国第一根石英光纤，从科研专家手中研制出来。就是从那时开始，光谷这个昔日被戏称为"武汉地图外两厘米"的地方，如今已建立起 518 平方千米的宏大版图，成为中部地区科技创新活力最强、经济增长最快的区域之一。

以"光"命名，因"光"闻名。过去十多年里，位于武汉东湖高新区的光谷，光电子企业数量从百余家增长到千余家，产值也从百亿元增至千亿元。年产百万台智能终端的联想、数码终端组装的富士康、投产国内首条第六代中小尺寸显示面板的华星光电、生产大尺寸显示面板的天马等，在光谷聚集，形成从芯片到屏幕，再到终端的产业链条。

《智造中国》大型融媒体报道湖北站的特写小片，讲述的正是发生在光谷的联想武汉产业基地的故事。

2019年，在联想武汉产业基地，第1亿台产品下线了，前后用了6年的时间。而就在2022年底，第2个"1亿台"超前完成，这次跨越只用了3年左右。作为武汉产业基地的主要产品之一，看似只有巴掌大的手机，却有多达13000个零部件，最小的只有0.1毫米，因此实现手机制造的自动化是多年来的待解难题。面对数以万计的毫米级别的零件，把生产周期缩短了近三年，这是怎样实现的呢？

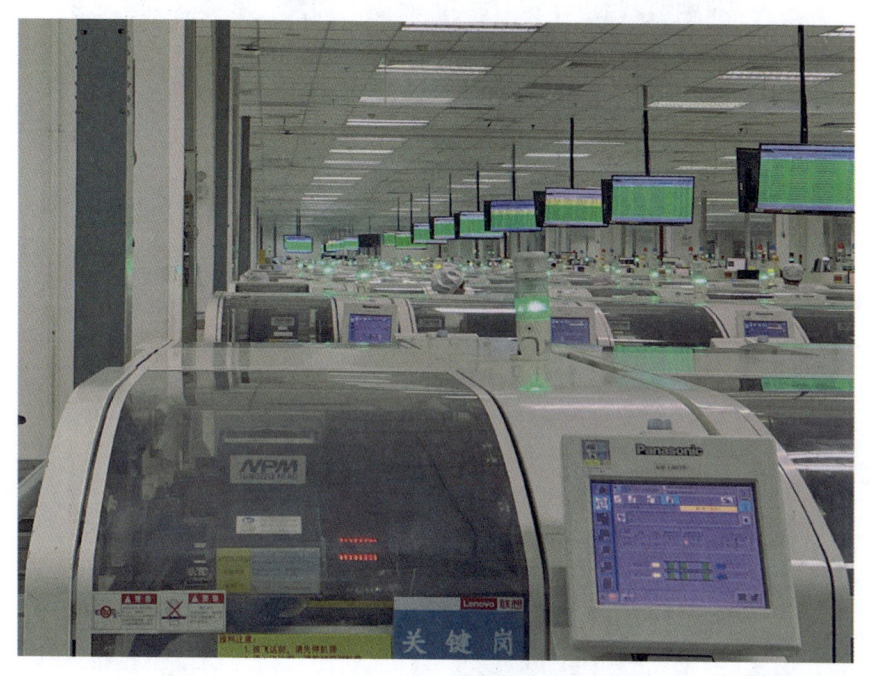

联想武汉产业基地

这次"智造"故事的主人公，有一个特殊的职业——线长。这个职业，很多人都和我一样未曾听闻。"一线之长"，通俗解释为一条生产线的负责人。怎么实现"设备换人"，如何提升效率，是线长的工作核心。由于手机生产工序烦琐，包含贴片、测试、组装、包装等大大小小几十道工序，因此线长的KPI完成不易。

线长故事怎么讲？在绝大多数工业制造企业当中，科研人员大都出身理工科，他们工作严谨，一丝不苟，但大多不善表达。如何与他们更好地交流沟通，我和摄像这样的文科生一筹莫展。交流一整天，听到的是无穷无尽的专业术语，如何让讲述生动、人物鲜活，成了我们面临的最大挑战。

在工厂里，有人告诉我说："线长的一小步，产线的一大步"，为了真正感知这句话的含义，也为了捕捉线长工作中的"精彩一刻"，深入工厂的几天时间里，我们与线长如影随形。旁听开会、尾随进车间、蹭一天三餐饭……

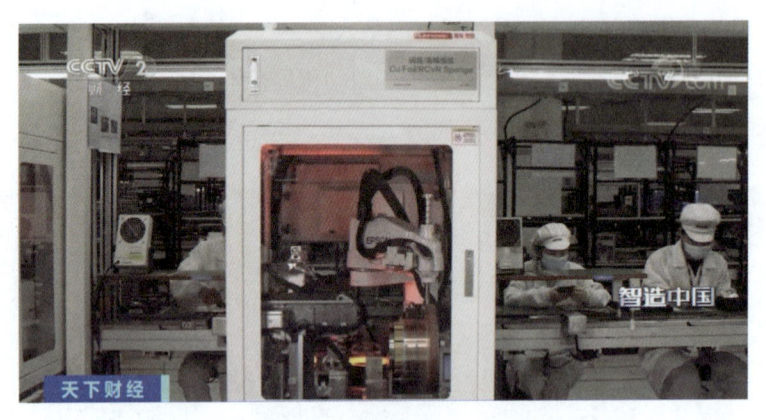

联想武汉产业基地生产线

设计直播内容

终于，在某次讨论激烈的日常会议上，我们抓到了真实鲜活的现场！当天的主题是安装电池环节能否用机械臂代替人工。在现场，几个部门、十几个工作人员围着大方桌的激烈辩论持续了数小时，录制话筒等设备前后换了3次电池。对我们而言，终于找到了故事冲突，同时也了解了手机终端产品的智造之艰。

都说"十年磨一剑"，在工厂里，一条生产线的"铸成"则不只需要十年。大大小小几十个工序，实现自动化的方式，就是一步一个脚印，一个个工序的攻克。

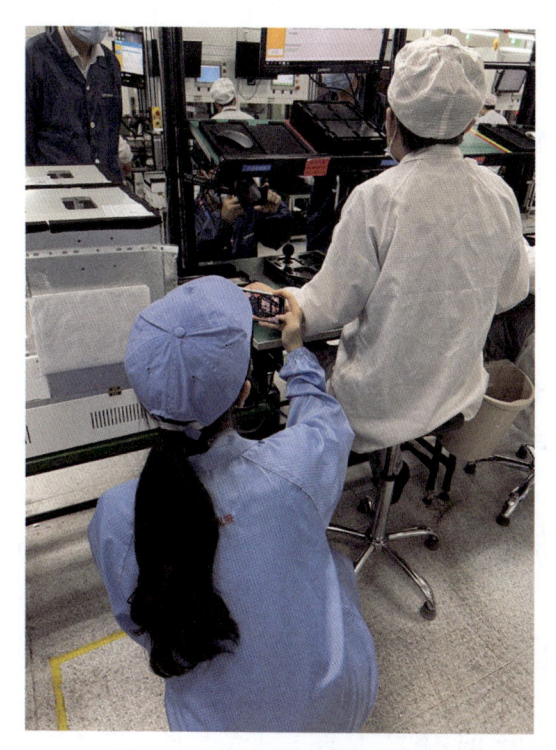

自动化生产线

眼前的这条自动化生产线，在多条人工生产线中间尤其亮眼。十几年前，近50个工人连轴转完成的产量，如今搭配了自动化设备，20多个人就可以轻松完成。也正是这样一条自动化生产线的从无到有，让联想的"第2个两亿台"提前了好几年到来。

"从一条产线到一个工厂"，是联想的故事，而"从一束光到一座新城"，代表了光谷的蝶变。如今在这座新城，一批批光电子行业的领军企业相继诞生，众多领跑世界的技术、产品持续问世，中国光谷正加速走向世界。

湖北：以光之名，照亮世界

记者：袁艺

跟随《智造中国》直播车的脚步，我走进了湖北武汉和内蒙古呼和浩特两座城市，一南一北，让我看到了在不同地域上孕育出的智造之光。

作为我国中部工业大省，湖北不仅有钢铁、船舶等传统制造业，光电子信息产业在全国更是独树一帜，在这里，诞生了中国第一根光纤、中国第一个光电传输系统，如今，之前的"第一"变为更多的"之最"：全球最大的光纤、光缆研发生产基地，国内最大、品类最齐全的中小尺寸显示面板生产基地……"以光为名，因光而兴"，《智造中国》大型融媒体报道在湖北的直播点，最终确定在最具代表性的光电子信息产业。

然而当我们到直播场地去踩点时，光"消失"了。走进显示屏的生产车间，狭小局促的空间、颜色不一的灯光、平平无奇的生产设备……这完全不符合我们对大型电视直播场景的想象，最关键的是，生产过程基本在密闭的机器里进行，拍不到画面。根据以往的经验，比较理想的电视直播场景要有视觉上的表现力、冲击力，同时不会过于静态，拿这些标准衡量眼前的一切，直播场地别说理想，及格都够不上。随后，我们把湖北光电子领域的大大小小不同产品的企业都走了一遍，情况大都类似，总结来说就是非常不适合电视化

由于现场人数限制，工作人员
身兼数职保障直播顺利进行

呈现。七月的武汉，暑气逼人，找不到直播场地的我们，如同热锅上的蚂蚁。

　　就在我一筹莫展之时，"中国屏"再迎新突破：全球最低刷新率穿戴设备屏在武汉诞生，一同问世的还有卷轴屏，四四方方的屏幕竟然还可以变成卷书，让我惊喜万分！不禁在想，这是怎么做到的？未来柔性屏还可以做成什么样？"打破思维定势，就要敢于想象。"工程师的回答，仿佛一束光，照进我心里，原来智造的背后更是创造，对于我们做节目而言，又何尝不是呢？走进"中国光谷"，当我看到光电国家研究中心、国家信息光电子创新中心等40多个国家级创新平台，一起攻克关键核心技术，也就不难理解，为什么说"光电子信息产业是我国有条件率先实现突破的高技术产业"。那么，如何才能让观众看到"中国屏"点亮的智造之光？我们决定在"不及格"的直播场地里，找到和展现它。

　　随后，我们和技术专家反复深入交流，在生产线上、在专业资料里一遍遍学习和了解专业装备、生产流程，然后用电视语言去"翻译"它。最终，完成了一场生动而特别的直播。为此，我们做了以下几方面的尝试。

　　一、化生涩为生动。 显示屏的生产过程非常专业，对于普通观众来说生涩难懂，于是我们选择了几个重要环节，通过类比的方式，如做灯泡、做开关、蒸馒头，和大家熟悉的生活场景进行关联。形成文字后，画面的解决方案是演示对应的动画，这对我们来说也是一次新的尝试。我必须是一个专业的"翻译"，一边是企业的技术专家，另一边是台里负责动作制作的老师，通过双边沟通，确保动画能够专业精准地表述、呈现生产制造过程。如PI材料的学名、光源的颜色等，在保证专业度的同时，更重要的是让观众能看懂。除了动画，我们同时增加了道具的运用来丰富现场呈现，如运用显微镜来看线路大小、从玻璃上手动剥离屏幕基底，以及弯折性能测试机疯狂折叠屏幕的演示，通过这些生动的环节展示，让静态、封闭的生产现场鲜活起来。

　　二、化不利为有利。 所有进车间的人员都得穿连体防尘服，口罩之外还有面罩，黄色和白色交替的复杂

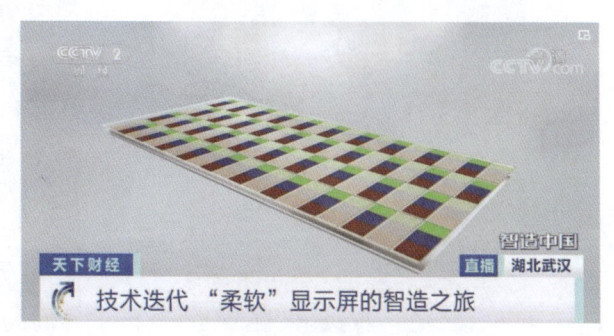

生产过程的动画演示

光源……这些看似阻碍直播的因素，如果换一个角度看，恰恰不就是它的特别之处吗？于是，我们索性把许多这样的细节汇聚成一条主线，贯穿在直播当中，让这场直播顿时"与众不同"。首先在直播团队进入现场安装设备的时候，提前拍摄了工作人员层层消杀的过程，用作直播时的插画面；同时，在车间里的直播区域换了一块透明地板，让大家看到地板的小孔之下还有用于吸尘的大桶，天花板上还有小孔用来换气；而出镜的直播记者，在连体防尘服和两层口罩面罩之下，只露出一双眼睛，说话间呼吸也逐渐急促……这些真实体验，向观众展示什么是"洁净程度堪比ICU病房"。在直播中，从白光区域走到黄光区域，也让观众跟随镜头去感受光线的变化。这些不仅营造了身临其境的体验感，而且神秘感和科技感也扑面而来。

三、化不可能为可能。整个工厂安静得像图书馆，但是站在那里，却能感受到汹涌澎湃的内生动力，这是我最真实的感受。我很想把这样的感受传递给观众，所以一块显示屏的智造之旅，并不是直播的全部，在结尾部分，我们安排了最新的透明显示技术展示，带观众展开想象，未来当这些新技术、新产品应用在不同场景里，会给我们的生活带来怎样的变化。我们也希望通过节目，开启大家的探索和期待，未来把一个个在今天看来的不可能变为可能。在湖北，有150多所大学，还有一批职业院校，正在跟制造领域的企业进行紧密结合，定制培养人才，相信"中国智造"将创造出无限可能，薪火相传，照亮世界。

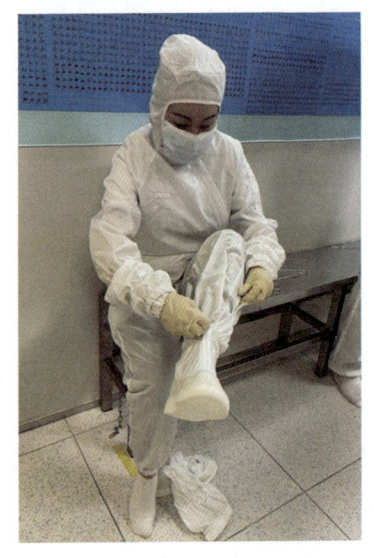

进入车间之前，工作人员穿戴防尘服　　　　直播团队在湖北站直播点合影留念

直播连线

LIVE CONNECTION

小屏幕大"智造"：
探秘液晶显示屏工厂

　　从第一根光纤诞生到国内领先的柔性折叠显示屏生产线，追"光"的路上，一个又一个重磅科技成果在武汉的光谷诞生。

　　位于光谷产业基地的一家行业领先的 LTPS 单体工厂，也是利用低温多晶硅技术来生产 ICD 液晶显示屏的工厂。无论是手机、电脑，还是电视，用到的液晶显示屏，都可以在这个厂房里进行生产。虽然屏幕薄如蝉翼、体型单薄，工艺流程却一点不简单。前后几十道工序，需要约 18 天的生产周期才能完成。因此，这间工厂的生产区域面积约 10 万亩，相当于约 14 个足球场，才能满足小小液晶面板复杂的工艺流程，但全程几乎没有人的参与。

光谷产业基地的 LTPS 单体工厂

智造中国
央视财经大型融媒体报道作品集

工厂中叫作 robot 的智能机器人，上下两个机械臂同时抽取，将不同的玻璃板送上不同的生产线。如果将液晶屏幕分为三个核心区域，下层的阵列基板相当于手机屏幕的大总管，屏幕开关与否就取决于它，而上层的彩膜基板相当于手机屏幕的调色师。复杂的工序间完全不需要人的参与，设备自动化运转可以做到昼夜不停。

设备自动化运转

说起液晶显示屏，液晶究竟长什么样？对于屏幕来说，它就像百叶窗，可以控制光折射的角度，让屏幕达到不同亮度。一滴滴液晶排列组合、整齐划一，同时必须严格控制在一毫克多。我们的手机，大约需要30多滴，笔记本电脑则需要170多滴。这样精密的工作，机器工作起来则更加在行。

液晶滴注精密

生产进入最后环节时，此前加工完成的所有基板进行合体一片片成型屏幕的厚度只比一张A4纸多一点。当然，下线前还要经过严格的检测，这也是工厂唯一需要人工参与的部分了。如今在这间工厂，自动化水平已经接近百分之百。屏幕月产量超过五万张，可分割成1000万部手机或150万台笔记本电脑。

柔性技术持续发展

  这间工厂不仅可以生产液晶屏，还有一条行业领先的柔性显示屏生产线。随着 5G 通信、人工智能等新技术发展，柔性显示已成为显示行业战略竞争高地，随着柔性技术的进一步发展，未来手机可以戴在手腕上，平板电脑可以折成小本放进口袋，电视也可以像画轴一样自由舒卷。

主创人员： 骆　群　郁　芸　马佳伦　廖文铮　郑晓天　乔　楠

好"屏"如潮，点亮智造之光

  光电子信息产业是湖北最靓丽的名片，被誉为"中国光谷"。湖北是国内最大的中小尺寸和品类最齐全的显示面板生产基地，从"缺芯少屏"到好"屏"如潮，国产屏幕如何通过智能制造加速崛起？

TCL 华星光电产品

在 TCL 华星光电的生产车间，我们平时使用的电视、电脑、手机设备的屏幕可能就来自这里。

全球最低刷新率穿戴设备屏刚刚面世，低刷新率意味着低耗电，待机的时间就会延长；边框最窄的折叠手机屏，只有 1.8 毫米，并且几乎没有折痕，不仅有两折，还有内外三折的屏幕。对于折叠屏来说，大家可能最关心的是它的弯折性能，这里的机器可以模拟人手进行折叠动作，一分钟可以折叠 30 次，一块屏幕需要进行 20 万次的疯狂折叠来测试性能，以保证量产品质。

相比传统生产车间火花飞溅、机械轰鸣的嘈杂，TCL 华星光电的生产车间只有极少的工人，像一个安静的图书馆，但厂房的洁净程度超过医院的 ICU 病房。记者穿着严实的连体无尘服，戴着手套，脸上戴着两层口罩和面罩，并且经过两次洗手，踩过粘尘垫，穿过风淋室吹风除尘后才能进入车间，现场的直播设备都经过了严格消毒。

车间地板上都布满了细小的孔，地板下面是一个个直径为 35 厘米的桶形大孔，它的作用是可以让空气中的微尘通过孔洞直接流到地下，而天花板的细孔则送入净化过的洁净空气，厂房越洁净，生产出来的屏幕品质就越高。整个厂房内看不到一根管线，整个生产靠 1000 多台自动化设备和 600 多个机械臂完成，在这里每天都上演着玻璃变身显示屏的奇妙旅程，那么，一块屏幕是如何制作而成的？

玻璃先被机械手臂运送到设备里，涂上一层柔性基底材料，它是实现柔性屏幕的核心材料之一，这种材料绝大部分是国外垄断的，不过就在 2022 年首次使用了国产产品，涂完之后需要面板做电路层，类似于 Excel 的纵横网格线，每一格就是一个像素点，也是一个独立的开关器件，电路层就是做每个像素的开关。

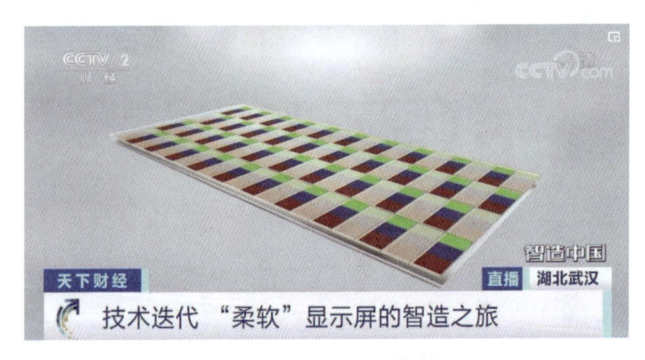

一块屏幕是如何制作的

这些基本都在真空或者严格密封条件下进行，不过我们可以通过显微镜看到这些设备制作的线路形貌，实际上只有 3~5 个微米的宽度。这些线路最终将形成千千万万个小小的"开关"，而这个"开关"有多大呢？实际上我们人眼是完全无法看到的，在一个指甲盖大小的面积下，可以有 33.6 万个这样的小"开关"。

"开关"做好了之后，会被自动送到车间，进入最为关键的环节——给这些"开关"接上灯泡，制作"小灯泡"的设备叫蒸镀机，看着平平无奇，但是身价很不一般，高达上亿元。

通过显微镜，我们可以看到这些面板上有一个个椭圆形或菱形的凹坑。所谓蒸镀，过程类似蒸馒头，用一个类似于筛子掩模板的工具放在玻璃基板下面，每个筛孔对准每个凹坑，在筛子下面加把火，把有机发光材料气化，穿过筛孔附着在像素凹坑里，这样通电后，每个像素格子就能发光。

蒸镀做完之后，再通过机器封装，可以防止水汽和氧气的入侵，如下图所示，封装区域的灯光是黄色的，这是因为封装用到的材料对光线比较敏感。

封装区域的灯光是黄色的

镀封装以后的产品如下图所示，有些微微发黄，之后再用激光照射，将柔性基底从玻璃上剥离下来，屏幕可以薄如纸，随风飘动，还可以做成多种多样的形态。

新技术正在路上，一块屏幕看起来像透明的玻璃，但是点亮之后，可以显示高清、亮丽的图像，这是最新的透明显示技术，以后可以用于车窗、居家办公等多个领域，想象一下，用屏幕当车窗，不显示的时候可以看窗外风景，点亮之后车窗变成了移动的显示器，成为别人眼中的一道风景。

镀封装后的屏幕产品

目前，国内面板生产不仅在规模上，部分技术也已经领跑全球，并且研发创新的脚步从未停下。整个工厂很安静，但是站在这里的人，能感受汹涌澎湃的内生动力，也许就在不远的未来，将会出现更多的屏幕打破我们的想象，带来全新的观看体验。

主创人员：骆　群　郁　芸　刘天竹　袁　艺　布日德　郑晓天　廖文铮　李都辉
　　　　　　李文胜　郭金秋　杨　俊　时　路　刘　翀　王　铮　孙立鹏　乔　楠

新闻特写

NEWS FEATURE

十年磨一"线"：手机"智造"加速跑

生产线是工业制造的生命线，持续升级迭代的智能生产线，赋予了工业制造更强的势能。在湖北一家出口量最大的手机生产企业，自动化工程师们十年磨一"线"，助力生产线跑出加速度。我们现在就一起来听一听他们的故事。

组装一台巴掌大的手机，要经过贴片、测试、组装、包装等几十道工序。零部件多达上千个，最小的不足0.2毫米。因此尤其在手机组装环节，生产线上仍需大量人工，这已经是行业痛点。

胡徐舟：简单的动作（对）精度的（要求）非常高，可能有的要到0.05毫米，相当于5根头发丝的直径这么一个精细度的要求，所以说它还是比较难做的。

联想武汉产业基地自动化组装手机

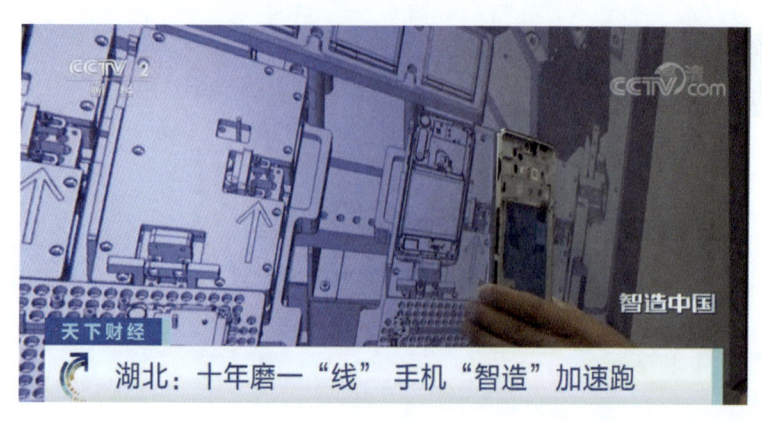

尽可能实现"设备换人"

胡徐舟，生产线自动化工程师，他的任务就是在兼顾成本和效率的同时，尽可能实现"设备换人"。为了提升生产线的自动化程度，胡徐舟带领团队开了多次可行性评估会议。每一次讨论几乎都要大吵一次。而最近的这次"争吵"，主题是机械臂是否能够自动安装电池。

毛丹（联想武汉产业基地后端生产制造主管工程师）： 你的机械手，从这边现在拎过来（电池）到这个地方，可能没有定位。你装过来的时候，因为（电池的）尺寸大小不一样，这个地方已经有被撞到的风险了。你做首件、做验证的时候可以收集这个数值。

胡徐舟： 我觉得是这样，咱们也别在这讨论了，去现场看。质量部门给我这个数据，有没有这种电池刮伤的（数据）。去现场看，收集数据去比。

新"1亿台下线"：产品生产周期缩短一半

看图纸解决不了，那就到生产线旁实地比对。为了还原人手的灵活动作，胡徐舟需要不停、多角度拍摄人工组装电池的视频，再回去逐帧播放、模拟设计。这个方法最行之有效，也促进了自动化率逐年提升。2019年，联想武汉产业基地下线了第1亿台产品，前后一共花了6年时间。而就在明年初，这里将迎来第2个"1亿台"，这次跨越，却只用了3年时间。

胡徐舟： 这"两个亿"（目标），我们得确保它们，必须能做到。

如今，这条手机组装线的自动化率已经从十年前的14.8%，提高到今天的48%。

湖北篇

当年，每条生产线上，49 个工人连轴转完成的产量，如今搭配了自动化设备，28 个人就可以轻松完成。现在这条生产线上，机器人与工人交错排排坐，各司其职。生产线每隔一段距离，便有一个个透明玻璃罩，里面白色的小型机械臂摇头晃脑，抓着零件上下翻飞，它们负责搞定手机组装、测试、检验、产出等多个工艺。

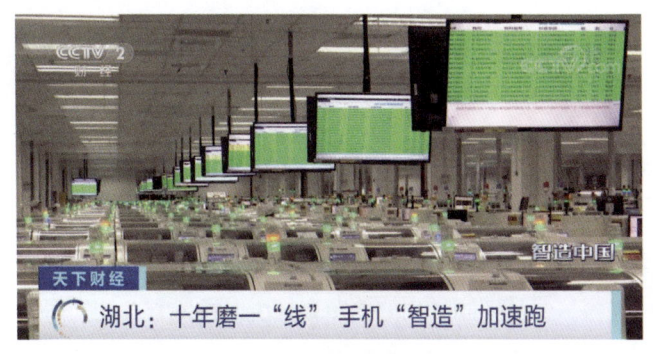

手机组装线自动化率为 48%

十年磨一线，胡徐舟带领团队已经做到了业内领先。但在剩下的 52% 的人工工序中，是否还有"设备换人"的可能？胡徐舟告诉我们，他的答案只有一个。

主创人员：骆 群　郁 芸　马佳伦　廖文铮　郑晓天
　　　　　　乔 楠

胡徐舟
联想武汉产业基地自动化解决方案经理

其实我们的自动化率可以达到 70%，我们在持续推进整个量子线自动化率的提升，再去推广到其他一些人工生产线上，从而进一步提升我们整个手机行业的作业效率。

163

权威访谈

AUTHORITATIVE INTERVIEW

以"光"之名，照亮世界

湖北是我国中部工业大省，光电子信息产业在全国独树一帜，如何将"中国光谷"打造成"世界光谷"？传统制造如何焕发新生机？智能制造如何走向湖北创造？记者对时任湖北省副省长赵海山进行了专访。

赵海山： 袁艺，欢迎你来到湖北，我有个小礼物送给你：

这是一个基于激光技术的文创微型智能化生产线，可以根据你的喜好进行个性化定制，例如，可以写几个字。

袁艺： 那就请省长写"智造中国"。

用触控笔在平板电脑上写完字后，系统自动将信息传输到了旁边的生产线，分拣、定位、加工、包装等环节一气呵成，短短40秒，一个精美的礼盒便制作完成。

激光智能装备文创体验

湖北篇

赵海山： 整个制造包括包装都是智能化的，这也是一个文创体验，（激光智能装备）尤其向下游（拓展）越来越多。

赵海山： 这是一个激光高端装备制造车间，像这些设备都是我们自己研发的，它的加工精度都在微纳米级，相当于我们头发丝直径的百分之一，这也是国内首创。

激光也被誉为"最亮的光、最快的刀、最准的尺"，智能装备广泛应用在半导体、金属加工等领域，在车间现场，记者看到无论是几毫米还是几百毫米的金属板材，都能做到"削铁如泥"，而这些都和智能制造密不可分。

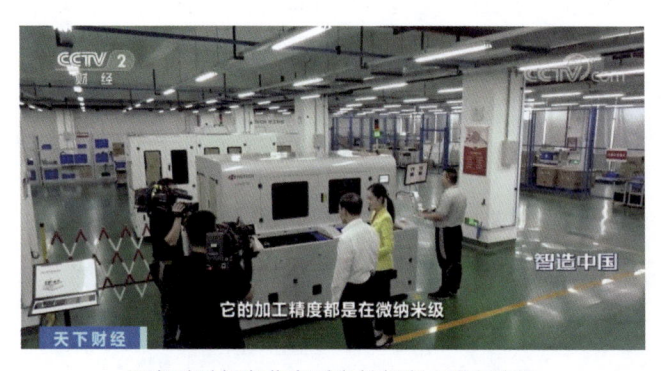

记者对时任湖北省副省长赵海山进行专访

激光产业只是湖北光电子信息产业集群的一个缩影，作为湖北省的金字招牌，这里已经成为国内最大的光电器件生产基地和光通信技术研发基地，被誉为"中国光谷"。

袁艺： 如何将"中国光谷"打造成"世界光谷"？

赵海山： 我们的目标是要打造成万亿元级的光电子信息的产业集群，我们正在打造中国光电子研发中心，把科技的命脉牢牢把握在我们手里。

为了推动传统制造业加速转型，湖北出台了"技改提能，制造焕新"等措施，汽车是湖北第一支柱产业，

赵海山
时任湖北省副省长

从零部件加工的精度和它的工艺水平，以及标准化程度，完全可以通过智能控制实现批量化整合，我们湖北激光产品（设备品种）占了全国的70%，（激光设备）产值占到50%。

湖北以新能源汽车、智能网联汽车为重点，推进智能新技术在汽车研发设计、生产制造等关键环节的深度应用。

赵海山： 2021 年，湖北汽车制造的产能达到了 210 万辆，整车制造企业一共 25 个，零部件的制造，75% 都是通过智能制造生产线实现生产的。

要全面提升智能制造水平，一枝独秀不如百花齐放。湖北有 1.7 万余家中小企业，占市场主体近九成的体量，在龙头企业的带动下，正在进行智能化升级改造。

赵海山： 我们搭建一些高带宽的网络，提供硬件支持，组织一些专业机构，他们要到这些中小企业有针对性地对它的生产工艺过程进行诊断，对它进行精准改造。

在一系列措施的推动下，湖北培育了 20 多个智能制造领域的国家级研发平台，遴选了 196 家智能制造示范企业，2021 年，数字经济规模增至 2.1 万亿元，居中部第一，到 2025 年，湖北制造业增加值占全省生产总值比重将达到 30% 以上。

主创人员： 骆　群　郁　芸　李　琳　袁　艺　张含晓
　　　　　　郑晓天　张　宇　时　路　王亚民　倪晶依
　　　　　　孙立鹏　乔　楠

赵海山

湖北的科教是一个重要的优势，我们自己有 150 多所大学，还有一批职业院校，都可以跟这些制造领域产业进行紧密结合，为他们定制培养人才。面向未来，我们的目标是向中国创造去努力。

陕西篇

SHANXI CHAPTER

记者手记

REPORTER'S NOTES

穿越璀璨历史，见证时代变迁

记者：孟夏冰

  从渤海湾转场到秦岭脚下，穿越千年的城市散发出的历史底蕴与我们撞了满怀。关中平原、黄土高原、秦巴山区，这些地区散落着很多工业遗址，他们承载了这片土地上世世代代的人们对美好生活的向往，浓缩了地区发展的璀璨历史，也见证了时代的变迁。

  在调研中，我发现了一个很有趣的现象。历史越久的工厂，员工的语言体系越丰富。如在后来我们选定的直播点——宝鸡秦川机床，很多人都说着一口浓重的沪上方言，食堂里也经常会出现上海菜。事实上，很多企业都是在"三线"建设时期搬迁至陕西的。这些企业对当地的经济发展和人员就业都起到了巨大的推动作用，是当时全省同行业的骨干企业，也是陕南山区许多城镇现代化的开端。

  我的直播第二站与直播第一站之间，有着千丝万缕的勾连。沉浸在工业机器人的世界里一周之后，我大概了解了机器人几个重要的环节：伺服机、关节减速器和控制器。流水线上忙碌不停的机械臂舒展灵活，它的运转原理是否和人类的肢体运行相同？机器人也有关节吗？机器人的关节长什么样子？带着这个疑问，我来到了陕西宝鸡秦川机床的生产线。

陕西篇

　　RV 减速器、40E 和 121 速比，这几个关键词是我在陕西站的这一场直播中无法规避掉的几个专业术语，作为外行人，初步接触连名字都很难理解。想把这些复杂工序中的亮点展示给大家就更难。晦涩的专业信息如何进行有效"翻译"？ 这是我在陕西这场直播当中要做的重要工作。

　　陕西集聚了大量的高端装备制造业，高端装备制造业意味着两件事：大量的保密环节和非常难懂的工艺。除在出发前查阅大量的论文、资料和网课的案头准备外，专业人士的讲解是非常有必要的。每到一个工厂，一到两天的学习时间远远不够，需获取信息的密度极高。也是在这个过程当中，我逐渐发现了制造业的魅力。

　　了解其实是第一步，深入更要浅出，在这个时候我们也做了大量的"翻译"工作。与其用复杂的语言说明白，不如用实验演示。

陕西站直播现场

　　我需要直接拆掉一台工业机器人，从它运行的位置拿出 RV 减速器这个零部件。为了实现拆取，我着实费了一番工夫。生产线上，每个环节的工人和工程师都非常负责任地进行自己在这个环节的工作，所以踩点时当我提出要拆掉一台机械臂，工厂负责人很明确地告诉我不能实现。我当时觉得非常沮丧，因为这个设想不能实现的话，那么整个"翻译"工作就会变得非常复杂。

　　但是在学习的过程中我了解到，机械臂的运维需要零件制作、编程、维修和航车等四五个部门的协作，所以运用逆向思维，如果这几个部门都可以配合拆解的话，零件就可以拆出来。在这个思路的引领下，我终于实现了拆掉一台机械臂的设想。当然，各个部门都协调好之后，他们又提出了两个问题：我不可能拆得出和拿得动，认为这是一个直播中存在的安全隐患，在反复彩排中，我每次都稳稳地将 RV 减速器端出来之后，他们也消除了这个后顾之忧。

某个零部件关节拆开之后的"爆炸模型"

40E 是这个零部件的型号，当工厂总工程师用了 30 页 PPT 讲述了什么是 40E 时，我决定继续用拆解的方式来介绍。上图是某个型号关节拆开之后的"爆炸模型"，在这个模型的指引下，对型号和运行原理的介绍都更加直观。

我进一步希望在拆解后，再现它的运行状态，工厂的负责人再次告诉我无法实现。在学习的过程中，我发现关节的主要动力就是发动机的输入轴，而我只需要手动模拟输入轴的运转就可以带动其运行。经过对不同型号的关节进行手动驱动，最终我们认为手动模拟运转的方式可行。

"纸上得来终觉浅"，几个小实验就胜过了千言万语，而这也是电视的魅力。"术业有专攻"也在沟通过程中得到了证实——行业的专业性由工程师把握，而讲述的方式则由记者掌握——这就是"翻译"的魅力。

机器人关节减速器是从国产高端数控机床的产业链中诞生出来的分支，数控机床也叫工业母机，从这些箱体中也诞生出了更多的产业体系，而秦川机床也成为数控机床产业链"链主"。新中国成立七十多年来，陕西工业已经建成今天门类齐全的现代化工业体系。制造业是国民经济的主体，也是支撑陕西经济高质量发展的主动力，相信也将成为陕西赢得未来竞争新优势的主战场。

直播团队合影留念

直播连线

LIVE CONNECTION

国产高端数控机床助力精密加工

一个制作精良的齿轮是如何诞生的？从这样的基础零部件会延伸出什么样的产业链呢？让我们到位于陕西宝鸡的一家工厂看一看。

"智造中国"走进陕西：揭开机械臂精准运行的秘密

记者拼起两个金属块

记者在上图中手拿的两个金属块看起来平平无奇，其实暗藏玄机。把它们拼上以后，"智造中国"四个字就出现了。即使用手拼接得非常仔细，但是拼起来也废了一些工夫。而机器人拼接不仅可以轻轻松松就做到严丝合缝，还可以反复多次始终表现平稳。

激活智能制造"关节":国产工业母机打造高精度齿轮

这两个金属块就是由下图中这样的白色大箱子制作而成的,这样的箱子是高端数控机床,又被称为工业母机。从这些数控车床中,可以孕育出形状各异的工业零部件。

国产高端数控机床

数控机床虽然看起来相似但是功能各不相同,如磨齿机是用来对齿轮进行精加工的。它的工件装夹部分用来夹取零件,砂轮部分用来磨削零件。它的操作也非常简单,把工件放在作业位置,按键后由夹具自动夹起,再按键关门,启动,箱体里就开始工作了。

右图中的这些齿轮就是它的作品,可以看到齿轮像镜面一样反光,这个齿轮达到了国标三级。这是个什么概念呢,就是说每个齿,不管是宽度还是方向,误差都不超过 0.003 毫米。整个齿轮各个齿的

高端数控机床加工出的齿轮

误差加起来不超过 0.01 毫米。这样精密的基础零件，为后续的精密制造提供了强有力的支撑。

精密制造为智能制造"强筋健骨"

三秦大地孕育着我国品类最全的装备制造业，如今的陕西继续发挥装备制造优势，通过核心技术创新推进产业基础高级化和产业链现代化。在制造业智能化转型过程中，工业机器人必不可少。机器人关节减速器是工业机器人的核心零部件之一，曾经这个零部件长期依赖进口，如今国产的减速器正在突破技术壁垒实现快速增长。

记者在陕西宝鸡机器人关节减速器生产车间

我们的胳膊在运动的时候，人体关节起到了至关重要的作用。在陕西宝鸡机器人关节减速器的生产车间，正在进行测试的机械臂做出了各种各样的动作，它们不仅负重，而且做出的动作也比人复杂得多。反复之间，位置分毫不差。让它们做到这些动作的，都是我们国产的机器人关节。

机器人机械臂

陕西篇

　　机械臂的关节长什么样子？如上图所示，是从一个六轴机器人的第三个关节拆出的一大块零部件，从表面可以看出来这是一个靠齿轮咬合运行的零部件。

　　我们用这个手动的输入轴来模拟一下它在机械臂中的运转状态，可以看到输入轴与表面的齿轮进行咬合转动，那它的内部是怎么运转的呢。下图就是一个拆解的模型。

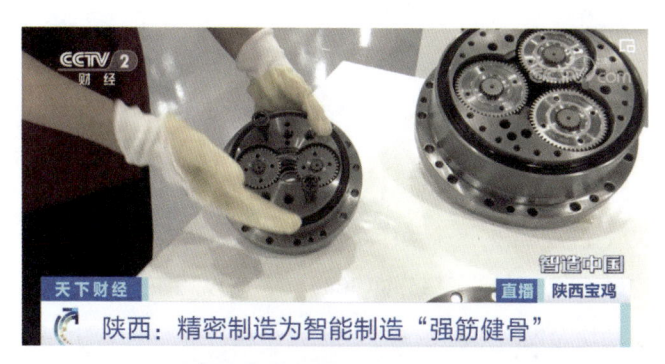

记者现场展示机器人关节减速器

拆解开的机器人关节减速器

　　齿轮带动中心轴运动，而中心轴连接这几个零部件，它叫作偏心轴。齿轮每转一圈，就可以带动偏心轴转动一圈，外面的齿轮就运转了一个齿。通过这样的运动把电机的转速降下来，转化成机械臂需要的速度。通过这样一层一层地扩大，电机一个小小的转头发出的力，就被扩大了好几层。

拿得起、行得稳、放得准：国产减速器出"手"不凡

　　上述描述可能有点抽象，如下图所示，我们用一个在运动的机械臂来展示一下。

175

智造中国
央视财经大型融媒体报道作品集

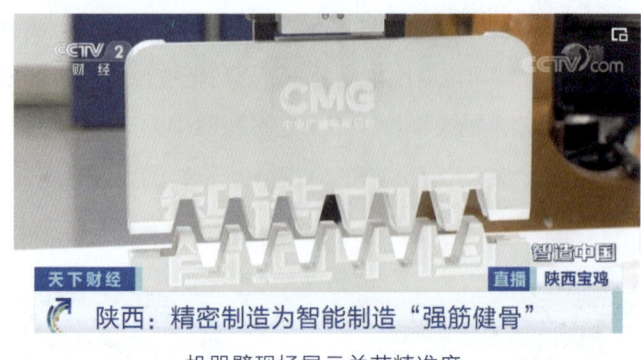

机器臂现场展示关节精准度

这是一个与拆解的机械臂的同款,它能够平稳移动、降落、抓取金属块,再平稳移动把金属块放在底座上。这个动作看起来简单,但是第三个轴这个位置的电机,在平移过程中的最大转速达到了每分钟 3000 转,可以想象一下高速运转中的电机是会振动的。但是两块金属块平稳相遇了,而且严丝合缝。这个时候就需要机械臂的关节大展身手了,它把刚才的高速旋转转化成一套行云流水的动作。

调整齿轮咬合,就可以调整减速器的承重和转速比。在这里拥有全国最全的机器人关节减速器的品类,小到一个茶杯、大到 800 千克的装备部件,机械臂通过减速器的传导都可以轻巧地放置到指定位置。

误差小于 0.001 毫米,国产工业母机打造高精度齿轮

关节的精准可以达到什么程度呢?在这个监测站我们可以找到答案。测试的电机转动 1815 转,关节转动 15 圈。我们要测的,就是每一圈是不是刚好 360 度。从读数来看,这 15 圈的误差控制在 60 角秒,也就是 1 度的 1/60。

精准运行依赖的是内部的每一个零部件的精准制作。拆解下来,我们发现机器人关节减速器的核心就是形状各异的齿轮,这些齿轮

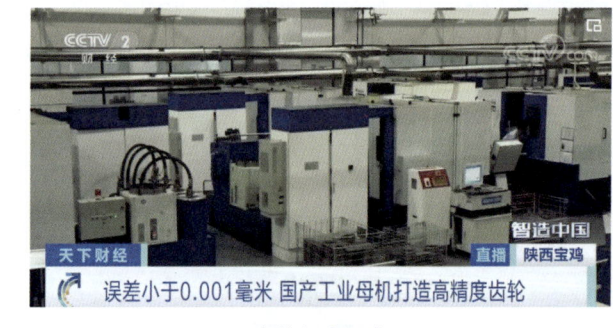

齿轮打磨厂房

就从厂房正中间一台台白色的箱体中诞生。随着砂轮一层层磨削，一个偏心轴的轴承就打磨结束了。

偏心轴是减速器这个零部件最脆弱的部分，它的精准程度决定了减速器的寿命，而这里制作出来的偏心轴半径误差在0.001毫米。零部件磨削结束后，就到了预装配环节，每个工厂都有自己的装配秘方。在这个阶段，减速器的左右行星架先组装在一起，为机器人关节减速器搭好了框架，就像是烤好了一个饼皮，接下来就是填充内容了。

偏心轴

机器人关节减速器的总装环节

上图所示的是机器人关节减速器的总装环节，这是一个很紧凑的生产线，虽然只能容纳两三个人，却能完成几十个零件的14道装配工序。

国产减速器为中国"智造"加速

2021年，国产工业机器人关节减速器销量增速超过70%，打破了这个零部件长期依赖进口的局面。随着技术的不断突破，更多的国产机器人关节减速器将完成中国"智造"的加速度。

新闻特写

NEWS FEATURE

梅雪丰：一个齿轮工艺工程师的十年

齿轮是工业生产中必不可少的零部件，它最早的制作工艺甚至可以追溯到两千多年前，时间来到现在，智能制造又是如何提升齿轮的制作工艺呢？让我们从齿轮工艺工程师梅雪丰的十年历程中寻找答案。

十年磨一"件"：
全自动数控机床重塑齿轮制造工艺流程

梅雪丰： 我是一名齿轮工艺工程师，我做这份工作已经十年了。齿数35、压力角22.124度、斜齿镜面磨削，这是全自动数控磨齿机才能实现的工艺，也是十年来我最满意的作品。

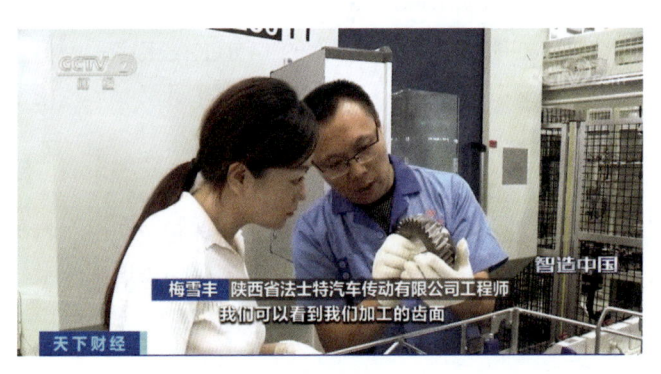

梅雪丰向记者介绍齿轮加工工艺

陕西篇

梅雪丰： 可以看到我们加工的齿面其实跟镜子一样，光亮照人。国标六级，三个截面上的齿形，误差不超过 0.01 毫米，这也是近十年来我们公司的齿轮的最高水平。

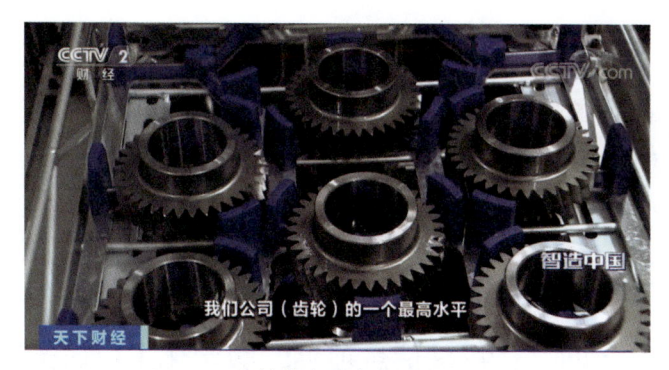

齿轮的齿面光亮照人

200 万元解锁新功能：设备进口不是一劳永逸

右图中梅雪丰身边的这个大家伙，是十年前和他一起进厂的伙伴，它是来自国外的数控磨齿机床，也是工厂进行数字化升级的开始。

梅雪丰： 它实际上是一个单机自动化的东西，有一部分自动化料仓，然后这边是加工区域，这是我们的操作面板。在面板上只进行相应的参数输入，就可以完成加工。这个机器的价格为 1200 万元。使用的时候发现有一个功能

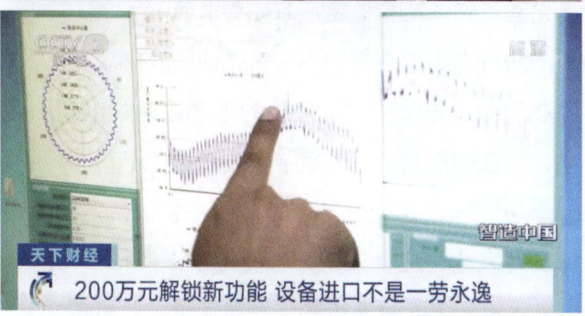

研发国产化数控磨齿机

179

需要开通，然后我们就联系国外的厂家，这样一个功能给我们的报价是60万元，付款后得到一串密码，然后功能就被打开了。3台设备开通了这个功能，总费用将近200万元。

使用成本大幅增加只是一个开始，这件事情让我们意识到，未来每一次产品更新迭代的"关节"都掌握在对方手中。更重要的是，这些机器没有开放数据共享，每一台机器都成了孤岛，很长一段时间内，工厂在单机自动化的阶段止步不前。国产化数控磨齿机成为我们的重要目标。而我们的解决方案是，与机床生产厂家共同研发。

十年磨一"间"：打破信息孤岛，数字化工厂改造整装待发

改造数字化工厂

梅雪丰：与进口机床相比，三分之一的价格、三分之一的空间。性能是相当的，是完全能够满足我们现产品的要求的。

2017年，我的新伙伴——首批国产高端数控磨齿机进厂了。这批机床加载着更简洁的操作界面和完全开放的生产数据共享系统。一个个磨齿机很快织成了生产网络，给我们整间工厂的数字化改造提供了基础。

梅雪丰：我们做了很大的一件事情，是对工厂进行数字化的升级改造。加工数据实时采集，反馈至工艺人员的手上，把优化以后的指令，通过数控程序的管控及下发平台，下发到磨齿机上，形成了工艺闭环。

陕西篇

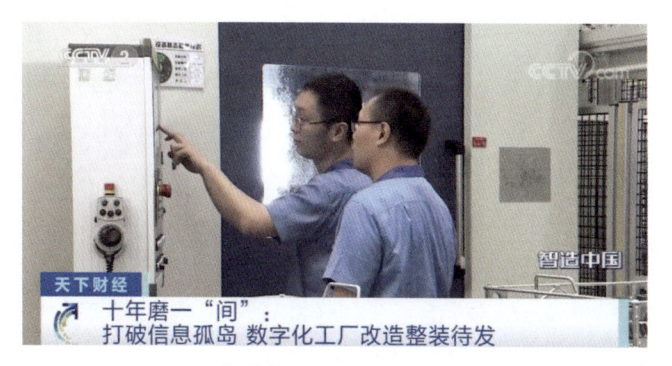

指令优化形成工艺闭环

　　这当然是为全部自动化生产做准备，我们在酝酿一场更大的变革。一个个磨齿机很快织成了生产网络，给整间工厂的数字化改造提供了基础，生产效率提升 70% 以上；能源消耗降低 14%；人均产值提高 5 倍。

主创人员： 张　涵　裴　峰　李　青　孟夏冰　姚　佳宁　涛　张含晓　刘　巍　刘　宁　李妍静瑞　娟　浩　淼　袁　祥　建　伟　一　雄可　鉴　宁　坤　吴佳灵

梅雪丰
陕西省法士特汽车传动有限公司工程师

如果你的基础不好，在上面加再多的数字化，都是没有智能制造意义的，所以你的基础的设备就是我们讲的工业母机也一定要好。

181

江苏篇

JIANGSU

CHAPTER

记者手记

REPORTER'S NOTES

专业内容通俗化，需要记者当"翻译"

记者：陈昊冰

《智造中国》大型融媒体报道作为关注中国智能制造的特别节目，将目光聚焦于工业生产具体流程带来的效率变革，切中了我国经济高质量发展的关键领域，也收获了不少工业领域专业人士的好评。但在具体制作过程中，一方面由于制造业的特点，内容上有一定的专业度和复杂性，另一方面又要考虑电视传播的特点，做到通俗易懂，因此在前期选点、中间沟通，以及后期呈现的过程中，都对记者的快速学习、消化、判断及讲述等多方面能力提出了高要求。

此次江苏站的直播和报道，从采访对接到最终呈现，前后

江苏站直播现场调试

江苏篇

江苏站直播现场

直播团队在江苏站直播点合影留念

经历了近半年之久，最后选择光纤、工程机械、纺织服装这三大产业，既考虑到江苏作为我国制造业大省的经济结构特点，同时也突出其工业转型升级的必要性。其中，光纤是我国突破技术封锁的典型产品，通过一系列自主创新，降低了光纤的生产和使用成本，也让如今中国互联网经济快速发展成为现实。虽然今天的互联网已经变成像水和电一样的基础设施，但是对于很多人来说，信号传输的光纤是如何被生产出来的，依然非常陌生。如何把陌生又专业的内容通俗化？我在确定直播点后下了不少功夫。首先是"闭门造车"，通过自学，对产业、企业、产品、工业流程等都有一定了解。这里要特别感谢万能的互联网和短视频平台，既有各种各样的科普视频，

智造中国
央视财经大型融媒体报道作品集

在直播准备阶段不断学习

也能搜到《通信原理》这样的专业课程，还有各券商的产业研报。这些丰富易得的内容，极大降低了自学的难度和门槛。其次就是交流学习，尤其是要在工厂与技术人员、车间主任就生产具体的工艺流程进行一步步梳理。在这个过程中，要特别注意交流的方式方法。根据我多次采访交谈的经验，工程师普遍严谨认真、一丝不苟。因此沟通过程中会有很多专有名词和专业表达，这个时候，一定要多问多学，搞清楚其中所有的"疑难杂症"，并用自己的语言进行转述，要让非专业的人也能听得懂。最后，还是要继续"闭门造车"，将学到的内容综合整理，形成文稿并与专业人士二次核对。例如，这次在江苏站的直播中，我就把光纤的拉丝长度用从苏州到北京来回的距离来形象化、用光棒拉丝速度和 180 千米/时的车速来比较，增加观众的直观感受。当然，在专业内容通俗化的过程中，要把握好度，要让观众听得懂、有兴趣，也要不失真、不出错。表达上有的可以简化，有的需要扩展，有的专有名词太过生涩需要二次解释，有的可以用比喻形象代替……这些细节也需要反复尝试获得经验。

江苏篇

　　江苏站的整组报道中，新闻短片则聚焦工程机械行业，采用了大胆的拟人化尝试，用一块钢板的视角，讲述了它经过各个环节，最后变成一台挖掘机的奇幻之旅。这个创意，来源于沟通生产流程时的突发奇想。讲述智能制造容易千篇一律，不如换个视角，看看生产的全过程。拟人化的过程中，挑选主角是遇到的第一个难题。这个主角必须能够见证大部分的智能制造流程，并且有故事可讲。还要思考哪些智能制造流程要被特别讲述，用什么方式说。此外要考虑怎么把制造环节通俗表达，增添趣味性。整个小片中出现的环节、"人物"、台词都经过了反复打磨。像自动检测环节，实际的检测内容十分专业。在台词中，将自动检测机器人形容成"医生"，台词也处理成"给你做的是'三维彩超体检'，检测一旦发现问题，就会自动生成'病历'"，通过简化、比喻等方式增进观众理解。在具体拍摄剪辑的过程中也遇到了不少挑战。例如，拍摄的画面要尽可能呈现第一视角，需要 GoPro 等多种拍摄设备的加持。为了拍到一些机械臂运动画面，更需要耐心等待和反复拍摄。再如，如何让冰冷的设备体现出拟人化特点，而不是看上去像简单的空镜镜头。在实际制作中经过了多次尝试，最后我给一些角色增加了眼睛等特效，还利用配音的差异化，体现出一定的"人物"个性特点。其中，主角"挖挖"的声音比较稚嫩，体现出小孩的特点，焊接机器人声音则老成，通过一些挑战性的台词，给新闻短片增加一些故事性和戏剧冲突。

　　节目通过传统行业的转型升级，体现江苏工业经济的底色与未来。在江苏站的报道过程中，我多次感觉"压力山大"，担心自己不够专业，又担心说得太过复杂。在不断地学习、沟通、修改、磨合过程中，我也能感受到自己在各方面的快速进步。专业内容通俗化，的确考验记者的"翻译"功力！

直播连线

LIVE CONNECTION

承担世界 95% 的国际通信：
海底光缆制造进行时

  海底光缆是全球信息互联互通的关键网络设施，我们的每个越洋电话、洲际视频，都离不开海底光缆的信号传输。这么重要的光缆到底长什么样？又是如何被制造出来的呢？

  说到海底光缆，大家可能并不熟悉，不过其实国际间超过 95% 的通信都是通过海底光缆实现的，也就是说，我们现在能够天涯若比邻地跟世界各地的朋友进行通信，都离不开海底光缆。海底光缆的生产过程非常复杂，在江苏常熟的海底光缆生产工厂，通过玻璃幕墙能够看到大型的设备正在转动。这些海底光缆，要在深海的环境当中运行数十年，尤其是它要承受几千米下的水压，因此对工艺的要求是非常之高的。

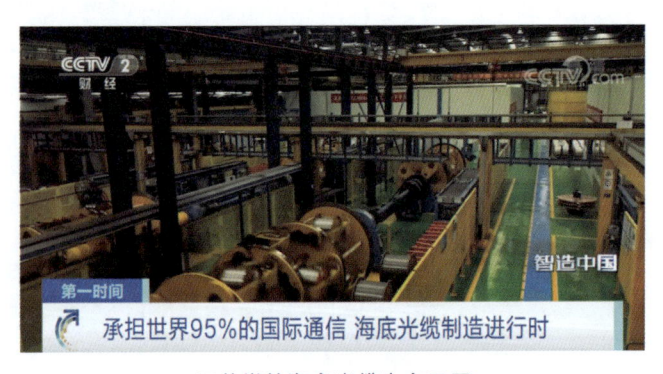

江苏常熟海底光缆生产工厂

防鲨鱼撕咬、防海水侵蚀，海底光缆生产工艺要求高

海底光缆究竟长什么样？海底光缆有粗有细，样子也各不相同。细的是在海底8000米深度的环境下使用的，因为没有人类活动和渔业的干扰，它不需要很高的强度。粗的是在浅海当中使用的，为了防止鲨鱼的撕咬，它的层数特别多，由两层钢丝紧紧包裹着，来保证它的硬度和强度足够。其实设计得这么复杂，都是为了保护最里面的一根小小的光纤。像这样的一根光纤可以说是细如发丝，用手指感受一下，它是非常柔软的。这个光纤其实是我们的整个通信的基础，它也是信息的一个载体。下图中呈现了各种各样不同颜色的光纤，颜色不同只是为了在施工当中方便区分，其实它们都是一样的。

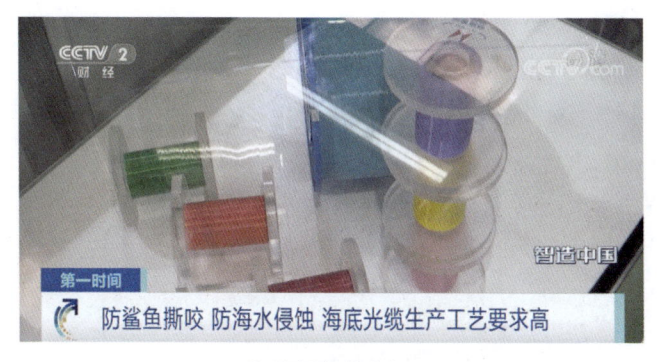

各种颜色的光纤

生产海底光缆的最重要的一个环节是焊接。在焊线上面，源源不断地把长长的海底光缆焊接完成。焊接的难度非常高，最重要的就体现在百千米的海底光缆不漏焊。其中也有智能检测系统的加持，为了以防万一，它也是整个生产流程当中的"医生"。

海底光缆发货直通长江：
码头可同时停靠 2 艘万吨级施工船

海底光缆制造完成后会先存储在专用的缆池内，最后会通过缆道直接运送到码头发货。江苏常熟这家海底光缆生产工厂，相连的就是长江码头，全长 375 米，可以同时停靠 2 艘万吨级的施工船，整个发货流程非常壮观，成百上千千米的海底光缆，

会被直接运送到专业海缆施工船上，目前，这家工厂累计交付的海缆长度已经突破了 8 万千米。

海底光缆发货直通长江

海底光缆可直接运送到专业海缆施工船上

主创人员：杨 劼 陈昊冰 张 斌 杨 利 季 明 布日德 王建坤 满恒宇 迟 骋 李文胜 刘 翀 石 路

探访亚洲最大光棒生产基地：
年产光纤可绕地球超 2000 圈

光纤光缆被喻为信息的"高速公路"，我国已建成全球规模最大的光纤宽带网络，千兆光网可以覆盖超 4 亿户家庭。江苏生产的光纤超过了 8800 万千米，居全国第一。

亚洲最大光棒生产基地

位于江苏苏州的亚洲最大的光纤预制棒生产基地，每年可以生产 2500 吨光棒，如果这些光棒全部拉成光纤，可以绕地球超 2000 圈。光纤是现代通信的主要传输工具，我们打的每一通电话、发的每一条信息，其实都离不开光纤网络。从外观上看，大家可能觉得光棒就是一个大型玻璃棒，但其实它有很高的技术壁垒。

江苏苏州亨通集团光棒生产基地

上万个工艺参数："最强大脑"智能调节

整片机器丛林掌管上万个工艺参数。第一道工序，也是光棒制造的核心——沉积，胚料会在密闭的空间内发生复杂的化学反应，温度可达上千摄氏度。站在这个位置，依旧可以感受到热浪滚滚。这个步骤可以理解为胚料不断长大的过程。而难度也恰恰在胚料变大的过程中，温度、气压、气体流量……牵一发而动全身。好在，全过程都可以实时监控，这个屏幕背后，其实有一个不停运算的最强大脑，智能调节生产模型，最终可以让胚料的外径偏差小于 0.5 毫米。

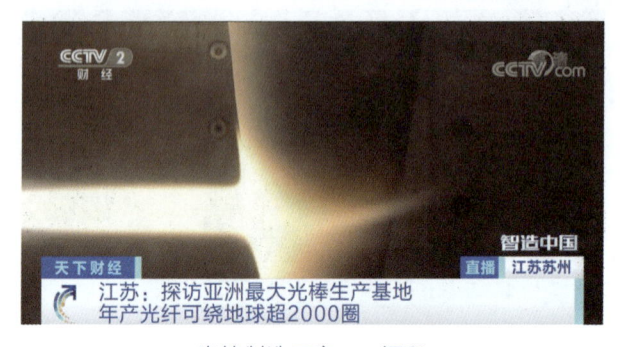

光棒制造工序——沉积

来到这里，会觉得这个工厂的工人特别少。其实，像这样的桁架机器人起到了很大的作用。它完成了整个车间的产品运送工作。机器人把刚刚制造完成的乳白色胚体取出，其直径最多可以达到 40 厘米，长度有 3 米，将这样一根胚体拉成丝，长度相当于从北京到苏州打个来回。从乳白色变成全透明，光棒还要经过高温的洗礼。

光棒正进入氧化炉，将经受高温的洗礼

江苏篇

国内最快！光纤的拉丝速度超过车速 180 千米 / 时

高纯净、无气泡的光棒烧制完成后，会送到隔壁高达 30 米的拉丝车间。工人将光棒悬挂到拉丝炉内，光纤的拉丝速度达到了国内领先，如果用车速比较，光纤拉丝速度超过了 180 千米 / 时。

记者展示海底光纤截面

光纤网络连接世界：从"千里共婵娟"到"天涯若比邻"

很多人可能还没有见过最终的光纤长什么样。上图所示的就是光纤的样品，细如发丝，非常柔软。因此，就要给它包裹上层层的东西作为保护。在江苏常熟，一条即将连接中国、非洲和欧洲的海底光缆正在生产中，数亿人将通过这条海底信息网络连接得更加紧密。如今，海底光缆系统承担了全世界 95% 的国际通信，是世界各地信息互联互通的重要基础设施。

主创人员： 杨　劼　陈昊冰　张　斌　杨　利　季　明　布日德　王建坤　满恒宇
　　　　　　迟　骋　李文胜　刘　翀　石　路　苏　童

新闻特写
NEWS FEATURE

钢板变身挖掘机的奇幻之旅

江苏是工程机械大省，在"中国工程机械之都"徐州，以徐州工程机械集团有限公司（以下简称徐工）为代表的工程机械产业集群也在智能制造的浪潮中快速升级。让我们一起走进智能工厂，从钢板的视角，去感受从一块钢板到一台挖掘机的奇幻之旅。

"挖挖"：我……我是谁，这是哪里？

AGV 机器人：这里是徐工智能工厂，你现在还只是块钢板。

"挖挖"：钢板？

AGV 机器人：没错，全方位的历练正在等着你，我们期待你的成长，开始你的奇幻冒险吧。

焊接机器人"天团"：我们是焊接机器人"天团"。

"挖挖"：各位大哥，请多指教。

双丝双枪焊接机器人：我是双丝双枪焊接机器人，两把焊枪能"左右开弓"。

"挖挖"：冒昧地问一句，疼吗？

焊接机器人：焊接可不是闹着玩的，坚持不了的话，现在放弃还来得及。

"挖挖"：我……可以试试！

双丝双枪焊接机器人：我可是一把身经百战的老焊枪，同时这里是全球

最智能的焊接生产线之一，操作会很丝滑。

焊接机器人： 没有一颗强大的心脏，必然成不了一个合格的工程机械。

焊接机器人正进行焊接工序

"挖挖"： 我可以，没事你们来吧。

双丝双枪焊接机器人： 小伙子，那我们就开始喽，前方高能。

双丝双枪焊接机器人： 你感觉怎么样？

"挖挖"： 这么快就结束了吗？

焊接机器人： 对，你已经通过了智能焊接工序。

"挖挖"： 我感觉现在强大了很多。

自动检测机器人： 我是自动检测机器人，现在给你做的是"三维彩超体检"，检测一旦发现问题，就会自动生成"病历"，然后按照标记位置进行治疗。

"挖挖"： 治疗？

自动检测机器人： 检测报告显示你完全健康，可以进入下一环节，好，下一位。

自动检测机器人动画效果

智造中国
央视财经大型融媒体报道作品集

（"挖挖"进入涂装车间）**"挖挖"**：哇，我居然变色了，从单调沉闷变得如此鲜艳夺目，哈哈，我的颜值快要拉满了。

智能装配机器人：我是智能装配机器人，在这里，我们将把你身体的各个部位都组装起来，你将会迎来脱胎换骨的变化。

徐工智能装配车间

"挖挖"：我现在倒是很期待我未来的样子，请开始你们的表演。

智能装配机器人：看看你有什么变化。

"挖挖"：我居然有脚了，真不错。

智能装配机器人：我们装配好的工程机械，都能脚下生风，自由驰骋。

"挖挖"：你们也太智能了，希望长大后的我能像你们一样聪明智慧。

智能装配机器人：那是当然，见证奇迹的时刻到了，Let's go！

装配完成的工程机械

步履式挖掘机"钢铁螳螂"：欢迎我们的小兄弟正式下线，我是ET120步履式

江苏篇

挖掘机,我能适应高原、高寒、山地、林地、涉水等复杂地形作业,大家都叫我"钢铁螳螂"。

"挖挖":你好,"钢铁螳螂"大哥。

步履式挖掘机"钢铁螳螂":看看你的四周,这里有几十种不同型号的挖掘机,大家都已整装完毕,即将踏上祖国基础建设的一线,你准备好了吗?

"挖挖":我准备好了。

步履式挖掘机"钢铁螳螂":兄弟们,出发。

不同型号的挖掘机集结

主创人员:陈昊冰　王建坤

权威访谈

AUTHORITATIVE
INTERVIEW

智造进行时：企业与政策"双向奔赴"

作为制造业大省，江苏创造了全国约 13% 的工业增加值。其中，门类齐全、产业链完整的纺织集群，贡献了近万亿元的产值，产业总量位居全国前列。迈向制造业强省，江苏要如何进一步扩大传统制造业的领先优势？又有哪些撒手锏？记者在纺织生产线上对江苏省副省长胡广杰进行了专访。

江苏：200 道工序，羽绒服 4 分钟下线，传统纺织再升级

在江苏常熟的一家服装企业，工作人员启动模板机，整个衣片从自动缝纫机上驶过。工厂里的每一台设备，都通过智能生产系统的统一协调。一件超过 200 道制作工序的羽绒服，最快 4 分钟就能下线。站在生产线旁，江苏省副省长胡广杰告诉记者，这些都是智能化升级给出了答案。

胡广杰：我们现在所在的这个车间，实施了智能吊挂系统的改造。这个系统的改造实际上是整个智能（制造）系统的一个关键点，可以实现智能排产、个性化定制。让我们这些产品，达到畅销的不断货、滞销的不排产。

江苏篇

畅销的不断货，滞销的不排产：
智能纺织精准生产

改造后的工厂不仅可以每年生产超过 130 个款式、100 多万件的羽绒服，还可以实时分析销售数据，预测市场需求，快速响应精准生产。而这，只是整个江苏传统制造业升级的一个缩影。

实施智能吊挂系统改造的车间

一件羽绒服最快 4 分钟下线

胡广杰
江苏省副省长

这些年这些传统制造产业，尤其是头部骨干企业都实施了智能化、数字化的改造。从设计、制造、销售、流通到服务各个环节，全要素生产率大幅度提高，我觉得这就是智能化改造实实在在的效果。

智能制造不是选择题，
而是关乎生存发展的必答题

智能制造可以提升生产效率，但也需要真金白银的

199

投入。江苏各级财政已经配套 70 多亿元，开展智能制造重点项目奖补和贷款贴息支持，计划为 2.2 万家制造业企业免费做数字化改造转型诊断方案。数据显示，江苏关键工序制造设备数控化率达 60%、数字化研发设计工具普及率已接近 90%。

记者对江苏省副省长胡广杰进行专访

陈昊冰： 智能制造是一场企业与政策的双向奔赴，企业愿意了，政策要怎么助力？

胡广杰： 智能制造已不是一个选择题，而是关乎生存和发展的必答题。中小企业转型确实有不少困难，当然这里面有技术方面，有人才方面，恐怕还有资金方面的一些困难。我们出台了一系列的政策保障文件，用三年时间，每年拿出 12.7 亿元进行奖补和贴息，帮助和支持中小企业数字化转型。

未来 3 年：江苏规上工业企业
将全面实现数字化转型

在江苏，追踪智造升级的企业可以发现，这是一笔合算的买卖。据统计，改造实施后，企业平均能耗水平降低超过 10%、综合成本降低超过 20%、生产效率提升超过 30%。升与降之间，是企业不断增强的竞争力，也是江苏制造业高质量发展的成绩单。江苏省副省长胡广杰告诉记者，目前，江苏省仍在集中力量，在工业软件、数控机床、工业机器人等方面，加大核心技术攻关。这些，都是江苏推进智能制造的底气。

■―――――― 江苏篇

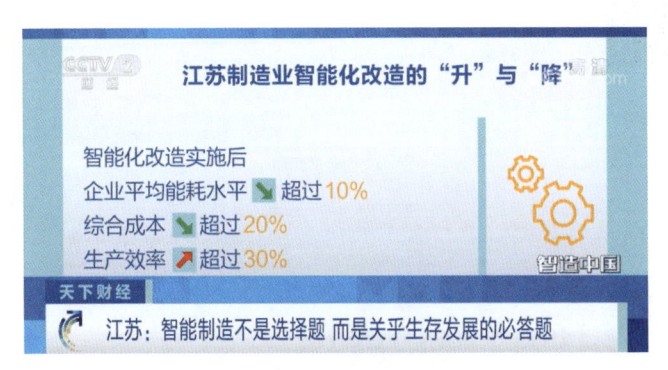

江苏制造业智能化改造数据

主创人员： 季 明　李 琳　陈昊冰　王建坤　徐靖炜　杨伟东　张 宇

胡广杰

未来三年，我们计划将5.7万家规上（规模以上工业）企业实现全覆盖数字化转型。通过努力，我们一定能够实现制造业数字化、网络化、智能化水平的显著提升，新模式、新业态、新动能显著增强。把我们的优势产业，尤其是高端纺织、生物医药和新型电力，真正打造成为压不垮、搬不走、拆不散的世界级的先进制造业产业集群的主阵地。

201

业界反响

INDUSTRY RESPONSE

《智造中国》用独特视角展现"钢板变身挖掘机的奇幻之旅"

王琳　王晓东　徐工集团

《智造中国》大型融媒体报道节目,拍摄播出在党的二十大即将召开之际。这是全党全国各族人民迈上全面建设社会主义现代化国家新征程、向第二个百年奋斗目标进军的关键时刻。"十四五"时期,我国发展经济的着力点在实体经济,将坚定不移地建设制造强国。

徐工集团领导高度重视《智造中国》的直播拍摄,提前规划部署梳理徐工在智能制造方面的发展轨迹、取得的成就,以及未来方向,为节目拍摄提供充足素材。财经节目中心记者陈昊冰和我们团队多次组织线上节目创意会议,梳理优秀案例,构思拍摄手法。现场调研期间,在省工业和信息厅同志的陪同下,陈昊冰深入徐工智能制造生产车间,详细了解徐工在智能制造方面取得的成果,和现场技术人员认真沟通学习,为节目的精彩呈现积累了理论基础。通过与陈昊冰的沟通,我们也积累了很多电视节目呈现方面的知识和思路,对我们的宣传工作有了新的启示。电视短片采用拟人的手法,讲述一台挖掘机的诞生,以独特的视角,展现徐工智能工厂的"智慧",以徐工无人化智能化的发展,体现智能制造的先进性。

当前,数字技术正推动新一轮产业变革,日益成为重组全球要素资源、重塑全球经济结构、改变全球竞争格局的关键力量。推动数字技术与实体经济深度融合,提升全要素生产率,成为经济高质量发展的关键。作为国家级先进制造业产业集群的龙头企业，徐工抢抓机遇，在数字化浪潮中不断加强建设投入，持续稳固产业链供应链数字化"底盘"，助力智能制造转型升级。同时为进一步加快培育数字生态体系，以智能化促进产业变革、构建现代化产业体系，徐工全面启动"智改数转"一号工程。

大力推进"智改数转"，快速启动流程的信息化、数字化优化工作。强化"四维顶层设计"，全力打造"六大主战场"，培育更多的绿色工厂、智能工厂，确保在"数实"融合方面走在行业前列。围绕主责主业优化布局、补短提能，深化"一体两翼"业务格局，加快传统优势产业转型升级、战略性新兴产业布局，大力发展新能源产业，加快建设"5+1+1"现代化产业体系，进一步提升产业集群能级，打造具有中国特色的现代国有企业制度，在主动服务和融入构建新发展格局中展现担当作为。

徐工将充分发挥集群龙头企业的引领作用，坚定不移以"高端化"为产业链赋能，聚焦"1+6+N"创新体系变革，围绕创新链、产业链、资金链、人才链的深度融合，联合上下游做优国家级技术中心、全国重点实验室、国家级工业设计中心，争创国家级试验中心，助力江苏打造国家级制造业创新中心，形成具有全球竞争力的开放创新生态；坚定不移以"智能化"为产业链赋能，聚焦"智改数转"一号工程，以"六经六纬"全面推动上下游产业链"提能、提质、降本、增效"，实现业务重塑、流程重塑和能力重塑；坚定不移以"绿色化"为产业链赋能，依托《徐工双碳行动规划纲要》，建立绿色化标准，制定绿色化流程，在"研产供销服融"全环节实现"业碳融合"，逐步形成行业领先的新能源、低碳产品集群和绿色化产业链；坚定不移以"服务化"为产业链赋能，推进徐工工业物联网、供应链金融、租赁平台、电商业务、企业大学等平台进行模式转型、动能转换，实现由对内服务向对产业链赋能延伸，由产品驱动向价值驱动的转变，打造开放共赢的共享生态；坚定不移以国际化为产业链赋能，携手更多优质的供应商、经销商抱团出海、扎根海外，共享徐工"1+11+N"的国际化运营模式，共用徐工数字化、合规性、全球物流平台，携手走出去、走进去、走上去。

中央广播电视总台财经节目中心与徐工集团是多年的老朋友，从《大国重器》《乡村振兴看小康》到《智造中国》，合作逐步深入！期待携手共进，为智造中国建设贡献一份力量。

内蒙古篇

NEIMENGGU CHAPTER

记者手记

REPORTER'S
NOTES

一盒牛奶的智造之旅

记者：袁艺

位于北纬40度黄金奶源带的内蒙古，是全国最大的奶源生产输出加工基地，全国每6杯奶里面就有一杯产自这里。2022年夏天，在《智造中国》大型融媒体报道节目启动之时，一座全球规模最大的液态奶工厂在呼和浩特刚刚落成，我们成为第一批参观者。走进工厂，我被这个占地面积约0.6平方千米的庞然大物深深震撼，牛奶瀑布、瞬时灭菌、秒速灌装……工厂负责人介绍，这个体量让国外同行想都不敢想，我的脑海里迅速浮现出电影《查理和巧克力工厂》的场景。这里是最先进的牛奶超级工厂，但不同的是，这里没有工作的小矮人，取而代之的是机械臂、AGV……它是一个无人智能工厂。

如果不是亲眼所见，很难想象在日处理鲜奶达到6500吨的工厂里，一滴奶都看不见。纵横交错的管道上，密布上千个数字传感器，自动控制液奶走向。但就是在如此大规模的生产中，计量单位却是微克，因为只有计量精准，牛奶和配方奶粉才能达到它应有的品质。如果发现罐内0.5毫米以上的金属及

1.0 毫米以上的其他杂质，X 光机会自动将其从生产线上剔除，红外检测设备动态监测成品的脂肪、蛋白等成分数据。

《智造中国》大型融媒体报道，根据地域和行业选取了全国 16 个省（自治区、直辖市），多维度展示中国的智能制造水平。要展现中国乳业最先进的智造，内蒙古无疑最具代表性。

新鲜和安全，是衡量牛奶品质最重要的标准。我们以此作为贯穿节目的主题，去寻找和展现智能制造如何在其中发挥作用。

好牛才能产好奶，我们先前往距离工厂 10 千米的敕勒川牧场进行探访。在我的想象中，内蒙古的牧场应该是天苍苍野茫茫的草原上成群的奶牛吃草奔跑，然而映入眼帘的是具有整齐划一的牛舍的现代化智慧牧场，小帐篷是给刚出生的小牛住的，它们需要特别的呵护，所以都是单间，小牛长到 2 个月断奶之后，会住进集体宿舍，在那里上"小学、初中、高中、大学"。在挤奶厅里，我们见到了正在上班的产奶"主力军"——有着黑白相间花纹的荷斯坦奶牛。一头奶牛的日均产奶量近 50 千克，这与精准饲养密不可分。

如此鲜活生动的现场，让我和同事们兴奋不已！但很快，难题出现了。牧场环境支持不了直播电力、网络等方面的硬件需求，况且，浩浩荡荡的直播队伍可能会吓坏奶牛，直接影响产奶量。在这种情况下，我们只能选定生产加工牛奶的智能工厂作为直播点。可是，看着憨态可掬的奶牛和如此鲜活的现场，我实在不舍放弃。怎么能突破空间的限制，让这个"智慧牧场"出现在直播里呢？如果将自己探访牧场的小片提前录制好，在直播中插入播放是不是可行呢？很幸运，创新不是工业的专属，在我们的工作中，这个大胆的想法得到了领导和同事们的支持。

如果说在湖北的节目中，我看到了工业的美，那么在内蒙古的节目中，我学会了和工业对话。它可以是呆萌的奶牛"小花"、高效运转的机械臂，也可以是一直在幕后的穿梭机。在液态奶的杀菌车间，按照生产要求，我们不能进入，但是我们有穿梭机，它的速度和视角再适合不过了，和以往不同的是，我们没有直接插入穿梭机拍摄到的画面，而是通过无人机的视角把穿梭机从屏幕后推到了屏幕前，作为我们的直播伙伴和观众见面打个招呼，然后观众再和它一起进入车间。

正是这些想法和设计，带来了一些不曾遇到的新问题：如何紧凑衔接、声音不突兀、穿梭机怎么入画……直播团队里各个岗位的同事们反复斟酌和打磨，最终使

智造中国

央视财经大型融媒体报道作品集

问题都迎刃而解，我们感受到了创新带来的动力和凝聚力。

直播团队工作人员反复打磨直播环节

智慧牧场里的"小花"和看不到一滴牛奶的智能工厂，只是内蒙古乳业智能制造发展的一个缩影，我们了解到，"十四五"期间，内蒙古还将投建5个数字化车间、10家智能工厂，打造从"一棵草"到"一杯奶"的全产业链生态。

一杯牛奶的智造之旅，背后是智能制造为乳业发展和食品安全带来的改变。而这样的升级蜕变正在越来越多的行业领域发生。

直播团队在内蒙古直播点合影留念

直播连线

LIVE CONNECTION

"智能家居"精准饲养，草原有了智慧牧场

内蒙古位于北纬 40 度的黄金奶源带，是全国最大的奶源生产输出加工基地，打造了从"一棵草"到"一杯奶"的全产业链智造体系，那么在智慧牧场里，奶牛的日常是什么样的，又是如何开启新的一天呢？一说到牧场，大家首先想到的会不会是"天苍苍，野茫茫，风吹草低见牛羊"，但位于呼和浩特的敕勒川牧场作为一个智能化的现代牧场，这里 5000 多头奶牛的饮食起居要用数据说话。

早餐时间到了，机器人小杰可以实现定时、定点给奶牛送餐。

伊利集团智慧牧场

奶牛宝宝已经对机器人小杰非常熟悉了，纷纷把头伸出来迎接它的到来，

一头奶牛每天吃的口粮也和宝宝一样,是经过精准搭配的,才能保证营养均衡,这么好吃会不会一不小心吃多呀?不用担心,一切尽在掌握,每头奶牛自出生起,耳朵上都有一个黄色的耳标。

每头牛自出生起就有一个耳标

奶牛在不同生长阶段的配置饲料的种类不同,居住的圈舍也不一样,整个牧场有23间圈舍,整齐划一的小帐篷是给刚出生的小奶牛住的,它们需要特别的呵护,所以都是单间;小奶牛长到2个月断奶之后,会住进蓝白色的宿舍里。只有6个月大也就是新生后备奶牛,它们要排队做体检,通过机器自动测量身高、胸围、腹围等指标,同时经奶牛系谱登记。

记者在智慧牧场牛舍中进行直播

伊利集团敕勒川精品奶源基地工作人员:如果没有系谱,繁殖培育到第三胎的时候,奶牛自身的孙女和爷爷或者姥爷很可能碰到一块儿,近亲繁殖会出现很多问题,所以要给每头母奶牛都建立系谱档案。遗传是基础,我们现在应用全球领先的基因筛查技术和胚胎移植技术，培育出的遗传性能最优的繁育母奶牛达到了 90% 以上，自主供种能力达到了 30% 以上。

基因好，还得养得好。早餐后的小家伙们，有的回到了自己的卧床上休息，有些好动的奶牛会去往运动场消食晨练，此外，牧场里还有浴室和按摩室，到了九点，上班族的奶牛就要开始营业了。

主创人员：骆 群 斯 琴 袁 艺 樊一民 郑晓天 裴可鉴 闻培雅

探访黄金奶源地：一盒牛奶的智造之旅

牛奶作为餐桌上的食品，大家再熟悉不过了，不过你们知道它们是怎么生产出来的吗？在下图中的轨道上飞速前进的，就是我们平时在超市买到的牛奶，16 条缓冲带从两端在 Y 字形焦点汇合，一同流向包装线。

16 条缓冲带汇合后流向包装线

16 台机械手同时作业，从原奶到入库，十余道工序，全部实现了无人化作业，这就是全球规模最大的液态奶工厂。这个工厂到底有多大呢？占地面积约 0.6 平方千米，相当于 89 个足球场的大小，每天处理鲜奶达 6500 吨。我们平时喝奶的时候，可能会看看它的成分表，但无论什么类型的产品，最关键的是原奶品质，那么来到工厂之前，原奶生产的情况如何呢？

伊利集团敕勒川精品奶源基地工作人员：原奶的检测指标能反馈奶牛的群体健康状态，如果乳蛋白过低，我们就要增加饲料中的蛋白质含量。

袁艺：好牛产好奶，一头奶牛每天吃的口粮，经过精准搭配，才能保证营养均衡。作为一个现代化牧场，奶牛从一出生就建立数据档案，每头奶牛耳朵上都有一个黄色的耳标，相当于它的身份证，它可以实时监测奶牛的健康状况，如采食时间、活动量，甚至是呼吸频率，这些信息汇聚到大数据分析平台之后，系统就可以轻松划分出高、中、低产奶牛，这些数据也会给育种提供重要依据。

奶牛的口粮经过精准搭配

目前，优质母奶牛的出生率达到了 90% 以上，排队入场的奶牛每天通过大概 10 分钟的路程走到牧场，聪明的奶牛经过在学校的前期培训，已经熟悉了上岗流程，排队进场之后，自己站上大转盘，每个工位上都会显示其身份信息，不同于传统的挤奶方式，在这里能够给 60 头奶牛同时自动化挤奶。别看这些都是机械化设备，它们的智能设定会最大限度地保证奶牛的舒适，如吸奶器就是模拟了小牛吃奶的吮吸感，在感应到没有奶的情况下会自动脱落，系统上会实时显示挤奶量，每天每头奶牛产奶量可达到 40 千克左右，大概经过 10 分钟，再进行药浴，它们今日份的早班就结束了。这些新鲜出炉的原奶，通过挤管道被传送到奶罐车中，再运送到工厂加工。

原奶运输途中由 GPS 全程监控车辆，大概 15 分钟车程抵达工厂，化验合格后就要进入无菌车间的加工环节，第一站是预处理车间，整个现场都看不到一滴奶，在这些纵横交错的管道上，密布上千个数字传感器，自动控制液奶走向。

然后液奶穿过的是数字化均质机，平时我们将牛奶煮沸后，会发现上面有一层薄薄的奶皮，这就是牛奶中上浮的脂肪，均质机负责将牛奶中大分子的脂肪打碎，这样更有利于人体的吸收，再经过 137 摄氏度的超高温杀菌，全程只需 4 秒，之后就进入了罐装环节，这是全球最快的纸包灌装生产线。每小时可以罐装 40000 包，这个速度意味着我们每眨眼一次，就已经灌装了超 4.4 包牛奶。

全球最快的纸包灌装生产线

灌装完成之后，牛奶就会来到包装车间，这里有一道工序就是给牛奶盒粘贴吸管，可就是这么一个看似简单的小工序却也质感满满。如一台摸着很烫的机器，它的功能是对吸管进行平整处理，类似于用熨烫机把衣服熨平，保证吸管精准贴盒，旁边的另一台机器通过视频捕捉技术，一旦发现漏贴或者不合格的产品会进行剔除，使其自动掉落在下面的网兜里。

贴好吸管的产品就会"兵分八路"进行装箱，通过激光打码，可以对各生产环节进行质量追溯，机械臂内的电子眼，可以根据生产品类和规格的不同，自动选择码放程序，上箱、封箱、码垛、入库一气呵成，从原奶到成品不超过 2 小时。生产一杯新鲜安全的牛奶，占比最高的成分是智能制造，这也为中国乳业注入了更多的健康和活力。

主创人员： 骆　群　斯　琴　袁　艺　冯冠男　樊一民　高文鹏　郑晓天　裴可鉴　徐　阳　刘　宁　王浩淼

新闻特写

NEWS FEATURE

当"百吨"遇到"微克"：
奶粉生产如何实现精确配比

在乳制品的规模化生产中，婴儿配方奶粉的生产难度是最高的，因为它需要将成吨的原料与几十种以克为计量单位的营养元素进行精准地配比。而在一座智能制造工厂，一罐奶粉是如何生产的？智能生产线又为奶粉的生产带来哪些变化呢？

在 2022 年 7 月刚刚投产的一个配方奶粉的生产基地，整洁的工作环境中看不到工人忙碌的身影。AGV 来回穿梭，机械手臂精准抓取、自动切包，奶粉加工所需要的所有原辅料都在这些密密麻麻、交错复杂的管道内自动传输。

胡蒙（内蒙古金泽伊利乳业有限责任公司总经理）：目前所有的原料都已经准备好了，后续进行混料。原料最早需要人去搬运，劳动量非常大，疲劳度也非常高。记得曾经有一次，在投料过程中，我累得都快睡着了，到了这个程度，就有出错的风险了。

胡蒙告诉记者，20 多年前，他入职的第一份工作就是奶粉投料员。过去每一次批量生产牛奶，都要人工反复称重、计算，再用报表记录、核对。核算

内蒙古篇

一次就需要 2~3 小时，现在通过全自动在线计量技术和真空混料机，不仅让每罐奶粉的营养素配比能够精确到微克，同时也使整个混料时间，缩短到现在的 20 分钟。

胡蒙：其实每一组计量各有 8 个罐子，每个罐子里装着不同种类的营养元素。然后它通过这个螺杆儿，包括称重计量系统，逐一添加到一个罐子里。罐子是具备称重模块的，整体的添加量的均匀度（应该控制在）在千分之五以下，如果不在这个范围内，那么整个的程序是不会往下运行的。

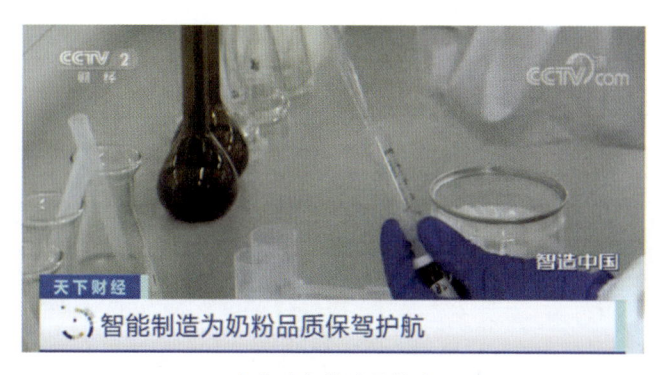

全自动在线计量技术

只有计量精准、混料均匀，配方奶粉才能达到它应有的营养价值。如今，从液态奶的预处理、精准投料，到喷雾干燥、灌装包装，近 10 多个工序都可以在密闭的全自动生产线上完成。胡蒙只需要看中央控制室里的 5 块大屏，就能统揽全局，把工厂的每一条生产线、每一个设备，都智能化地管理起来。

而在隔壁的创新实验室，干燥塔模拟器还原了液态奶经过高温喷枪变成固体粉末的过程。品控主管贾轶岚即将对这批奶粉进行微观检测，包括其营养成分、微生物指数、形态、气味、颜色、溶解性等。

贾轶岚
内蒙古金泽伊利乳业有限责任公司品控主管

全部生产线已经实现自动化，过程中引入的风险就大大降低了。我们引用了那么多新的工艺，现在实验室也引进了很多高精尖的检验设备，未来我很有信心，（产品）一定是百分之百合格。

贾轶岚： 乳粉在显微镜下的状态是空心的，同时它的颗粒度比较饱满，这样就会加速溶解。它的气味（闻起来）是特有的乳香味，没有异味，流动性也非常好，没有结块，接下来我们来看一下下沉时间，到7秒的时候就基本溶解了。

为了进一步加强品质监控，灌装前，所有的奶粉还会通过近红外检测设备检测其脂肪含量、蛋白含量、碳水化合物等宏观数据。这些数据最终都上传到数字化质检化验系统，存储在数据库，每一罐奶粉就有了属于自己的身份档案，可以随时调取，满足不同阶段对产品质量的溯源。

主创人员： 骆　群　斯　琴　谢文璐　高文鹏　闻培雅

权威访谈
AUTHORITATIVE INTERVIEW

加速技术创新，"智造"优质乳品

内蒙古，地处黄金奶源带，发展乳业具有得天独厚的地理优势。在奶的产量和市场占有率稳居全国首位的同时，内蒙古也在加速构建智能化的高端奶业生态集群。对此，记者对内蒙古自治区党委副书记、自治区主席王莉霞进行了访谈。

王莉霞： 2021年，我们生产了760万吨牛奶，占全国总量的18.3%，6杯奶里面有一杯产自内蒙古，实际上占六分之一。当然，我们还有很多的难题需要去破解。

记者对内蒙古自治区党委副书记、自治区主席王莉霞进行专访

市场占有率常年居于首位，但"缺草、缺牛、缺奶"的难题，仍然限制了内蒙古奶业的发展。既要提供全国六分之一的奶，更要提供优质的奶，这是王莉霞口中的待解难题。

智造中国

央视财经大型融媒体报道作品集

王莉霞

内蒙古自治区党委副书记、自治区主席

"奶九条"正在逐步落地，效果也逐步显现。我们要按照链式思维抓，抓全产业链走高端化、绿色化和智能化这样的路子。

王莉霞： 推动奶业的高质量发展，我们要采取更大的力度，采取更有力的措施，真正把我们的奶业搞上去。

2022年初，内蒙古自治区发布了《推进奶业振兴九条政策措施》，从奶源到产品、从牧场到工厂，全方位助力企业做优做强。除资金补贴外，政策还提出每年拿出1亿元资金，支持国家乳业技术创新中心建设，充分释放科技创新的积极成效。

从"一棵草"到"一杯奶"，高端、绿色、智能，将是内蒙古奶业生态的未来发展目标。"十四五"期间，基于"5G+工业互联网"应用场景，内蒙古将推进数字化车间、鲜奶数字化工厂建设，预计将投建5个数字化车间、10家智能工厂。眼下在呼和浩特，一座产能领先、零碳绿色、自动化水平一流的乳品智能工厂正加速建设。建成后，日处理鲜奶量可达6500吨，也将为液态奶行业的智能升级树起标杆。

内蒙古推进数字化车间、鲜奶数字化工厂建设

内蒙古："能源担当"转型升级，源头推进煤炭产业智能改造

除发达的乳业和畜牧业，内蒙古还拥有丰厚的煤炭

资源。10年来，这里建成了全国最大的煤电、煤化工基地，累计生产煤炭98.9亿吨、发电4.9万亿千瓦时，是名副其实的"能源担当"，也面临着更严峻的升级转型任务。

王莉霞： 我们一是离不开煤，二是煤炭的生产面临必须要在降碳减污上下功夫。我们要围绕煤炭的清洁、高效利用，加大技术改造，同时延伸产业链，在煤上做更大的文章、更长的文章。

围绕煤炭的清洁高效利用和技术改造，不少头部企业已经积极布局。华能北方电力是目前内蒙古最大的发电供热企业，还承担着北京、华北的供电任务。这里的设备已全部完成脱硫、脱硝和超低排放改造，各项排放指标都低于国家标准，每年可以减少煤炭消耗量1500万吨。

"十四五"时期，按照全产业链协同发展的思路，内蒙古将统筹能源保障安全和绿色低碳转型，加快建设以新能源为主体的新型电力系统。与此同时，协同推进智能采煤机、采煤机器人等装备制造产业发展。

王莉霞： 抓装备制造业没有一定的工业基础是非常难的，所以关键是怎么来抓。我们原有一些像风叶、塔筒这些风电部件的生产，还远远不够。我们要按照全产业链来布局，不仅仅有这些，还要有轴承、主轴，为整个风力发电配套的所有产业的器部件的生产，形成一个全产业链。

主创人员： 骆　群　斯　琴　马佳伦　王雪莲

王莉霞

不能简单地去挖煤卖煤、挖土卖土，要把高端化和绿色化统筹推进，同时还要智能化。我们煤炭的开采从源头上也要加强智能化的改造，预计到2025年实现矿山智能化、绿色化的全覆盖和智能矿山的全覆盖。

安徽篇

ANHUI CHAPTER

记者手记

REPORTER'S NOTES

工业丛林里的盎然生机

记者：易扬

　　北纬 30 度不愧是"人类文明发生线"，尽管这条纬线所经之处大多是干旱少雨的沙漠，但它也穿过了四大文明古国的母亲河，长江流域广阔的绿洲在这条纬线上格外耀眼。跟随《智造中国》大型融媒体报道，我们来到了长江边的芜湖，因为长江这条黄金水道，安徽最大的企业海螺水泥不再受限于生产半径，而是摸索出了独特的发展路径——在石灰石储量充足的地区建立熟料厂，再通过长江运往各地粉磨站制成水泥。

芜湖海螺水泥熟料生产基地全貌

在安徽这场 5 分半的直播中，导播按下了 36 次切换键，其中涉及 11 次带动作路线的无人机调度，最短的一次切换只有 1.5 秒，所有画面一气呵成，对于团队来说，直播中的调度量之大前所未有。而就在距离正式直播只有 20 小时的第一次彩排中，各个环节却还像断线的珍珠一样散落一地。

尽管在演练时足够多的失败磨砺出了团队默契，但考验还是一直持续到了节目开播前。为了最大限度还原无人矿车真实的工作场景，我们将直播的起点选在了距离导播车百米开外的地方，并在大矿车行驶过程中设置了停障实验。当直播进入倒计时，坐在驾驶室的我只有耳机与北京演播室相连，关上车门，周围便是一片寂静。就在主持人即将呼应到我时，我透过车前挡风玻璃看到两架无人机迟迟没有起飞。此时，导播车里的领队站了起来，虽然我听不到，也看不清，但我知道有意想不到的情况发生了。当时脑子里闪现出很多种可能，如果无人机无法起飞，直播将折损原本非常倚重的航拍视角，很多精心设计的"大场面"将无法展现；如果无人机在直播过程中起飞，"进错拍"的可能性又极大，此前的路线设计越是严丝合缝，出错的风险就越高，毕竟各个环节环环相扣。好在结果是第三种情况：前方团队经过与北京演播室的沟通，及时后移直播窗口，为无人机争取排障时间。终于，在主持人开始播报直播导语时，远处的无人机腾空而起，直播这才算被拉回正轨。

直播团队在安徽站直播点合影留念

这只是预料外的一个突发状况，而已知的挑战和考验则不胜其数。就拿直播的起点来说，距离导播车百米外的大矿车像是一座孤岛，一旦出现故障，周围没有人可以解决，如果矿车没有如期启动，接下来的环节要怎么推进？直播团队完全可以提出更稳妥的方案，但大家还是自觉地把各自守护的环节压力值拉满，不愿让直播效果受一点点的损伤，最终正是靠团队之间的互相信任串起了这场直播。每当我回想起这场直播，都不禁感叹"无限风光在险峰"，纵使录制可能会更安全顺畅，但只有经历一场一气呵成、酣畅淋漓的直播，才能感受直播的魅力——不可复制、不可替代。虽然并不提倡在直播中冒险，但我始终对直播中感受到的信任和默契满怀感激。

落日余晖下的水泥厂

纵有种种惊心动魄的经历，这场直播也积累了许多温暖的记忆。直播前一天进行演练时正好赶上黄昏落日，无人机通过长焦镜头拍出了电影般的画面，水泥工厂变身工业丛林，恢宏壮观、气势磅礴。跃动的夕阳余晖为铜墙铁壁镶上金边，在工业丛林中我看到了盎然生机，这就是智造之美。我们常常流连于大自然的诗情画意，沉醉于纵贯古今的人文历史，而在那一刻，我被钢筋水泥构筑的力量之美所震撼。吹着从矿山来的风，我感觉格外神清气爽。我们直播团队也希望把这种感受传递给观众，改变大家对水泥厂灰头土脸的刻板印象。

这次的直播现场是一个让我感受特别"饱和"的现场，视觉、听觉、嗅觉、触觉都被完全调动起来。为了还原这种现场感，我们在几乎每个环节都选择了"最难"

的模式。举个例子，当无人机掠过头顶飞向矿山，不仅在画面里有所呈现，耳朵也会听到无人机由远及近的声音，可如果用提前录好的画面，便难以还原真实效果。再如，让大矿车走直线最可控最保险，可只有走弧线，观众才能从窗外的风景和轮胎的转向中发现更多变化的细节。

安装在车底的镜头拍摄到轮胎转弯的细节

直播中，我不仅要与大矿车配合，还要与无人机互动。尽管直播时我看不到播出画面，但我清楚每个时刻无人机应该出现的位置。当我看到无人机从大矿车背后绕出来等着我，或者听到头顶无人机掠过的声响，我就知道各个环节都在顺利推进。

无人机配合记者手势准备飞往目的地

智造中国
央视财经大型融媒体报道作品集

我参与的三个省的直播分别选择了三家不同类型的企业，有央企，有民企，而在安徽选择的是一家省属国企。虽然是传统水泥行业，但改革基因贯穿企业成长的始终。我们希望传递一个信息，智能制造的怀抱向所有企业敞开。

穿梭机视角下的水泥生产线

我们所认识的芜湖是一座工业城市，有海螺水泥，有奇瑞汽车，还有年轻的钻石飞机、机器人等产业蓬勃发展，这些都是靠芜湖的自身魅力吸引过来的。就拿海螺水泥来说，其总部并非一开始就在芜湖。20世纪90年代初，海螺水泥出资2亿元，接过设备老旧、管理不善，陷入亏损的芜湖白马山水泥厂，在当时算是帮芜湖卸下了一个包袱，而芜湖正是带着出售白马山水泥厂的这笔"启动资金"，从福特公司买下一套二手汽车生产线，这便是奇瑞汽车的前身。

安徽制造业的进步有目共睹，甚至可以说是实现了"逆袭"，但成功不会从天而降，当看见企业努力探索改革路径时，我便会想起曾经这片土地上耕读家庭的勤恳，当看到安徽成立专班，主动出击邀请企业落户时，我又想到了曾经走遍天下的徽商。其实，安徽的厚积薄发一直有迹可循。

直播连线

LIVE CONNECTION

矿车无人驾驶，产线全程智控

　　水泥本是传统制造的代表，有了智能制造的赋能，水泥生产也在发生脱胎换骨的变化。

　　走进世界上最大的水泥熟料生产基地，在青山绿水间看红顶绿树，感受草木芬芳。这个日产5万吨的水泥熟料生产基地，更像是一个超大的水泥主题乐园。像下图中的轨道在游乐场很常见，而这个工厂也被轨道包围，每隔几分钟里边就会发出声响，在轨道上传递的是什么呢？

安徽芜湖海螺水泥熟料生产基地

工厂中随处可见的轨道

　　沿着轨道来到中央实验室，传送到这里的是生产线上31个监测点位采集到的生产样品，由机械手完成自动制样。做好的样品会沿着这些轨道进入不同的分析仪进行检测，平均每 3 分钟就会收到一个样品胶囊，而在过去，人工采样往返一次的时间就可能超过半小时，当发现问题时已经造成了损失。

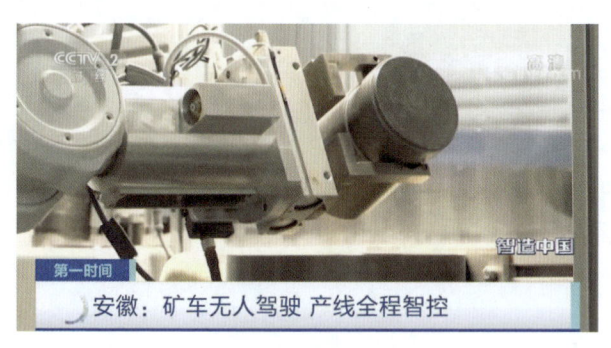

机械手完成自动制样

俯瞰整座水泥厂，红色的顶棚非常显眼，它们大多是这里的库房，圆形的堆棚，里边堆放的是煤，而纵向排列的堆棚，里面存放的是水泥生产的主要原料石灰石。从占地面积就能看出它们的用量不小，而这样大量的石头要从哪里搬来呢？

下图就是距离生产线仅 1.5 千米的箬帽山矿区，在矿山上有 10 辆无人驾驶矿车昼夜不息穿梭往复，为水泥生产线源源不断地输送石灰石。

无人驾驶矿车不断输送石灰石

这样的无人矿山背后有一个超级强大的"大脑"，那就是数字矿山系统。由于不断进行采挖，采区的地形时刻都在发生变化，这也增加了矿车无人驾驶的难度。后台每半小时会更新一次矿山地图，要知道，即便是在同一个采区的不同点位的石灰石，其颜色也不一样，这意味着它们当中的碳酸钙含量有差异，而这一切都在系统的掌握当中。

这些看上去非常灵敏的大矿车，实际上是一个庞然大物，它的高度达到了 5.25 米、长度 10.8 米，整个车轮的直径就有 2.7 米，常人伸出手来连车轮的边缘都够不着。

巨型矿车

主创人员： 柴　华　朱思然　易　扬　张伟杰　王建坤　布日德　高文鹏　刘　翀　许佳星

探访世界最大水泥熟料生产基地

近年来，安徽一边培育新兴产业，一边加速传统行业的制造升级。水泥构建了我们的生活空间，但很多人对水泥厂的了解仅限于灰头土脸的刻板印象。解锁了智能制造新技能的水泥厂会迎来怎样的改变呢？位于安徽芜湖的海螺集团生产基地是目前世界上最大的水泥熟料生产基地。

在一辆行驶中的无人大矿车上，矿车进行右转，但矿车驾驶室的转向盘一动不动，这是真正的无人驾驶。在行驶过程中，矿车还进行了一个停障实验：前方有一个人偶，矿车便稳稳地停了下来。

通过下图的这个视角对比，就能看出车有多大了。它的载质量可以达到 100 吨，高度达到了 5.25 米，所以下车有一种下楼的感觉。成年人伸出手，都够不着轮胎的上边缘。这样一个庞然大物在满载时连车带货能达到 170 吨，安全尤为重要。这里的矿车全身遍布 30 个传感器，搭载北斗导航，定位精度可以达到 2 厘米。

智造中国
央视财经大型融媒体报道作品集

第一个采用无人驾驶技术的水泥露天矿

矿车的工作环境比较复杂,因为矿区有很多上下坡道路,这些矿车不仅要正常行驶,还要能精准辨认扬尘和一般障碍物的区别。而且由于采区不断地铲挖,地形时刻都在发生变化。即便是在同一个采区,石头的颜色也有差异,这意味着其中的碳酸钙含量有所不同。

数字矿山:精准调度自动配矿,一土一石皆有所用

碳酸钙含量不同的三份石灰石样品

上图中准备的是 3 份从水泥厂对面采区采到的石灰石样品,玻璃瓶上标注的是它的碳酸钙含量。这些样品分别呈现出黑色、红色和灰白色,对应的碳酸钙含量也是 3 个不同的档次。

直播点的下方可以看到一个下料口,不同颜色、不同质地的矿石都被一股脑儿倒进了料库,这个过程非常粗犷,但背后是一笔精细账。当这些矿石坐上传送带之后,它们马上会接受一个体检,检测各种元素的含量,特别是碳酸钙。检测的结果会反

馈给数字矿山系统，数字矿山系统就会发出自动配矿的指令，这些指令由谁来完成呢，就是我们刚才认识的这些无人大矿车。

智能操作系统：一键输入全程智控，品质能耗精打细算

中控室屏幕呈现 30 路监控画面

在中控室观察一段时间后就会发现，这些矿车并不是在执行两点一线的运输任务。而是通过调节往返不同点位的频次来进行原料的均化，保证这座矿山的一土一石都可以被利用。这里的矿产资源利用率达到了 100%。

从直播点可以俯瞰水泥生产线的全貌。矿石在这里经过破碎、均化、煅烧等环节变成水泥熟料。整个过程可以想象成生火做饭，不同的人掌勺味道一定不一样，而在水泥生产过程中涉及的参数大约有近 800 种，怎样避免人工操作带来的波动呢？

在这座水泥厂的中控室，屏幕上呈现的 30 路监控画面，只是所有监测点位的 1/40，这里的水泥生产实现了一键下达指令，全程智能控制。智能系统的依据就来自生产线上大量的采样数据。

机器人在生产线上采集到样品之后，会把它们装在胶囊里经过炮弹输送系统弹送到中央实验室，最远的点位距离中央实验室 785 米，全程仅需 1 分钟，由于速度很快，样品到达时还带着生产线的余温。在这里，采样、制样、检测全部由机器人自动完成。过去人工采样往返一次采样点的时间就超过半小时，采样结果明显滞后，而这间中央实验室每 3 分钟就会收到一个样品。

在数据的不断接力中，产品品质、能耗数据无限接近最优值。这里的日均产能达到了 5 万吨，能耗占成本的 50% 以上，通过智能控制系统，这里每天都可以节约

303吨标准煤和20万度电。

　　现在从空中俯瞰这座水泥厂，红色的顶棚非常鲜艳，它之所以能够如此鲜亮地呈现出来，也得益于这里的日常生产不会产生太大的粉尘。

俯瞰水泥厂

水泥厂还可处理城市固危废

　　其实这个水泥厂还有一个隐藏的功能，那就是它还是城市净化器。芜湖将近一半的固危废在这里处理，利用的就是水泥窑的高温，而在这里进行煅烧后的固危废废渣又可以作为原料添加到水泥生产中。

主创人员： 柴　华　朱思然　王春红　易　扬　布日德　王建坤　高文鹏　吴南馨
　　　　　　赫莉莉　刘梦石　李文胜　刘　翀　许佳星　李相伟　赵　晶　张伟杰

新闻特写
NEWS FEATURE

工厂焕然一新，智能制造先行

不仅数字矿山成为近年来安徽智能制造的新名片，新能源汽车的异军突起，也成为安徽"智"造的典范。

蔚来汽车主机工厂

安徽合肥坐落着一家智能电动汽车工厂，在其全新的汽车主机工厂里，一批新车正在生产。这也是这个新工厂批量生产的第一天。在车门的自动装配岛，负责人纪华强正在查看装配进度。传送装置源源不断地将车身送过来，机械臂"抓"起车门，干脆利落地"粘"在车身上，仅需49秒，就完成了一车四门的装配。而在以往，这样一扇15千克的车门，要靠工人每天搬运四五百次，人力物力消耗巨大。更为关键的是，作为车身装配的最后一个环节，所有前置工序累积的误差，全部要在这个环节消除，这也是汽车装配自动化最为复杂、综合难度最高的生产线。

智造中国

央视财经大型融媒体报道作品集

纪华强
蔚来制造物流运营负责人

我们看到简单的49秒内的操作，信息系统之间的交互非常复杂，抓门的机械手会"告诉"拧螺丝的机械手，"我有没有到位"。视觉拍照的机械手会"告诉"正在抓门的机械手，"你的安装动作是不是到位了"，以前这种（自动）设备的集成全部由国外的公司来完成。

蔚来汽车车门自动装配岛

除自动集成技术受制于国外垄断外，生产线效能较低也是制约行业发展的瓶颈之一。过去，国内大多数汽车制造车间，一条生产线只兼容生产两三款车型。不仅前期投入大，也跟不上市场需求的更新。而现在，这条自主研发的环形生产线上，各种颜色、内饰、配置不同的车型同时装配，最多可实现8款车型无缝切换，定制化、个性化生产成为主流，这也是业内智能工厂都在尝试的新技术。

安徽篇

环形生产线可装配不同车型

不断升级的"软实力",构建起生产线的"最强大脑"。在这家新工厂,智能设计不仅应用在生产线上,还被植入工厂的物流、供应链等环节,科技的迭代创新,离不开新鲜血液的融入。如今,在工厂的部分一线,30岁以下的年轻人已经占到总人数的六成以上。

主创人员:柴 华 王春红 吴南馨 苏 童 陈志猛

纪华强

不同配置的物料有上万种,如何把正确的零件装到正确的车上,就是我们信息化系统的开发和整个制造系统软实力的开发。我们很愿意在生产线上尝试一些比较新的技术。我们中国人完全能自主开发。

王子懿
蔚来第二先进制造基地车身工艺助理工程师

新的先进制造工厂有着很多先进的制造工艺,它能给我们提供一个广阔的创新平台。尤其对刚毕业的学生来说,有一个非常大的发挥空间。

权威访谈
AUTHORITATIVE INTERVIEW

智造安徽：
从传统农业大省迈向新兴产业聚集地

  全球第一条10.5代液晶显示屏生产线，世界上最薄的触控玻璃，世界第一颗量子通信卫星，都来自安徽。十年间，安徽是如何从"传统农业大省"转型成为"新兴产业聚集地"的？来看记者对时任安徽省副省长何树山的专访。

  位于安徽合肥的这条新能源电源设备生产线，生产着全球数量最多、功率最大的组串式光伏逆变器。在0.3平方米的电路板上，贴片元件的体积差异高达2312倍，焊接温差则达到了45摄氏度，这也是行业内第一条实现高差异元件同步成型的自动化生产线。

记者对时任安徽省副省长何树山进行专访

  易扬：有一批安徽本土的企业，它们的产品已经做到了全球数一数二，这样的独门绝技靠什么来支撑？

何树山：安徽合肥是国家的四大综合性科学中心之一。安徽有知名的大学，国家著名的科研院所。另外，国家的大科学装置超导托卡马克、同步辐射光源、稳态强磁场都在安徽，在研发过程中产生的技术材料，包括一些中间的产品都可以进行转化，我们就把它叫作"沿途下蛋"，为企业技术能力的提升提供了源头活水。

智造安徽：
推动科技成果从"书架"走向"货架"

要想展示好独门绝技，还得有智能制造的助力。近年来，阳光电源股份有限公司投入近4亿元对生产线进行改造，这才支撑了年均增幅超过50%的产品销量。

李顺（阳光电源股份有限公司副总裁）：过去我们的人工（工序）比较多，中间工序分成了好几段，现在我们的产品不用落地了，从开始上线到下线是一体化的。

何树山：我们出台了"三首一保"的政策：首台套的技术装备、首批次的新材料，还有首版次的技术软件，我们对研发和示范应用的企业都给予15%左右的奖补。

培育工业互联网平台，
打造智能制造新赛道

打造工业互联网是安徽赋能智能制造的新赛道，在羚羊工业互联网平台上，已汇聚近6万家企业和10万多个服务商与学生创客，有效促进了产学研协同，帮助企业降本增效。

何树山
时任安徽省副省长

把政府的资源和企业的创新能力有效地整合在一个平台之上，为中小企业提供诊断创新和模式创新赋能。智能化已经不是企业的选择题，而是必答题。

我们对新招引的企业从一开始就注重数字化的这种布局和改造，企业就有积极性了。新上的（项目）如果不进行数字化或者智能化，整个企业的效率、用人的成本，以及整个物流整个体系都没有竞争力。

安徽篇

237

升级存量、提前布局：
新兴产业跑出"加速度"

目前，安徽已建成省级智能工厂175个、数字化车间869个。除了升级存量，抓住新项目提前布局也是安徽发展智能制造的一大特色。2022年1—8月，安徽实施亿元以上数字化、网络化、智能化、绿色化改造项目1050项，其中超过60%来自招商引资项目。在合肥的一条新能源汽车生产线上，16台机器人正在对一台全铝车身的侧围部件进行总拼，多项车身连接工序可一次完成，机器人在5种车型间自由切换。产品定制生产，生产线则根据工艺量身定造。

可一次完成多项车身连接工序的新能源汽车生产线

随着车型日益丰富，车间内机器人数量相比2018年刚投产时翻了一番，达到521台。而这家车企在合肥建设的第二个基地于2022年三季度实现量产，834台全新机器人正在进行最后的调试。

吴洁（蔚来产业发展负责人）：2020年落户合肥以后，我们在合肥已经有10个主体，同时引进了外资365亿元。合肥在招商引资、招才引智方面有着特别高的效率。

随着越来越多的智能生产线投产，2022年前7个月，安徽新能源汽车产量就已超过同期水平，预计到2025年，产能将是现在的6倍。新能源汽车产业跑出的加速度，只是安徽十大新兴产业发展的一个缩影。

何树山：我们对十大新兴产业成立了工作专班，每一个产业都由一个省领导来挂帅，需要协调解决的问题都是顶格倾听、顶格协调、顶格推动。产业发展，尤其是要培育产业生态，龙头加配套，所以我们注重培养专精特新中小企业，让它们来实现延链、固链和补链。

在大项目的带动下，安徽产业链招商势头强劲。在工业和信息化部公布的第4批国家级专精特新"小巨人"企业名单中，安徽有256家企业上榜，数量超过了前3批的总和。

主创人员：柴　华　薛　倩　易　扬　高文鹏　张伟杰　崔　琦　邵光佳　陈梓恒

京津冀篇

JINGJINJI

CHAPTER

记者手记

REPORTER'S NOTES

燕赵蝶变，一切"钢"好

记者：孟夏冰

　　说到河北，就不得不提到钢铁。曾以钢铁产业为第一支柱产业的河北，早有"世界钢铁看中国，中国钢铁看河北"之说。从20世纪90年代开始，河北钢铁工业"急速膨胀"，产能最高时超过3亿吨，不仅连续多年位居全国第一，而且超过了排名世界第二、第三钢铁大国的日本、美国，由此产生了"钢铁兴，则河北盛；钢铁垮，则河北衰"的论断。河北的主题，也是围绕钢铁展开的。

　　在这一站中，省长专访的部分就是一个浓缩的河北工业发展历史。钢铁产业的转型、环境保护的进展和新动能的萌发，都在短短的5分钟里得到了展现。但是这个5分钟的呈现，有一个戏剧性的开端。

　　即便很久之后再次回忆《智造中国》大型融媒体报道的拍摄经历，我还是会想起2022年9月7日等候在河北唐山一个会场外的那个上午。4个镜头和5双眼睛都朝向会场红色的木门，机头灯已经开始发烫。场内扩音器稍歇，会场大门缓缓打开，一个穿白衬衫的人被簇拥着出来。我感觉到身后一直炙烤着我的热浪把我向前推，我向穿白衬衫的人伸出手，递出了一个不知道是否有回应的"您好"。直到对方戴好胸麦，一直处于紧绷状态的我一下子松弛下来。这是在《智造中国》大型融媒体报道采制过程中，我遇到的一场印象深刻的"随堂小测"。

时间回到递出"您好"的 20 个小时之前，我刚刚从前一站直播结束后落地北京，随后就接到了通知，原本由地方台操作的河北省副省长专访的任务交给了我。时间是第二天上午的 10 点，地点为河北唐山。这次的专访是要在特定场景里走访，零沟通、零踩点，甚至摄像和设备都无法在短时间内凑齐，我顿时感到压力很大。我有幸快速联系上了两位同样刚刚出差回来的同事，由同事开车，连夜奔赴唐山。

连夜奔赴唐山进行省长专访

由于时间太晚，已经无法与副省长进行沟通，采访问题也无法进一步细化。更糟糕的是由于对方行程调整，留给我的时间由 1 个小时变成了 10 分钟。我们当即决定，把让采访对象到采访地点的安排调整为我们跟随他的全天行程。而对方是否同意这样的安排，就由前面的见面时的"您好"决定了。

虽然是零沟通，但其实并不是没有准备的仗。在策划初期，我们已经做了尽可能多的案头工作。在京津冀协同发展的过程中，河北承担着工业发展和环境保护的双重任务，所以智能制造如何助力节能减排是我们在专访中要重点了解的问题。

在车上我跟胡启生副省长进行了快速沟通，在我递出了几个完全围绕钢铁行业的问题之后，胡副省长给我看了他的行程安排，从环保开始，途经钢铁，以机器人产业收尾。

这是很有意思的安排。

2016 年上半年，河北装备制造业首次超过钢铁工业，此后河北装备制造业屡屡挤掉钢铁工业，占据河北"工业老大"的位置，意味着河北工业已经"换帅"，"一

243

智造中国

央视财经大型融媒体报道作品集

钢独大"的局面已经结束。值得注意的是，河北为取代钢铁全力打造的新支柱产业面临类似钢铁工业过剩的问题，河北装备制造业存在高端产品不足、低端产品产能过剩的问题现状，与钢铁工业无异。而突破口，可能就在茁壮成长中的机器人产业集群。

一天的跟拍，浓缩成5分钟的节目，呈现了河北从"黑烟囱"到新兴产业"黑土地"的蝶变历程。突如其来的行程改变，让我们收获了意想不到的精彩内容。

直播团队对河北省副省长胡启生进行一天的跟拍

而在《智造中国》直播拍摄的两个月时间中，每一次"您好"后面都面临着大大小小的"随堂小测"。在每一场测试中，都有新挑战，也有很多新收获。就像现在还会想起那个上午一样，相信多年后，我也会想起随时会进行"随堂小测"的时光。唯有认真对待每一次"随堂小测"，才能不负曾经努力的自己。

直播团队在河北省直播点合影留念

直播连线

LIVE CONNECTION

打卡海滨钢铁工厂：
绿色工厂如何低碳运行

北京、天津、河北组成了我国北方最大的传统工业基地，面临共同构筑生态保护屏障和传统产业升级的双重任务，三地如何攻坚克难协同发展？要从工业生产的粮食"钢铁"说起。

被大海环抱的钢铁工厂

在这家被大海环抱的钢铁工厂，跟随无人机的视野，远处就是大海。海景工厂不仅漂亮，更是抢占了近水楼台的先机。从码头到厂区仅仅 1.4 千米，原料进厂变得非常容易。便利的同时也承担起了更重的责任，超低排放成了这里的一条硬杠杠。要想实现它，就要从源头做起。

无人料仓"鹰眼"值守，封闭管廊串联全厂

厂区中的封闭管道和连廊

厂区上空是密布的封闭管道和连廊，远道而来的煤炭、矿石等原料都通过这些专属通道运送到厂区。不仅增加了效率，并且从根本上杜绝了对环境的影响。全厂封闭式通廊共48千米，管道长达271千米，相当于从唐山到北京的距离。

俯瞰钢铁工厂

这里消耗量最大的原材料就是铁矿粉，跟随铁矿粉的步伐，我们来到了打卡的第一站，一个巨大的无人料仓。

走进无人料仓，到处都是白色雾气，很像置身在江南烟雨中。喷出雾气的是屋顶上的智能化干雾抑尘系统，它会随着生产节奏进行调整，让铁矿粉整整齐齐地躺在料槽里。为了防止个别成员"不听话"，料仓里还配备了敏捷的鹰眼抓拍系统，控制抑尘系统快速启动，确保料场环境最佳。

京津冀篇

无人料仓的抑尘干雾

高炉系统

铁矿粉经过烧结会进入冶炼程序，我们打卡的第二站就是把铁矿粉冶炼成铁水的高炉。上图中这个 100 多米高的建筑就是高炉系统，这也是整个工厂的地标性建筑。高炉旁边的几个巨型的大圆筒，收集的是生产过程中产生的煤气，煤气回收后，可以用于发电。生产的边角料通过循环利用，都成了"金疙瘩"。

驮运铁水的小火车

智造中国

央视财经大型融媒体报道作品集

这个长相很萌的小火车就是我们打卡的第三站，它驮着的大铁罐里装的是冶炼好的铁水。铁水现在的温度是1500摄氏度，从铁罐顶上看，我们会发现它并没有什么热气冒出来。铁罐上面的盖子起到了至关重要的作用，它不仅保证了在热气蒸腾下，有害气体不会跑出来，同时也为铁水保温。小火车开往的方向是炼钢的平台，经过保温设计的铁罐，可以保证铁水在到达炼钢平台时温度控制在1395摄氏度左右，比以前提高了25摄氏度。不要小看这25摄氏度，这为每吨钢的生产成本节省了接近8元。

智能时代钢铁是怎样炼成的

铁水在转炉炼钢的平台中完成华丽变身。可以说这炉钢是不是一炉好钢，这一步起到了决定性作用。下图中这个大铁罐缓缓倒出的金黄色的液体，就是炼化的铁水，它的温度达1600摄氏度，比火山喷发时岩浆的温度还高，置身车间，能明显感觉到火焰带来的炙烤感，从这里到转炉的距离大概是30米，而转炉本身的温度已经达到1000摄氏度以上。

转炉炼钢平台

转炉炼钢智能化：自动炼钢让生产更安全

在与转炉一墙之隔的控制室，虽然有人值守，却是无人操作的，而如何全自动炼出一炉好钢的秘密就在控制室的屏幕上。屏幕上显示的是工厂重点工序的监控画面，从画面上可以看到，铁水正在炉子里发生激烈的化学反应。

取样送检无人化：170 秒完成钢水出炉检测

如何判断钢水是否达到了出炉标准呢？一些工龄比较长的工人告诉我，过去全靠他们积累的经验，通过看颜色和火花的大小判断，现在则由智能化设备给出解决方案。炉顶的机械杆自动抓取钢水，将钢水变成钢锭，在压缩空气的推送下穿过长达 800 米的管道，进入检测实验室。在这里将要对钢锭内的各种物质含量进行检测，结果会反馈到旁边的系统中。之前只可意会不可言传的这些标准，现在都变成了可以量化的数据。

检测实验室

"千锤百炼" 智能热轧生产线：90 秒完成一卷钢

将钢水粗略塑形

要把钢水变成我们熟悉的形态，还需要进行物理变化。首先要进行粗略的塑形，钢水持续不断经过结晶器凝结成硬壳，宽度可调、厚度恒定，最难的是长度。钢坯推出一刻不停，一个小错误就会影响到整个流程。连铸线上方的切割机器人紧紧跟随生产节拍，按照订单把钢坯截断成相同的长度，分毫不差。

反复轧制形成钢板

从钢坯变成钢板还需要反复轧制，这一步就很像压面条，经过粗轧、精轧的十几遍反复压薄，钢坯已经从 230 毫米变成了 1.8 毫米的薄薄一片。这个时候的钢板温度很高，并且十分脆弱。给钢板降温听起来简单，但降温是否均匀关系到钢板的韧性、平整度等多项性能指标。钢板到达，19 道水梁按照产品信息，精准调整每个出水口的方向、流速，大小不一的钢板在这里都可以找到最佳的降温方式，成为质量过硬的产品。流程虽然复杂，但是仅需要 90 秒就可以轧完一卷钢。AGV 接上钢卷，机械臂喷上独有的身份识别号码，这卷钢就可以入库了。这条生产线最快一个小时可以产出 1200 吨钢卷。

百道生产工序一"幕"了然，智慧大脑尽在掌握

整个工作流程非常顺畅，但实际上工序之间的距离都是按照千米计算的。我们所在的工厂占地面积达 5.73 平方千米，相当于 800 个标准足球场的大小，开车绕上一圈要半小时。物料是如何在工序之间传递完成刚才这样快节奏的生产呢？

在园区中，封闭的连廊和管道串联起了整个钢铁丛林，皮带、压缩空气时刻不停，形成了整个园区的物流大动脉。上文中呈现的仅仅是钢铁冶炼中的一部分环节，如

果算上炼铁，整个钢铁冶炼要经历一百多道工序，所有的运行数据都在这个面积为200多平方米的大屏幕上一览无余，各个环节的进展、工艺流程的反馈和环境监测都尽在掌握。也正是因为搭载上了这个智慧的大脑，千万吨级智慧工厂的换新升级也为工业生产带来更多可能。

工厂占地面积达 5.73 平方千米

工厂运行数据在大屏幕上一览无余

主创人员：张　涵　孟夏冰　宁　涛　姚　佳　郑晓天　李都辉　刘　宁　单凡芩
　　　　　裴可鉴　王浩淼　袁祥一　雄　昀　驰　文　璐

新闻特写

NEWS FEATURE

大尺寸、薄片化：
光伏硅片持续降本增效

京津冀协同发展的格局下，作为全国工业产业体系最完备的城市之一，天津也在持续发力，加快建设全国先进制造研发基地。光伏产业作为可持续、绿色发展理念的践行者，也在加速推进智能转型升级。在天津，我们走进了一家生产超大光伏硅片的企业，看看它们在追光前行的道路上，如何依靠技术革新实现产品、生产线双升级。

随着国内光伏发电量的持续增长，草原沙漠戈壁上闪烁着的成片光伏板越发常见。而硅片就是这一块块电池板的重要组成部分，它可以吸收太阳送来的光能，摇身一变转换成电能，集中存储并送进千家万户。过去10多年，光伏是国内发电成本下降最快的能源类型，成本累计下降约90%。能取得这样的成绩，最大的原因就是产出的硅片一直在变薄、变大。目前，全世界最大、最薄的G12光伏硅片，正是在天津TCL中环工厂生产的。

危晨（TCL中环新能源材料晶片业务副总经理）：工厂最初生产的硅片厚度是190微米，目前已经实现了140微米的产品量产硅片。每降低10微米的厚度，可以降低硅片成本的5%到7%。同时，大尺寸能够提升最终组件的光电转换效率，最终的发电瓦数也能提高整个产业链的制造效率。

天津 TCL 中环工厂生产的硅片

"举重若轻"：百公斤硅棒轻松搬运

1.5 张 A4 纸的超薄厚度、12 英寸的超大尺寸，硅片产品的升级换代，意味着与之匹配的生产环节都面临转型。首要难题是解决上料环节的搬运难题。由于硅片是由方形硅棒切割制成的，硅片尺寸的增加，也就意味着硅棒重量的显著上升。

超薄超大尺寸的硅片产品

危晨：一颗硅棒的重量现在已经达到了 100 千克，所以说靠之前那种人工搬运的方式已经完全无法实现了。

如今在这里，全自动的物流搬运系统运转有序，机械臂自由抓取百余千克的硅棒，在工厂进出自如，黑灯工厂的模式在这里实现了应用。

危晨：来料的搬运仓储环节，如果说在过去传统的制造模式下，在相同产能规模下的工厂，需要 60 个人。而在我们这个工厂，已经完全实现了工序的黑灯化，也就是完全的无人化。

精准抓取，全面检测："巨人"玩得转"绣花针"

全自动硅片检测线

完成上料、线切等工艺，光伏硅片进入下线前的最终检测。过去依靠人工的方法，搬运抓取这些薄如纸片、重量只有 16 克的硅片，都很容易出现损坏。要想实现规模化检测，机械手臂这些力气巨大的设备能否玩得转"绣花针"呢？为此，工厂自主研发 100% 全自动检测线，多套设备同时运转，既保证精准抓取，又做到检测无误。

危晨： 在 2020 年投产初期，我们一个月的产量大概是 2 亿片，当前的产量已经达到了一个月 2.5 亿片，相比于传统模式的制造工厂，它的效率提升了 25%。

光伏产业升级迭代的背后，无数"追光者"持续奔忙在一线。更多的新材料、新设备、新技术都在研发当中，未来智能制造的成果将覆盖更多生产环节，引领光伏产业加速转型升级。

主创人员： 骆群 张涵 马佳伦 张玥 李书祺 崔京

权威访谈
AUTHORITATIVE INTERVIEW

把传统产业的"黑烟囱"，
打造成培育新兴产业的"黑土地"

在京津冀协同发展的过程中，河北承担着双重任务。作为我国近代工业的摇篮，近年来，河北产业结构逐步优化。2021年，河北省高新技术产业增速达到12%。同时，作为京津冀协同发展的生态环境支撑区，2021年，河北PM2.5下降15.3%。两个数据一升一降的背后藏着怎样的工业转型秘密？环保、钢铁、机器人，这几个主题词如何串起河北工业的破茧重生？记者从河北省副省长胡启生马不停蹄的行程中找到了答案。

9月7日是全球第三个国际清洁空气蓝天日。在一场围绕"减污降碳，守护蓝天"为主题的讨论会上，河北省副省长胡启生分享了唐山空气治理经验，这是他第一次因为空气治理经验而站在发言席前。环保是第一站，跟随着他的脚步，我们开启了接下来的行程。

胡启生： 这是第一次办（讨论会），由生态环境部选择城市，这是比较大胆而且具有担当的一个决定，我们就是要勇敢地打开这扇窗户让你看，让你在里面找（问题）。到昨天（2022年9月6日）为止，河北的PM2.5是34.7，历史性地第一次到了二级大气的标准。

智造中国
央视财经大型融媒体报道作品集

记者对河北省副省长胡启生进行专访

胡启生
河北省副省长

这是5G技术边缘计算及我们其他人工智能技术的综合运用，而这些技术也同时应用在我们的生产过程中，包括一氧化碳、二氧化碳的处理和使用，是每个钢铁企业都在探索的，循环利用实现近零排放。

构建京津冀生态安全屏障：
河北省 PM2.5 首次降至 34.7

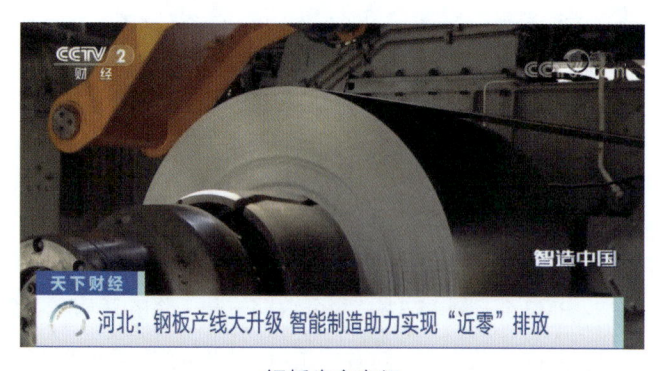

钢板生产车间

　　如何从一个空气质量"后进生"变成空气治理"课代表"？这离不开传统产业的智能化改造。胡启生的第二站，是一个钢板生产车间。在长度为300米的生产线上，一条条钢板经过酸洗、轧制、退火、涂镀等多道工序后，成为一卷卷25吨重的钢卷，5G无人天车可以精准识别进行运输。生产全程无人操作，运转流畅。通过智能制造改造后的钢铁生产企业颗粒物排放减少25%，各种物质排放总体降幅达到38%。

钢板生产线大升级，智能制造助力实现"近零"排放

智能化升级为钢铁行业带来巨大变革

智能化升级还带来了更大的惊喜，为整个钢铁行业带来巨大变革。产品从粗钢升级为高强板、家电板，河北也正在从钢铁高产大省向铁基新材料基地转变。

胡启生： 过去粗钢、低端钢材两三千元一吨的，占多数，现在5000元以上的，6000元、7000元一吨的占到更大比例。港珠澳大桥里面很大一部分钢都是我们河钢生产的。

从制造到"智造"，新兴产业初露"尖尖角"

河北唐山高新区机器人孵化基地

传统产业的智能化改造为工业机器人提供了大量应用场景，也为无数创新型中小微企业提供了成长的土壤。胡启生的第三站，来到了位于唐山市高新区的机器人孵化基地。在厂房一个个的格子中，200个中小微企业正在快速成长。一位年轻的工程师吸引了胡启生的目光。

胡启生

河北的传统产业一定会成为我们孵化、培育、哺育战略性新兴产业最好的生态和土壤。

工程师：这个是管道机器人，在管道里行走，自动适应管道大小，用的是瑞士的一台电机。

胡启生：你们使用的减速器、控制器都是别人生产的？

工程师：都是别人生产的，咱们做的是产品设计。

胡启生：像你们比较年轻，又有国际视野，不如盯着里面一个比较难的，例如，伺服机、控制器或者减速器，给它攻下来，我觉得现在就不得了了。相当于你把它的中枢和大脑攻下来了，我觉得特别有意义。

核心技术的突破还需要时间的淬炼，而机器人柔性应用场景的设计在河北已经逐渐成熟。胡启生的第四站，来到了机器人柔性生产线的总装调试车间。一条为重卡生产设计的车桥智能化焊接生产线已经调试完成准备发货。

胡启生：这是目前国内水平最高的一条车桥焊接生产线，这也实现了我们的另外一个目标，就是通过智能制造升级成长起来的企业，特别是机械装备制造行业企业赋能，即1+1>2，这是我们最希望看到的迭代升级的一个方向。

2021年，河北在钢铁、建材、化工等行业完成改造数字化车间398个，全省大型企业关键工序数控化率达到58.2%。全省企业工业设备上云率达到16.9%，位列全国之首。

主创人员： 张 涵　孟夏冰　刘 宁
宁 涛　姚 佳　郑晓天
裴可鉴　王浩淼　袁 祥
段一雄　张昀驰　李都辉
单凡芩

黑龙江篇

HEILONGJIANG CHAPTER

记者手记

REPORTER'S NOTES

行走黑土地，
看智能制造转型升级

记者：苏 童　吴佳灵

黑土地，都说它是世界上最肥沃的土壤，全世界仅有三大块，其中一块就在中国东北黑龙江。在大自然漫长的历史中，黑土地形成了丰富有机质层，使它的粮食产量极高，有着"一两土二两油""插根筷子都能发芽"的传说。于是，黑龙江成了农业大省、粮食主产区。与此同时，这片广袤的黑土地也是全国重要的装备制造工业基地，全国二分之一的大型水电设备、三分之一的大型火电设备，以及五分之一的大型核电设备……都在这片土地上"生长"出来。

此次《智造中国》大型融媒体报道，我们就踏上了这片黑土地，看看这个国家重要的"粮仓"和老工业基地——黑龙江，在传统产业转型升级中面临哪些重大考验，制造业的数字化智能化转型的成果如何。

从牧场到餐桌，智能制造贯穿全程

初秋时节，在黑土地上驰骋数小时，到处是蔓延开来的金黄色，多数时候都在稻田和草地中穿行。这里除了种植农作物，同时也是一片黄金奶源带，是

记者在黑龙江齐齐哈尔飞鹤乳业公司智能包装车间内进行报道

我国重要的畜牧产区，牛奶产量在 2021 年超过 500 万吨，为全国消费者的餐桌输送了大批优质乳制品。

我们走进这家矗立在沃土上的奶粉工厂。偌大的厂房见不到什么员工，因为从牛奶到奶粉，全部产品都在不锈钢管道里面"游走"，自动化程度很高——这和想象中的奶粉工厂完全不同。

经历 10 多年前的产品质量风波，消费者对国产奶粉的安全信心刚刚建立，还比较脆弱。奶粉这个题材，到现在还是有些"敏感"。过去 5 年多来，国产奶粉企业进军高端产品带，尝试用更严苛的品质追求，一点一点获得消费者的认可，成效也很突出。了解到这家工厂在部署智能制造之后，减少误差、提升良品率，综合生产效率提升了 10 个百分点……我们决定，把国产奶粉工厂采用智能制造的真实场景展现给观众。

如何把这样的场景中智能制造的亮点直观地介绍给观众呢？我们直播团队从两个层面入手，一是用工厂内部的大屏幕回溯养牛场的镜头，也就是原料奶的来源，用奶牛们憨态可掬的模样吸引观众的注意力。在那里，奶牛集中饲养，戴上了智能项圈，各项健康指标、产奶量、进食量等数据全部监测进系统，帮助奶农更好地了解奶牛的身体状态，从源头产好奶、多产奶，告别过去散户养牛、分散收奶的传统模式。

主创团队在策划道具运用

二是凸显婴幼儿配方奶粉生产在智能制造的加持下提升品质的环节。我们在现场准备了一组道具，展现了一罐婴幼儿配方奶粉中除原料奶粉外，需要为婴幼儿成长添加的诸多营养物质：乳铁蛋白、DHA、双歧杆菌、胆碱……对于一吨奶而言，每种营养物质的添加量就只有一茶匙那么点，算得上是"微量"了，但它们必须均匀地分布在这一大批奶粉中，于是工厂采用红外检测设备，对成品奶粉出货口进行实时监测，钙、铁、锌、蛋白质、维生素等营养物质在大屏幕上跳动，可见数字化、智能化也实现了对"每一勺奶粉"的实时质检。

通过我们的节目，观众可以全产业链地了解这个传统又特别的食品行业，以及它正依靠智能制造的力量焕发新生。把国产奶制品的真实发展情况展现给观众，便达到了我们做这个报道目的。

直播连线

LIVE
CONNECTION

奶牛穿上智能设备，数据化管理助力产好奶

黑龙江是农业大省，也是我国重要的畜牧产区，牛奶产量在2021年超过500万吨，为全国消费者的餐桌输送了大批优质乳制品。而智能制造的力量也在方方面面改变着这个传统产业。在齐齐哈尔一家奶粉生产企业的牧场，看看智能制造碰上奶牛会产生什么火花。

奶牛穿上智能设备，数据化管理助力产好奶

每天上午7点开始，这处牧场的奶牛都会分批次地通过通道前往挤奶大厅。

奶牛每天分批次前往挤奶大厅

智造中国
央视财经大型融媒体报道作品集

这是黑龙江齐齐哈尔最大的一个牧场，在这里住着1万多头奶牛，而各个工种管理员加起来只有40名，这些管理员怎么认得这些奶牛、怎么对它们实现管理呢？智能设备时刻帮助他们。

黑龙江齐齐哈尔飞鹤克山牧场

每一头奶牛的耳朵上都戴着一个黄色的标签，这上面不仅写着它的身份ID编号，同时也是一个电子身份证，记录着它的出生日期、父母是谁、是什么时候参加免疫的这些数据。

每一头奶牛耳朵上都有一个黄色标签

这些信息的第一个用途就是为奶牛安排每天吃什么。一头成年奶牛每天会消耗60千克的饲料。它的进食时间每天超过4个小时，这里的饲料是24小时不间断供应的。饲料的配比就成为非常关键的一环。不同生理时期的奶牛在这里需要不同营养元素的饲料搭配。例如，生完小牛之后正在"坐月子"的奶牛，饲养员就会为它准备一份营养餐。而对于青年奶牛，就要为它准备"轻食简餐"以控制体重。在这里，奶牛的每日食谱通过软件系统来为它们进行搭配。

除此之外，每一头成年奶牛的脖子上都戴着一个项圈，就好比人们戴着的健康手环一样。这个项圈是帮助饲养员来监测奶牛的日常活动、体温等数据的，对它们进行健康监测。

项圈可监测奶牛的健康

下面就来到挤奶的环节了，挤奶大厅里有两台正在运转的环形设备，这些都是自动挤奶的设备，可以同时为七八十头奶牛取奶。

自动挤奶设备

在上图中，转盘的入口处，经过培训的奶牛会自己登上转盘，而工作人员会先对奶牛进行清洗和消毒，然后再套杯取奶。

整个取奶过程历时七八分钟，牛奶会顺着管道直接流向临时储存的储奶罐，并且牛奶全程不会接触空气。在下图中可以看到，这里有自动记录奶量的仪器，记录这头奶牛的身份信息、采奶的时间和采奶量，这些数据也会自动上传系统，方便饲养员对它的产奶情况进行分析和整理。

自动记录奶量的仪器

在这里，奶牛的身份信息、产奶量和配饲料等系统之间是互相打通的。而数据养牛、规模养殖告别了过去散户养牛的情况。这里出产牛奶的乳脂量和蛋白质含量等关键营养指标在近几年都有所提升，不仅如此，产量也大幅提升。10年前，在这个牧场，一头牛的日均产奶量不到28千克，而这一数字到2022年是39千克，在10年间提升了10多千克。

规模养殖大幅提升牛奶产量

黑龙江篇

下图中的储存罐也不会是这批牛奶的终点，不到 2 个小时，它们就会坐上奶罐车运往工厂，被加工成婴幼儿配方奶粉。

牛奶储存罐

主创人员：刘 阳 苏 童 高文鹏 裴可鉴 董之一

智能制造打通数据，做好宝宝一杯奶

在婴幼儿配方奶粉的生产包装车间中，一罐罐奶粉顺着传送带鱼贯而出，而机械手正在自动地为它们进行打包、码垛等，整个流程行云流水。

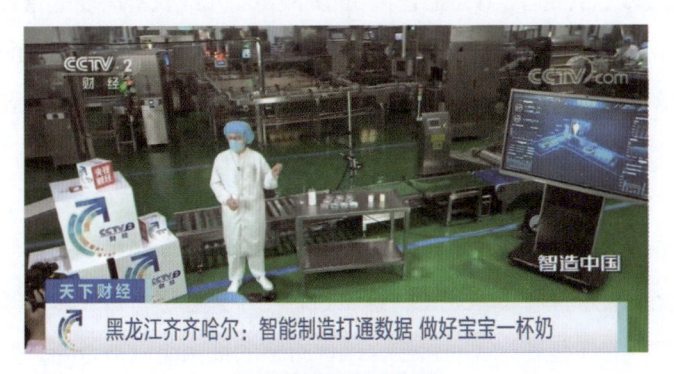

奶粉的智能制造之旅

267

其实这一罐罐奶粉到这里为止都已经完成了它们各自的智能制造之旅，智能管控的系统则可以实现对它们源头的溯源。接下来，就跟随溯源信息一起去牧场看一看。

无菌奶粉工厂

信息的采集从奶牛的身上就已经开始了。奶牛的耳朵上佩戴着电子身份证、脖子上戴着智能项圈，这些都在采集着奶牛的身份信息、健康状态及产奶量等相关数据，已经实现了数据养牛。而它们所产的奶，在 2 个小时之内就会通过冷链运输的方式送到奶粉生产工厂，成为一杯原料奶。

奶粉生产的工艺，简单来说就是把奶经过配方，再蒸干成为粉末的过程。这当中还要经历十几道工序。走进这样一家工厂，我们其实用肉眼是看不到任何一滴牛奶和任何一克奶粉的，它们都在纵横交错的不锈钢管道和瓶瓶罐罐当中。

30 余项配料精准投放，数吨奶粉不差 0.1 克

原料奶送来以后，工厂将会把它和 30 多种婴幼儿成长所需要的营养元素进行配方混合，添加的比例都是相对比较低的，宛如九牛一毛，而且每一个配方将要添加的种类和含量都是不一样的，这样就对精细化的质量管控能力提出了要求。这家工厂部署了原料校准系统，可以实现对于以吨计重的奶粉来说，误差控制在 0.1 克的范围内。

配好了混合奶，就要进入蒸发的环节，一杯含水量为 80% 的混合奶，将会被蒸发成为一杯含水量 50% 的浓奶。在这个过程当中还会进行进一步的杀菌，而智能传感器会对蒸汽的高温进行实时管控，确保有害的细菌可以被杀死，但是保留住其中的活性营养成分。

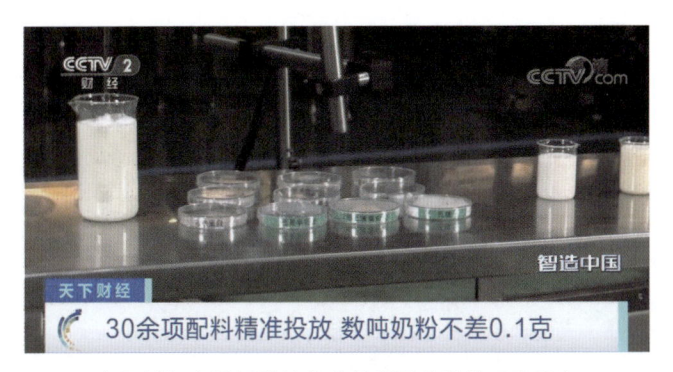

在原料奶中添加婴幼儿成长所需的营养元素配方

近红外检测仪为奶粉保驾护航，10余项营养成分实时体检

浓奶并不是生产奶粉的终点。要想进一步变成奶粉，浓奶将会经历一个干燥的环节，它们将会被管道运往一个干燥塔的顶部。在那里，浓奶会被喷出，在下降的过程当中遇到高温蒸汽，等它们落到地面的时候，就会变成奶粉了。

干燥塔

在这一步，近红外在线检测仪登场，对这当中所蕴含的十几种营养元素进行秒级检测。在主控室的屏幕上，钙、铁、锌、蛋白、脂肪等相关的营养元素的含量都在实时跳动着，这也是这个技术在奶粉业内检测的首次运用。

检测完成的奶粉将会在我们所在的包装车间进行包装，然后由人工智能码垛机器人送往隔壁的立体仓库进行临时储存。不出几天，它们就会被送往全国各地的宝爸宝妈们的手中了。

智造中国

央视财经大型融媒体报道作品集

近红外检测仪实时检测奶粉营养元素成分

说了这么多智能制造的细节,其实它们的背后都是一个强大的数据中台在提供支撑,这一切都是在为宝宝提供更加全面的营养和更加稳定的品质。这家工厂在部署了智能制造系统之后,良品率有所提升,误差有所降低,综合的生产效率提升了10个百分点。

在黑龙江,像这样的规模以上的婴幼儿配方奶粉生产企业达到了33家,占比为全国第一。每年从这里输送的优质奶粉的产量也是全国第一。智能制造正在使中国乳业的质量管控更加严苛、更加精准,能为消费者送上更安全、更营养、更新鲜的好奶粉。

奶粉立体仓库

主创人员:刘 阳 苏 童 迟 骋 邢 杰 高文鹏 蔚立名
刘 宁 席杉杉 崔芮郗 裴可鉴 董之一

上海篇

SHANGHAI CHAPTER

记者手记

REPORTER'S NOTES

中国近代民族工业发祥地的智造之美

记者：陈昊冰

上海是中国近代民族工业的发祥地，我国的纺织、造船、机械、烟草、橡胶、钟表、光学等工业均发源于上海。20世纪30年代，上海工业产值占全国总值的30%~40%。20世纪50年代以后，中国国民经济的143个工业门类中，上海有141个，是我国体量最大、门类最齐全的工业城市。作为《智造中国》大型融媒体报道的收官之站，上海既能体现如今中国工业的发展速度，也能展示大国工业的高度和气度。

20世纪50年代初，美国马里兰大学一位教授根据他的考察研究写了一本书，叫作《上海，现代中国之门》，书中写道，"你要了解中国吗？请到上海去"。如今，上海的船舶制造、港口机械、钢铁制造居世界第一位；集成电路、生物医

上海是中国近代民族工业的发祥地

药、人工智能、新能源汽车、航空制造居全国第一位。套用书中句式,我们可能要说,"你要了解中国工业吗?请到上海去"。如何浓缩、精致、集中地呈现上海工业在智能制造领域的最新进展,我们将目光瞄准了两个行业——船舶和汽车。

　　回望世界大国的崛起,都离不开造船行业的兴起。作为一个国家工业水平的代表,船舶工业上连原材料,下通国防、运输等行业,具有极高的产业拓展性,因此它也赢得了"综合工业之冠"的美名。中国的造船业,是工业领域"逆袭"的典型代表。新中国成立初期,我国全年造船产量仅仅1万吨左右,造船工艺也被甩开了几十年的差距。而如今,我国造船业已经连续13年居国际市场份额第一位,今天的中国,正在从造船大国向造船强国不断迈进。

直播团队在国产首艘大型邮轮上

　　把视角继续拉近,当我们近观上海的造船业,这次的直播内容跃然呈现——上海外高桥造船有限公司,高度约24层楼的国产首艘大型邮轮正矗立在船坞内。大型邮轮,是世界造船业三颗皇冠明珠之一,也是中国造船工业目前唯一尚未完成的高技术船舶产品。它就像一座"海上移动城市",是现代工业和现代城市建设综合化和集约化的巨大系统工程,更代表一个国家的装备建造能力和综合科技水平。用这样一个填补国内空白的"庞然大物",来回答中国智能制造发展的时代之问,呈现上海的工业之美,可以说恰如其分。

　　从面到点、层层推进,选定了直播内容,接下来就是节目的创意和创作过程。

大型邮轮气势磅礴、抓人眼球，背后的工艺更是蕴藏着智能制造的核心。为了在直播中更全面地体现大型邮轮的"成长史"，我和孟夏冰兵分两路，分别位于邮轮甲板和薄板工厂内部进行直播。我介绍邮轮的整体情况，带大家提前探访"海景房"，畅想未来的美好邮轮生活；孟夏冰则着重揭秘大型邮轮背后的"智造密码"，展现我国造船业的综合实力。在节目设计上，创造性地用无人机作为交接方式，实现从邮轮到工厂，再从工厂到邮轮的立体呈现。在最后的节目播出中，我们的直播时长也达到了创纪录的 10 分钟。

直播团队在上海站直播点合影留念

在直播以外，上海的小片则选择汽车产业"做文章"。1958 年 9 月 30 日，上海生产的第一辆轿车——凤凰牌轿车在位于安亭的上海汽车装配厂试制成功，中国自此开创了自主研发生产汽车之路。而上海的汽车工业，也好似"凤凰涅槃"。作为我国汽车产业的重镇，上海汽车产量超过全国的 10%。上海拥有中国最大的汽车集团——上海汽车集团，上海也是全国最大的汽车零配件生产基地，全球前十大零部件集团的中国总部有 9 家位于上海。小片采用航拍等多种拍摄手法，带大家一起感受汽车的智造之旅。

再把视角拉远，来看这次《智造中国》的上海之行，从国产首艘大型邮轮到上海汽车产业，生动丰满的节目为此次大型融媒体报道画下了一个浓墨重彩的句号。历时近 2 个月，行程近 3 万千米，《智造中国》大型融媒体报道是中国工业发展的一个注脚，呈现着"中国制造"迈向"中国智造"的鲜活进程。

上海篇

江海通津处：
海洋之梦穿越百年

记者：孟夏冰

上海是我"智造"旅程的最后一站，也是《智造中国》大型融媒体报道的最终章。江海之通津，东南之都会。沧海桑田，筚路蓝缕，终成上海。两个月中，我走过东北、西北和华北，首次来到了秦岭淮河以南。沉浸在法桐荫蔽下的精致气质中，我尝试触碰它背后的中国工业历久弥坚的百年发展史。

上海诞生了中国近代工业史上的"中国第一厂"，也由此开启了国人从"内控天下"到"外向海洋"的世界观，是近代中国海洋之梦开始的地方。百年之后，中国人的海洋梦再次在上海外高桥的船坞里快速生长。大型邮轮、大型液化天然气运输船及航空母舰，因为设计建造难度极高，被誉为造船业皇冠上最耀眼的"明珠"，其中大型邮轮的交付使用，意味着我国成为全球第五个拥有建造大型邮轮能力的国家。

一艘大型邮轮约有 2500 万个零件，船体前后误差不能超过 20 厘米。为做到这样的精密程度，每一根线缆都需要精准装配。更重要的是，邮轮船体这一层厚厚的"盔甲"如何能够同时做到轻、硬和不变形，我的任务目标就在船体钢板生产的车间。

首艘大型邮轮的船体用材叫做薄板，也就是厚度只有 4 个硬币厚度的钢板。薄板工厂就设置在船坞的旁边，巨型船体搭配了一个巨型的材料生产车间。无人机从甲板起飞，穿越层层障碍飞往工厂，最终

智造中国

央视财经大型融媒体报道作品集

悬停在我的面前。它就像是一把剪刀，剪断时空排序，让邮轮回归到了最原始的钢板状态。

首艘国产大型邮轮的薄板用量超过 1 万吨，薄板的生产效率直接关系到邮轮的生产进度。钢板越薄，发生畸变的可能性就越高，所以这个工厂要解决效率和质量两个巨大的难题。而解决这些问题的"钥匙"，都藏在密闭的生产工序里。无法到达"现场"，画面的精彩程度就折损了一半。在生产框架之外的讲述，会让直播显得单薄又苍白。我的这场直播，本身就是在拆解邮轮制造过程中的一个部分，如果不能展现细节，就像是剥洋葱剥到一半，发现只有一个空空的内核。我们尝试在密闭空间中放置运动摄像机，然而高温和激光照射使得一部分摄像头直接报废，只留下了一小撮珍贵的影像资料。为了让细节展现更加充分，我们利用有限的封闭空间拍摄画面，搭配了模型、动画和延时画面，像拼乐高一样，将邮轮"拆解"开，又重新"拼搭"成型。

当无人机在我面前起飞，再次穿越障碍回到邮轮甲板上，这把剪刀又像是充满魔法的针线，把关于邮轮的两万多个零碎的细节缝补拼接成一体。我的智造之旅就在这场时空穿梭的"直播魔术"中接近了尾声。

回顾两个月来在 4 个省市奔走，我发现，在我国厚重的工业发展史上，每个地方都曾经诞生过多个"第一"，在不同领域填补空白。多年后再重新连接起这些熠熠生辉的闪光点，它们又都长出了长长的根系，从一颗种子生发出枝繁叶茂的大树。它们也像是邮轮中上万个形态各异但不可或缺的零件，搭建成中国现代制造的"大船"，扬起智能制造的帆，启航远行。

直播主创人员在邮轮前合影

直播连线

LIVE CONNECTION

邮轮建造智能化：
2500万个零部件拼成"海上巨无霸"

走一线、进工厂、看"智造"，我们的团队历时近两个月、深入全国16个省（自治区、直辖市）智能制造最前沿的场景，用镜头全景记录展示了"中国制造"迈向"中国智造"的鲜活进程。

下图是上海外高桥造船有限公司的一艘大型邮轮，这是我国首艘国产大型邮轮。当时，这艘邮轮处在内装环节，超过3000人正在为它梳妆打扮。

大型邮轮不是白叫的，这艘邮轮的高度超过55米。船体总长超过300米，有2000多间客房，最多可容纳乘客5246人。据工作人员说，建成后它的舒适程度和豪华程度堪比五星级酒店，就像一艘移动的"海上现代化城市"。有多现代呢？在邮轮上设置有演艺中心、餐厅、咖啡馆、购物中心、水上乐园等丰富多彩的休闲娱乐设施。

这么大的邮轮是如何建造起来的呢？邮轮船体随处可见4~8毫米厚的薄板分段。邮轮分段总

上海外高桥造船厂的一艘大型邮轮

数的近 80% 是由这样的薄板拼接而成的，这样的薄板采用的是先进的激光复合焊接技术，这样的焊接技术能够让钢板变得更平整、不易变形。通过这种焊接技术的智能制造过程，整艘邮轮的建造成本能够节省至少 500 万元。

这艘"巨无霸邮轮"，是目前全球最复杂的单体机电产品。全船的电缆长度就有 4200 千米之多，差不多是从上海到拉萨的距离。而整船的零部件数量约

大型邮轮的零部件数量约为 2500 万个

邮轮船体建造好比搭积木

2500 万个，这相当于 C919 大飞机零部件数量的 5 倍、复兴号高铁零部件数量的 13 倍。

这么多的零部件如何拼装起来也是一个挑战。其实，邮轮船体建造就好比搭积木，钢板切成零部件，零部件拼成分段，分段组成总段，形成一块块巨型积木，再把一块块巨型积木组装完成，形成整船。

邮轮是在哪里搭的积木呢？跟随航拍镜头可以看到，邮轮在专用的船坞里，这个船坞长 740 米、宽 76 米，步行一圈需要 25 分钟，"巨无霸积木"就是在这里拼装而成的。

主创人员：王闻聪　布日德　王建坤　廖文铮　许佳星　刘翀

上海篇

摘取造船业皇冠上最耀眼的"明珠"，国产大型邮轮来了

上海是我国近代民族工业的发祥地，也是船舶工业的发源地。大型邮轮是中国目前唯一尚未完成的高技术船舶产品。今天的上海，正在摘取这颗最耀眼的明珠。两位记者陈昊冰和孟夏冰探访了中国船舶集团上海外高桥造船有限公司。其中，陈昊冰在国产首艘大型邮轮上，在船坞里，体验着白色巨轮的全船贯通。孟夏冰在相邻不远的薄板智能生产车间，解读大型邮轮建造的密码。

现场有两名记者分头进行直播

国产首艘大型邮轮

陈昊冰： 我现在是在国产首艘大型邮轮的甲板上。目前这艘邮轮已经实现了全船贯通，进入了内装环节，预计到 2023 年下半年会正式交付使用。我了解到，大型

邮轮被誉为移动的"海上城市",全长有300多米,一共有19层甲板。客房数超过2000间,最多可以容纳乘客5000多人。

揭秘大型邮轮建造难点,走进国内首个薄板智能生产车间

作为海上移动的庞然大物,大型邮轮在设计建造过程中,遇到的第一个难题就是重量重心的控制。而秘密就在每一层的甲板中,这些甲板与一般的船舶不一样,大多为4~8毫米的薄板。为此,上海外高桥造船有限公司专门打造了国内第一个邮轮专用薄板智能生产车间。

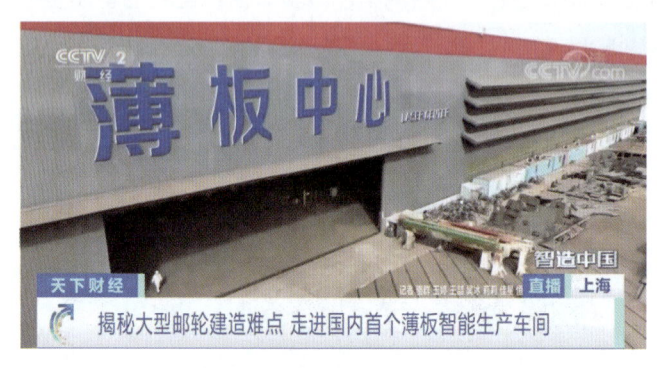

邮轮专用薄板智能生产车间

孟夏冰: 这里就是昊冰所在的甲板的诞生地了,邮轮块头很大,为它生产材料的车间也是个巨无霸。车间的占地面积足足有6.9万平方米,别看车间诞生才4年的时间,但是已经完成了一次大规模的自动化升级。

如何把握4个硬币厚的薄钢板组装精度

为了保证邮轮总体重量和重心平衡,这个庞然大物用的都是下图中这种不超过8毫米厚的薄钢板,差不多就是4个一元硬币叠起来的厚度。能想象吗,一艘载客超过五千人的大邮轮,船体有80%是由这样的薄钢板组成的。薄钢板虽然体量轻,但是用起来却有很大的难度,在加工和搬运的过程中都非常容易变形,而钢板的变形会导致船体结构的错位,邮轮组装误差不能超过20毫米,所以薄板变形控制就是邮轮建造需要攻克的第一道难关。

上海篇

组成邮轮的薄钢板

乘坐辊轮的钢板

  钢板乘坐着辊轮，来到了第一个关键环节，钢板要"抱团"拼接成为 36 米长、16 米宽的巨型钢板。第一步要先对每块钢板的边缘进行精准打磨，铣边机的圆盘高速前行，它搭载着 80 多个刀片，以每分钟 600 转的速度对钢板边缘进行铣削。

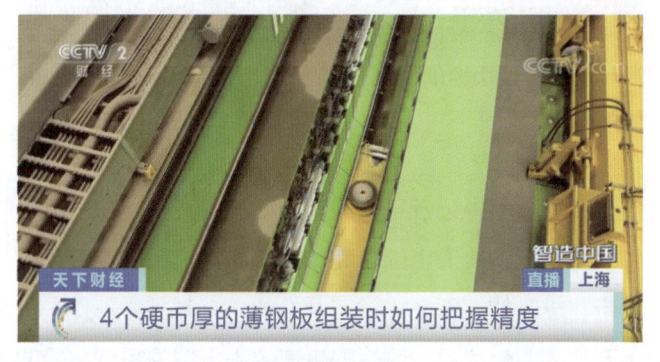

铣削钢板边缘

  前进的速度则根据任务信息的不同进行自动调整。经过打磨，钢板拼接的精度

281

会达到 0.5 毫米。这为接下来的焊接提供绝佳的基础条件。要想把钢板焊成薄钢板，就需要激光复合焊接机器人大显身手了。

激光复合焊接机器人

辊道上方的机器人打出一道直径仅 0.3 毫米的激光光束。原来的焊接技术需要正反两面同时焊接才能合上一道焊缝，但是这道激光实现了单面焊接、双面成形。激光的热量只有原来焊接热量的五分之一，这也减少了钢板的变形程度。辊道持续向前，这个时候，巨型钢板就和第一个"伙伴"相遇了。

记者介绍激光焊工艺

这个"伙伴"就是上图中记者身后的这个细长的型材，它按照生产节拍伴随着钢板的行进步伐，在平行的轨道上同步完成矫正。相遇后它竖直焊接在钢板上，构成钢板的纵骨。带着纵骨的钢板就构成了邮轮的一个基础零部件——板架。首艘大型邮轮有超过 1 万吨的薄板用量，薄板的生产效率直接关系到邮轮的生产进度。随着无人机的拉开能看到整个工厂机器运转不停，却只需要 10 个工人就可以操控全场。原来生产一个板架需要 5 天的时间，而如今，仅仅一天半就可以做好了。这一步的效率的大幅提升，带动整个车间的生产效率提高了 40%。

国产首艘大邮轮全船贯通，"巨无霸积木"搭建有多难

整艘邮轮用到了 6 万份图纸

此后的生产就变得复杂起来，板架会根据任务的不同，组装成形状各异的零部件，这是邮轮的分段。分段再进行拼接组成一个个相对成型的模块，叫作总段。总段就像是一块块积木，开始运往船坞进行搭建。航车吊起一块块总段，按照设计图纸精准放入指定位置。随着最后一块总段放置完成，邮轮初露全貌。这个过程看起来简单，但是整艘邮轮用到了 6 万份图纸，分成 675 个分段。要完成这个长度误差不超过 20 毫米的"巨无霸积木"，就是邮轮建造中需要攻克的第二道难关了。精准拼装全靠脑力是不行的，1∶1 的数字模型为每一个环节都提供了精准的参照方案。整个数字模型的数据量达到 1000G，邮轮内部每一根电缆和水管都清晰可见，把模型输入到各个环节的生产管理系统，生产指令就自动生成了。把这些密密麻麻的管线全部接通，整艘邮轮的动脉才算是正式贯通。现在船坞里的白色巨轮已实现全船贯通，未来全部完工的邮轮也会带来更多的惊喜。现在请大家先展开想象，邮轮的水上乐园部分长什么样子呢？跟着昊冰的脚步一起去看一看。

户外运动、休闲娱乐：首艘国产大型邮轮上怎么玩

陈昊冰： 漫步在邮轮的甲板上，吹着海风，是很多人向往的美好生活。邮轮不仅能满足居住需求，还有丰富的休闲娱乐场景。我所在的露天甲板区域就是邮轮上

智造中国
央视财经大型融媒体报道作品集

最主要的户外娱乐场所。在船的模型上可以看到，未来这片区域会成为一个水上乐园，届时在我身后，乘坐滑梯就可以进入下层甲板。

俯视大型邮轮

我身后还有一个玻璃幕墙，打开之后是一个泳池。在这里，游泳锻炼不受季节和气候变化的影响，打开天窗就可以感受日光的美好。绿色区域是球迷集合观看球赛的地方。看完了球赛怎么能不自己练一场呢？想在海上来一次畅快的运动体验，在船的中后部还有一个三合一球场。船尾甲板还有一个露天泳池，可以面朝大海，享受水上乐趣。

大型邮轮上的运动区域

除了运动，船上还有文化活动。下图中的模型就是未来的剧场。剧场位于跨4层和5层两层甲板，整个剧场可以容纳超过800名观众。剧场的装修已经初见雏形，可以看到圆弧形的台阶，剧场还将配置可升降舞台，以及复杂的舞美预装，为多样化的表演留下空间。

说完了玩的，还得说说吃的。整个邮轮一共有 9 个乘客餐厅，其中免费的自助餐厅有三个，船头和船尾各有一个。特别要介绍的是船尾餐厅，它跨越两层甲板，通过中间的回旋楼梯进行连接，可以容纳近 1500 人同时用餐。

大型邮轮上的剧场

记者探访：在大型邮轮上住海景房是什么体验

尚在装修中的邮轮海景房

大家肯定很关心，在邮轮上住得怎么样？来到乘客居住的舱室，目前还是个"毛坯房"的模样。天花板上，各种电线、网线已经完成了铺设，正在安装空调和新风管道，下一步就要进入到壁板安装的环节，再接着就可以进驻家电家具了。这跟我们装修一个房子的流程是差不多的。一般来说，景观越好、房间越大，未来的售价也会更贵，上图中的房间是带阳台的海景房，也是视野最好的一种房型。在房间里，就能享受海风吹拂，眺望无边的海景。

大型邮轮从无到有，中国制造业综合实力迈上新台阶

大家都很关心，什么时候能够坐上国产的大型邮轮。这艘大型邮轮目前的建造项目总体进度已经超过 70%，还有一个好消息是第二艘大型邮轮已经正式开工，将在首艘交付之后，在船坞中接续作业。从无到有，是船舶工业多年积攒的底气，如今我们要摘取造船业皇冠上的"明珠"，也是中国从大国制造到智能制造转型的印记。

主创人员： 骆 群 冯玉婷 王 喆 斯 琴 陈昊冰 孟夏冰 赫莉莉 刘梦石 许佳星 满恒宇 王建坤 布日德 廖文铮 宁 涛 姚 佳 樊一民 刘 翀 李文胜 梁 怿 郝 莉 景红霞 谢乃川

新闻特写

NEWS FEATURE

汽车智造再升级，智慧出行网联未来

上海是全国最大的汽车零配件生产基地，2021年，汽车制造业产值达7500多亿元，随着全球汽车产业进入创新发展的阶段，智能网联汽车正成为新的技术高地。

智能制造给汽车生产带来什么改变？如何满足不同消费者的个性需求？智能汽车未来将带给我们什么样的出行体验？来看记者的体验和探访。

赵银（上海汽车销售顾问）：19寸轮毂、无边车框、星空天幕……确认下单后，30天后可以提车。

袁艺：刚刚定制了一款我喜欢的车。同一款车，不仅车身颜色能自己选择，连轮胎内饰也能个性化定制。真是迫不及待想把爱车开回家，不过在等车的时间里，可以通过手机App在云端实时了解爱车的制造过程。

国内首个无人车身车间示范生产线

无人车间高效运转，智能检修提前预警

上图是国内首个无人车身车间示范生产线。数百个零部件，由 223 个机器人，经过近 3000 个焊点和涂胶连续作业，最终形成一个完整的车身。在无人车间，如何实现高效智能的生产呢？

袁艺：这些条形码的作用是什么？

陆豪（上汽临港乘用车基地车身车间工程师）：要保证这些智能装备非常高效智能地运转，定期的设备维护和保养就非常重要了。通过扫码，设备维护信息就可以呈现，实现精准、智能化保养维护，同时可以进行预警性维护，如果数据异常、可能存在问题，可以提前进行修护，而不是等到坏了再修。

柔性智造匹配个性消费

汽车个性化定制生产线

智能设备的应用让生产效率提高超 20%，从智能车间里生产出来的车身，整齐划一，怎么实现车的个性化定制生产呢？答案就在一条生产线上。实际上，位于同一条生产线上的前后车型都不大一样，可以同时生产 10 种车型，有的是越野车，有的是轿车，轮胎的大小也会有所差别，但是对于轮胎自动安装机器人来说都可以轻松搞定，两台机械臂默契配合，左手根据车辆类型和轮胎大小的不同，自动匹配相应的螺母，右手从轮胎的抓取、定位到紧固都可以精准拿捏，准确率可以达到 100%。

轮胎尺寸不一，车门也不尽相同，相比传统的边框车门，无框车门更具运动感，深受年轻人的喜爱，但同时对工艺提出了更高的要求。玻璃与车身的间隙要求控制

在 1 毫米以内，不然很容易漏水，如果靠人工确实很难完成，但是机器可以通过激光算法，分毫不差地将玻璃调整到目标位置。

每台车有近千个零配件需要组装，为了避免错装漏装，生产线通过人工智能图像识别技术进行检测，每辆车仅需 30 秒，一旦发现安装错误就会自动报警，这里面的零配件有近 95% 都是国产的，目前上海有包括内饰、电池、电机等在内的 600 余家零部件企业，国产化率达到 98% 以上。

软件升级提升汽车性能，智能制造打造全新出行体验

汽车里面还有一个看不见的零件叫作车载软件。不难发现，车内中控台上的功能键越来越少，背后通过软件进行集约化控制。车内就是一个智能驾驶舱，一个语音口令或者手势就可以控制窗户和空调开关。软件通过积累的海量数据，它可能比你自己更懂你，为用户带来"千人千面"的个性化出行体验，同时用户也可以通过升级软件来提升车辆的性能。

智能制造打造全新出行体验

大家可以想象一下未来的出行场景：车辆识别车主，确认身份自动开门，进入驾驶舱，确认目的地后，转向盘伸出，系统自动规划路线，前方识别红绿灯，提示车主红灯亮起，无论车外天气环境如何，在车内都能根据你的心情喜好，切换到最舒适的模式，车顶玻璃和车窗都变成了移动的显示屏，定制的图案和视频打造一片专属于自己的"星空"。智能制造，将为我们带来全新的出行体验。

主创人员：冯玉婷　斯　琴　袁　艺　布日德
　　　　　　许佳星　谢文璐

业界反响
INDUSTRY RESPONSE

中国首制大型邮轮
——智造中国的一颗耀眼明珠

江一娜　严　鹏　陆晓青　中国船舶上海外高桥造船有限公司

2022年9月25日，由中央广播电视总台、工业和信息化部联合打造的《智造中国》大型融媒体报道节目，经上海市经信委的推荐，来到上海外高桥造船有限公司，聚焦中国首制大型邮轮和薄板中心，开展了收官之作上海篇的直播报道。

在直播团队的精心策划和上海外高桥造船有限公司各业务部门的协调配合下，经过一周的前期准备，如期圆满完成了此次长达10分钟的直播报道，节目呈现效果恢宏大气而又深入浅出，双主持人、双场地的设置，也使人眼前一亮。节目一经播出，即受到业内各界人士的关注，中国船舶集团官方宣传平台也第一时间进行了转发报道，公司员工纷纷表示深受鼓舞，对能够参与国之重器的打造和行业转型升级倍感自豪！此次报道不仅打造了媒体、企业之间合作的新标杆，也充分展示了中国船舶集团助力建设海洋强国、制造强国、科技强国，以及勇攀世界船舶工业最高峰征程的力量、意志和实力。

大型邮轮是我国唯一没有实现攻克的高技术船舶，其设计建造是现代工业和现代化城市建设综合化、集约化的"巨系统工程"，价值量大、附加值高，是先进造船生产工艺与管理技术的体现，被誉为造船业皇冠上最耀眼的"明珠"，代表着当今全球船舶工业的"至尊水准"，也代表着一个国家的工业、科技水平和综合国力。

2019年10月18日，中国首艘大型邮轮在中国船舶上海外高桥造船有限公司正式开工点火、进行钢板切割，全面进入实质性建造阶段；2020年11月10日，全面转入坞内连续搭载总装阶段，实现了从详细设计、生产设计到实船总装搭载的重大跨越；2021年10月18日实现全船贯通，2021年12月17日实现坞内首次起浮，2023年6月6日实现顺利出坞，2023年7月24日圆满完成首次试航，朝着最后的完工交付奋力冲刺。

中国首艘大型邮轮船体总长323.6米，型宽37.2米，最大吃水8.55米，最多可容纳乘客5286人，拥有客房2125间，有高达16层的庞大上层建筑生活娱乐区域，设有大型演艺中心、餐厅、酒吧、咖啡馆、购物广场、水上乐园等，是一座名副其实的"海上移动城市"。

作为全球最复杂单一的机电产品，中国首制大型邮轮包含约2500万个零件、136个系统、2万余套设备、4200千米电缆、350千米管系、450千米风管、超500家全球供应商、为项目提供101个TurnKey工程，超5000名工人开展建造活动、运用2000万以上建造工时，全力打造国产首制大型邮轮，一步实现邮轮设计建造的代际跨越。

如何统筹500多家专业供应商、2500万个零部件的安装工程？智能化建造帮了大忙。上海外高桥造船有限公司研发了数智化系统SWS-TIME，深度开展三维设计软件的二次开发，实现了船舶行业三维软件与建筑行业BIM技术的深度融合应用，全流程打通设计、采购、物流、计划管理、完工管理等信息化流程。同时打造薄板生产智能车间，以MES为核心，搭配工业互联网技术实现生产线智能化管控，赋能分段建造效率和精度管理，不断构建系列化建造邮轮产品的能力。

如果说造邮轮就像搭积木，大型邮轮的首要挑战就是在克服薄板变形的前提下把一块块积木搭建起来。为此，上海外高桥造船有限公司投资建造了薄板中心，其是我国目前技术最先进、自动化、智能化和效率最高的邮轮薄板分段结构建造和物流运输的关键设施，填补了我国船舶工业薄板智能化加工作业的空白，实现了中国造船工艺的新突破，为中国大型邮轮高品质、高效能建造提供了技术保障，也为中国船舶集团邮轮产业发展以及上海高端制造业的转型升级提供了有力支撑。2020年底，上海外高桥造船有限公司依托智能化的薄板中心生产建设，获授首批"上海市智能工厂"称号，成为上海船舶行业唯一入选的企业。

专家解读

EXPERT INTERPRETATION

专家解读

EXPERT INTERPRETATION

健全数据要素，
推进石化行业智能制造走向深入

蒋白桦　国家智能制造专家委员会委员

　　新一代信息技术与先进制造业深度融合，正在引发世界石化产业格局的重大变化与调整。智能制造作为制造业数字化转型升级主攻方向，在石化行业取得了长足进展。据有关数据统计，在勘探开发领域，有67.4%、26.9%、5.7%的企业分别实现了业务赋能、运营优化和模式再造；在炼油化工领域，相关数据分别为38.3%、50.1%、11.6%；在产品销售领域，相关数据分别为19.8%、51.3%、28.9%。特别是在一些重点场景取得了重大突破，如资产远程运维、无人值守、计划排产优化、生产调度协同、先进过程控制、智能立体仓库、远程技术诊断等。

　　在此过程中，我国石油化工的智能制造发生了三个转变。首先，智能制造基于新一代信息技术与先进制造技术深度融合，贯穿设计、生产、管理、服务等制造活动的各个环节，具有自感知、自决策、自执行、自适应、自学习等特征，旨在提高制造业质量、效益和核心竞争力的先进生产方式，业已成为石化企业的普遍共识和共同追求，完全深入了绝大多数企业的各个层级，也已将智能制造作为其企业自身可持续发展的重要战略举措。其次，智能制造发展逐步深入。从信息化到两化融合再到智能制造，是一个逐步深化的过程，这个过程主要体现为生产管理逐步深入到面向生产过程的全流程优化，以及资产管理逐步深入到面向资产本体的全生命周期管理。最后，业界已经充分认识到智能制造的系统性、整体性和一致性，并积极采取共同行动，实现落地应用。就石化来讲，在智能制造体系架构下，无论是通过引入先进传感器等数据采集手段，采用"平台+应用"等新型应用模式，还是加强数据治理等现代化管理措施，已经从数据到业务的各层面使数字化转型和两化融合的形态发生了根本性变化，并在生产中产生实效，且更加强调从企业整体开展智能制造系统规划，几乎所有新建企业在设计阶段就同步进行智能工厂等设计，已开展智能制造探索的石化企业效益十分显著。例如，中国石化早在2012年就启动了智能工厂规划，"十二五"期间实现燕山石化、镇海炼化、茂名石化、九江石化4家企业整体上线，打造了中国石化智能工厂1.0版。"十三五"期间，按照"数据+平台+应用"的信息化建设新模式，完成了齐鲁石化、天津石化、上海石化、金陵石化、海南炼化、青岛炼化6家企业推广，首次在中科炼化实现了生产基地和智能工厂建设同步设计、同步施工、同步投用，累计建成16家炼化智能工厂。镇海炼化、中科炼化、天津石化3家炼化企业被工业和信息化部评为2021年、2022年国家智能制造示范工厂。中国石化通过智能工厂建设，推动了企业生产方式、管控模式变革，提高了安全环保、节能减排、降本增效、绿色低碳水平，促进了劳动效率和生产效益提升。通过数字化改造，企业的自动化控制率、数据采集率均达到95%以上，劳动生产率平均提高20%左右，万元产值能耗下降8%，提升了企业全面感知、协同优化、预测预警和科学决策能力，提质增效作用明显，实现了集约型内涵式发展。

煤化工是能源和原料安全的重要基石，依托原料自主优势建立一定规模的煤化工产能，既是确保国家能源和原材料供应安全的常态化战略考量，也是非常时期应急和以备不时之需的战术选择。煤化工产业要转向高质量发展，亟须从"产业"为中心转向"创新+产业"双中心，提升自主创新和协同创新能力，迫在眉睫。例如，国家能源集团煤化工板块全面的多专业协调的日常生产动态监控，结合各类异常事件报警的集中管控，实现了生产管控在时间上和空间上的进一步精细化和规范化，统一平台的集成管控方式极大提升了生产管控的效率。内蒙古中煤蒙大新能源化工有限公司通过"中煤蒙大云数据中心"覆盖全域的数据平台，覆盖全厂的高效安全、信息共享、自动化、智能化的"数字化企业"支撑体系，其仪表自控率达98%以上、操作平稳率达98%以上、能耗降低约5%，提高了工作效率约10%、经济效益5%以上，被工业和信息化部评为2021年国家智能制造示范工厂。

然而，石化行业智能制造发展还存在诸多"短板"，如信息孤岛、数据源不统一、生产过程智能化水平低、产业链协同水平不高、安全环保压力大、设备管理精度不够、IT故障预测水平不足等。智能制造的关键是要正视"短板"，从盈利模式、管理模式、数据管理、生产优化、供应链、安全环保、设备管控、运维服务等核心价值方面，打造数字思维、数据应用、场景运营、敏捷响应4项能力。

在经济增长方式由投资驱动型增长转向创新驱动型增长的宏观背景之下，制造业竞争力已从成本优势转向效率优势。推出新的产品或者改进产品与服务，改进和优化业务流程，多渠道提升客户的参与度和交易体验，已经成为能源化工行业智能化升级的前三大驱动力。智能制造将助力构筑更高效、更清洁、更经济的现代能源体系，推动石化产业形成新格局。传统企业要积极拥抱互联网，通过内聚外联、规模创新，迈向扁平化、平台化、生态化，产业格局也要从产业生态链向产业平台生态网络进化。尤其是石化企业，应以客户为中心，对内实现业务增长、效率改善，对外实现价值挖掘、体验重塑，不断激活力、增动力、提效率，创新商业新生态，发展平台经济，打造新的效益增长点。同时，利用新一代ICT技术，赋能各业务环节，提高石化企业的生产效率、安全性、可持续性。

石化行业智能化升级，需要经历3个阶段：首先是业务赋能，其实质是技术转型，打造智能制造基础能力，实现业务数字化，以加强业务协同，提升运行效率；其次是运营优化，主要是指优化生产管理模式、运营管理模式、产品服务模式，以实现动态响应环境变化，提高资源优化能力；最后是模式再造，其核心是从业务数字化向数字化业务转变，形成商业新业态、产业新组织，创造新的效益增长点。

智能制造必须从业务视角主动思考智能化的目标和路径，要加强数据治理，实现"数据—信息—知识—资产"的转变，推动企业建立高效的数据驱动的运营管理模式，提升智能决策、精益制造和精准服务能力，最终实现数据质量可信化、数据服务敏捷化、数据提供共享化、数据应用自助化、数据治理精益化；还要聚合竞争优势，围绕价值链创新，通过赋能优化、模式再造两个路径来实现企业成本降低和价值增值，同时实现三个突破，即管理流程自动化和生产过程自动化融合的突破、面向过程的感知装备和工业软件的突破、一体化数据治理体系建设的突破。

数据，就是数字经济时代的"石油"。面向数字经济时代智能制造新的阶段，我们要认识到数字经济有三个基础：数字技术、数字基建和数字要素。数字技术就是物联网、移动互联、AI、区块链、云计算、边缘计算和金融科技等。但是光有技术是不够的，数字经济的运行发展需要新一代数字化基建作为支撑。我国把5G、工业互联网、人工智能等作为经济社会发展的新型基础设施，这些基础设施都是以数据和网络为核心的，本质上它们是数字经济的基础设施。新基建的意义就好比在农业经济时代我们大修水利，在工业经济时代我们修路桥、建机场。在数字经济时代，做好数字基建会给数字经济发展带来巨大的带动效应。随着新技术和新基建的发展，我们还有一个关键的要素就是数据。因此，数字技术是数字经济的技术基础，数字基建是数字经济的支撑载体，数据是数字经济的新型生产要素。数据作为新型生产要素，是数字化、网络化、智能化的基础，已快速融入生产、分配、流通、消费和社会服务管理等各个环节，深刻改变着生产方式、生活方式和社会治理方式。我国具有数据规模和数据应用优势，积极探索推进数据要素市场化，加快构建以数据为关键要素的数字经济，对贯彻新发展理念、构建新发展格局、推动高质量发展具有重要意义。就制造企业而言，打造智能工厂的一个重要基础工作就是健全数据这个新的生产要素，打破数据壁垒，消除"数据孤岛"和"数据烟囱"，实现数据治理的统筹与协调，进而提高数据资源的利用效率。

智能制造发展指数

INTELLIGENT MANUFACTURING DEVELOPMENT INDEX

智能制造发展指数

INTELLIGENT MANUFACTURING DEVELOPMENT INDEX

中国信息通信研究院和中央广播电视总台财经节目中心联合发布智能制造发展指数（区域）

2023年5月30日，中关村论坛智能制造创新发展平行论坛在京举办。本次论坛聚焦智能制造，为产业各界提供一个凝聚智能制造理念共识、交流热点议题、发布实践成果的合作对话平台，共同推动智能制造创新发展。

工业和信息化部党组成员、副部长辛国斌在论坛上致辞

工业和信息化部党组成员、副部长辛国斌出席论坛并致辞，他指出，近年来，中国智能制造取得长足进步，智能工厂建设水平持续提升，智能制造支撑产业不断壮大，重点区域转型步伐明显加快。下一步，我们将与各国企业一道，共同探索更加敏捷、更为高效、更可持续的未来制造模式，共同打造工艺水平提升、生产过程优化、资源统筹协调等解决方案，共同构筑先进实用、供需适配的智能制造标准基础，合力打造开放创新、协同共享的智能制造发展生态，奋力开创更加智慧、更加美好的经济社会未来图景。

智能制造发展指数（区域）暨"2022年度智能制造城市二十强"发布

由中国信息通信研究院和中央广播电视总台财经节目中心共同研究构建的智能制造发展指数（区域）正式发布。这套指数体系能够客观、全面、科学地评价区域智能制造发展水平，为各地区明确下一阶段智能制造的发展目标和重点，提供科学客观的参考指引。

智能制造发展指数（区域），从产业基础、要素投入、技术创新、应用推广、产业供给、保障支撑、综合成效7个方面开展评价，下设14个二级指标。

国家智能制造专家委员会委员、中国信息通信研究院两化所所长朱敏介绍，每个指标都可以量化，各地方可以通过这样一套指数，很直观地看到本地区的智能制造建设成效，能够对近年来智能制造的整体发展态势有一个非常全面深入的分析。这将帮助各地方在下一阶段更好地明确自己的重点方向和重点任务，推动制造业数字化智能化发展。

基于智能制造发展指数（区域）的测算，中国信息通信研究院面向全国近 300 个地级市采集数据，计算产生"2022 年度智能制造城市二十强"，上榜城市为：长沙、常州、成都、东莞、佛山、福州、广州、杭州、合肥、南京、南通、宁波、青岛、苏州、深圳、武汉、无锡、西安、厦门、郑州（按拼音首字母排序）。

据了解，智能制造发展指数（区域）先期已在全国多个城市和园区进行试点，试点结果表明，该指数体系能够客观、全面、科学地评价区域智能制造发展水平，并为政府精准施策提供参考。

国家智能制造专家委员会委员蒋白桦表示，建议各地方建立区域智能制造水平定期评价机制，依托此次发布的智能制造发展指数（区域）开展量化评估，总结发展成效，并与其他地方进行对标分析，为精准施策提供借鉴。

研究构建智能制造发展指数（区域）
明确下一阶段智能制造发展方向和路径

中国信息通信研究院

一、工作背景

智能制造是先进制造技术与新一代信息技术融合创新的交汇点，是制造强国建设的主攻方向。"十四五"时期，我国智能制造发展由试点示范向大规模推广阶段演进，区域将成为智能制造工作推进的主阵地，区域智能制造发展情况关系到我国制造业整体水平提升。在这样的背景下，开展智能制造发展指数（区域）研究，构建一套具备中国特色的智能制造水平评价体系具有十分重要的意义。一是助力全面摸清我国智能制造发展底数，为下一步政策制定提供参考；二是引导地方加大智能制造领域投入力度，加快智能制造行业推广步伐；三是有效总结我国智能制造发展成效，提炼形成一批成熟的经验模式。

在此背景下，为贯彻落实《"十四五"智能制造发展规划》中提出的"建立长效评价机制，研究发布行业和区域智能制造发展指数"的工作要求，深入开展智能制造应用推广，中国信息通信研究院联合中央广播电视总台财经节目中心，研究构建了智能制造发展指数（区域），提出了一套评价指标体系，主要用于科学客观地评价各个城市的智能制造发展水平，为政府精准施策提供参考借鉴。

二、构建思路

通过对国内外有关区域竞争力、区域经济、区域制造业等数十份评价指标体系的研究，我们认为区域智能制造发展的内涵是：在区域具备一定的工业基础上，通过资金、政策、人才等各类要素资源投入，带动智能制造技术创新、应用推广、供给夯实、支撑完善，实现区域制造业产出效率、效益水平等大幅提升。因此智能制造发展指数（区域）采取"基础—投入—过程—产出"的思路构建，如下图所示。

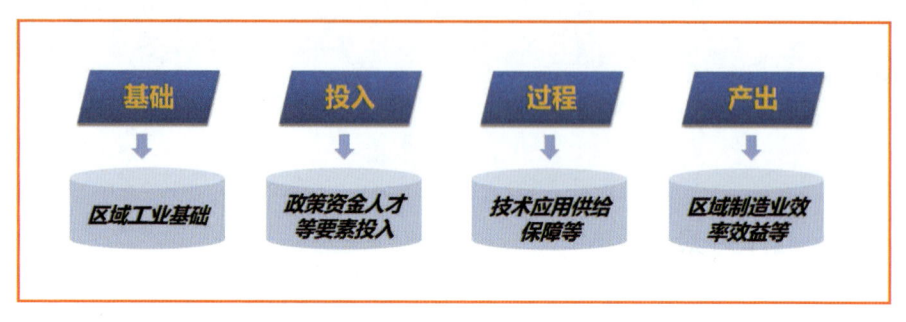

基础 → 区域工业基础　　投入 → 政策资金人才等要素投入　　过程 → 技术应用供给保障等　　产出 → 区域制造业效率效益等

智能制造发展指数（区域）构建思路

此外，智能制造发展指数（区域）主要用于评价某一城市或园区的智能制造发展水平，并基于统一评价体系实现区域间以及不同时间维度的对比。因此指标体系的选取：一是需要具备针对性，紧扣智能制造这一核心要素，选择最为相关的评价维度作为一级指标。二是需要考虑数据可获性，所选择的指标需要有稳定、可靠的数据来源，不宜过多过细。三是需要体现客观性，指标均为可获得的量化数值，以便于开展区域间对比，并能结合时间周期进行迭代更新。

三、指标体系

智能制造发展指数（区域）主要包括 7 个一级指标和 14 个二级指标（见表 1）。一级指标从产业基础、要素投入、技术创新、应用推广、产业供给、保障支撑、综合成效 7 个方面综合评价区域智能制造整体发展水平。

表1 指数指标体系

一级指标	二级指标	表征意义
产业基础	工业增加值	区域工业基础情况
要素投入	智能制造政策数量	区域政策支持情况。包括但不限于智能制造领域的发展规划、行动计划、实施方案等系列政策文件
	工业技改投资与工业增加值的比例	区域资金投入情况
	智能制造人才培养载体数量	区域人才培养情况。根据"《智能制造工程》专业高等院校数量"和"智能制造《职业教育示范性虚拟仿真实训基地》数量"综合计算
技术创新	智能制造专利授权数量	区域技术创新发展情况
应用推广	智能工厂普及率	区域智能制造能力成熟度二级及以上企业数量与区域内开展自评估的企业数量比例
	智能制造示范工厂和优秀场景总数量	区域智能制造领先企业发展情况
产业供给	智能制造装备产业规模	区域智能制造装备产业供给情况
	工业软件产业规模	区域工业软件产业供给情况
	智能制造系统集成解决方案产业规模	区域智能制造系统集成解决方案产业供给情况
保障支撑	5G基站数量	区域网络基础设施发展情况
	工业互联网平台数量	区域平台基础设施发展情况
综合成效	制造业全员劳动生产率增速	智能制造带动区域制造业产出效率提升情况
	制造企业利润率增速	智能制造带动区域制造业效益水平提升情况

305

智能制造发展指数（区域）最大的特点是各个指标均可量化。各省（自治区、直辖市）相关主管部门可通过智能制造发展指数（区域）对本地区的智能制造水平进行量化评价，直观了解智能制造发展成效，与其他地区进行全面对比，也可对本地区近年来的智能制造发展趋势进行深入分析，这有助于明确下一阶段本地区智能制造发展的重点方向和重点任务，引导智能制造领域的资源配置效率实现最大化，助力制造业数字化智能化发展。

四、计算方法

智能制造发展指数（区域）采取标杆值的方式进行计算：选择若干个发展水平较高的区域，计算其指标平均值作为标杆，既反映当前智能制造发展的最优水平，提供发展对照；还提供统一的基准，方便后续对比。具体如下：

首先以工业增加值为标准，选取全国工业化基础较好的前十名城市，分别计算各个城市二级指标的平均数，作为各指标的标杆值。然后计算某城市各个指标相对于标杆值的测评值，实现无量纲处理，最后结合各个二级指标的综合权重加总得到某城市的智能制造指数值。

基于以上计算方法，计算出"2022年度智能制造城市二十强榜单"。

后记

POSTSCRIPT

大型融媒体报道《智造中国》
全景展示智能制造"中国方案"
记录制造强国建设进程

斯 琴 央视财经大型融媒体报道《智造中国》总导演

"最快100秒下线一台发动机""1.7秒生产一枚动力电池电芯""我国高端数控机床实现智能化突围"……在《智造中国》大型融媒体报道节目（以下简称"节目"）播出的那段时间，这些由节目产生的热搜话题经常让创作团队的同事兴奋不已。而来自各界的评论和反馈，更是让我们振奋，"为中国制造骄傲""自豪感倍增！对未来中国经济发展、制造业高质量发展充满信心！"……让亿万观众通过镜头看到新时代中国制造的实力，是我们策划大型融媒体报道《智造中国》节目的初心，而这一刻，得到了业界和观众的同频共振，节目全网总阅读点击量突破1亿次，产生了25个热搜话题。对于一档内容专业、离百姓日常很远的制造业节目来说，这些反响，凝聚着国人对中国制造的共同信心！

智造中国

央视财经大型融媒体报道作品集

习近平总书记指出，"要坚持把发展经济的着力点放在实体经济上，深入推进新型工业化，强化产业基础再造和重大技术装备攻关，推动制造业高端化、智能化、绿色化发展。"[1]

智能制造是推动产业技术变革和优化升级的主攻方向。从高端装备到精密仪器，从重大工程到基础材料，"中国制造"正走向"中国智造"。智能制造究竟带来了怎样的效率和动力变革？持续创新自强、不断转型升级的中国制造，正发生怎样的蜕变？在党的二十大召开前夕，由中央广播电视总台和工业和信息化部共同打造，中央广播电视总台财经节目中心推出的《智造中国》大型融媒体报道节目，首次采用"大型电视直播+新闻特写+权威访谈"的融媒体报道形式，系统梳理和展现我国产业、企业探索践行智能制造的生动鲜活场景，报道制造业数字化转型、智能升级的实践成果，展现我国制造业和实体经济发展的强大活力和内生动力。

《智造中国》大型融媒体报道历时近两个月、行程3万多千米，深入全国16个省（自治区、直辖市）前沿的智能制造场景进行大型直播报道，节目还专访了10余位省（自治区、直辖市）的领导。他们走进工厂车间，从一个技术细节、一条智能生产线讲起，对本省的技术创新案例、智能制造场景如数家珍，再以宏观、权威视角介绍促进全省发展智能制造发展的政策举措，直击问题难点、确立未来目标，凸显了节目的权威性和全局性；而节目的人物特写报道，则用微观视角，通过一线生产者的经历和感触，讲述中国制造不断发展壮大的历程和故事。

节目播出后，在业界和各地引起了广泛热烈的反响，得到了工业和信息化部、国有资产监督管理委员会官方微博微信平台、新华社、人民日报、网易新闻、澎湃新闻、今日头条，以及各地主流媒体、行业企业媒体等100多家平台的广泛传播。

工业和信息化部评价："节目生动展示了智能制造推动各地传统优势产业转型升级、赋能战略性新兴产业创新发展的最新成果，宣传推广了数字赋能产业、加快制造强国建设的地方经验，展现了我国制造业和实体经济发展的强大活力和内生动力。此次直播活动意义重大，为各地坚定加快实施智能制造营造了良好氛围。在经济下行压力增大、外部环境日趋严峻复杂的形势下，连续、积极的报道有利于提振

---

[1] 新华社. 习近平在参加江苏代表团审议时强调：牢牢把握高质量发展这个首要任务 [EB/OL]. (2023-03-05). [2023-10-27]. https://www.gov.cn/xinwen/2023-03/05/content_5744877.htm.

信心,为推动制造强国和数字中国建设增强干劲和动力。"

四川、广东、安徽、河北、湖北、江苏等省份接受节目专访的副省长及相关地方主管部门领导,都对节目的品质和专业水平给予了高度评价。

在节目收到的众多反响和评价中出现了三个高频关键词——"专业""通俗""高颜值"。回头来看,这里既有老老实实下的"笨功夫",也有大胆突破做的"新探索"。

一、深度合作、精挑细选,打好专业的"底"

《智造中国》大型融媒体报道节目想要系统地梳理和展现我国智能制造发展的最新成果。那么,哪些区域、哪些行业、哪些企业、哪些场景最具代表性?中央广播电视总台财经节目中心报道团队与工业和信息化部相关司局、主要研究院所、业界权威专家、各地工业主管部门,共同组成了阵容强大的专家团,进行节目直播点和报道案例的筛选。

首先是海选。由各地工业主管部门推选技术最先进、最适合电视化呈现的智能制造场景。为了避免各地理解不一、层层落实过程中的信息衰减问题,由专家团先一起商讨打磨出一张推荐标准表格,其中既有体现智能制造先进性的专业指标,如应用技术、智能制造成熟度等级,也有从电视节目制作和视觉化呈现等角度提出的指标,如活动空间、光线、噪声等,最大限度地保证了推荐的案例和直播点的质量。

随后是多轮筛选。由专家团进行一轮又一轮的评估、讨论、筛选,最终确定了最具代表性、先进性的16个省(自治区、直辖市)及其智能制造企业和场景。这些直播点和案例,从全局视角看有代表性,从行业场景看也充分考虑了差异化。最关键的是,这些直播点是否适合电视化呈现?是否具备大型直播的条件?节目制作团队的记者和技术人员必须实地调研,评估效果。

历时半年的精挑细选,为节目选材和节目的视觉化呈现,都打好了专业的"底"。而接下来的挑战是——"去专业化"。如何把高深专业的制造业内容精准地"翻译"成通俗生动的大白话?又如何把冰冷复杂的制造设备拍出"高颜值"?

二、创新新闻语态和表现形式，让制造业直播报道通俗生动、"高颜值"

制造业的工厂车间、技术、设备，对于以视觉化为主的电视报道受众来说，不熟悉、不好看、专业难懂。如果还要用电视直播的方式来呈现，那无疑具有更多的限制和挑战。《智造中国》大型融媒体报道节目探索用创新的新闻语态、精巧的环节设计和丰富的视觉化表现形式，让制造业直播报道通俗、生动、好看。

1. 设计互动环节，拆解专业概念

在节目组，记者必须具备一个能力，就是在短时间内从一个"门外汉"变身"科普达人"，把晦涩难懂的制造专业术语精准地"翻译"成大白话。不过很多时候，光靠"说"依然很抽象，于是，在直播中设计生动直观的互动环节拆解专业概念，成了节目的创新形式。

在浙江的直播节目中，数字孪生概念贯穿始终，这个在智能制造中先进的、应用广泛的技术，对普通受众来说却非常陌生。此次直播，通过现场验证的方式，引导观众主动思考并理解数字孪生等专业概念。节目开篇就向观众介绍这里有线上线下"两个"工厂——虚拟工厂和实体工厂。那么它们的"孪生"如何体现？首先画面展现了虚拟工厂的大屏幕，屏幕显示一辆AGV正在运行，然后再由导播把画面切到对应的实体工厂里，这辆小车在同步运行，并且行进路线完全一致。这样直观的呈现，不仅让观众看到两座工厂的关联，也便于观众更好地理解数字孪生概念。

2. 从消费品入手：通俗易懂、鲜活可感

节目选择消费品作为一些直播的切入点，因为消费品贴近生活，是最直观和便于观众理解的内容。如福建的直播点选择一家个性化定制、规模化定制的鞋业工厂。节目呈现了记者从现场测量双脚数据，到拿到一双鞋的生产全过程。节目在展现细节的同时，穿插阐述了产业依靠智能制造转型升级的背后逻辑：重塑生产流程、解决行业痛点、寻找传统行业的升级之路。

而广东的直播点在全球规模最大的微波炉工厂。节目一开始，先展示了一桌色香味俱佳的菜品：清蒸石斑鱼、辣子鸡、法式甜品……而旁边就摆放着制作这些丰

后 记

富菜品的智能化微波炉，它已经能做出2000多种菜品了。紧接着，话题切入了功能不断升级的微波炉背后的智能制造。记者现场介绍了快速迭代升级的多款微波炉，并且对其核心零部件进行了拆解展示，进一步讲解其如何提升微波炉的性能。这些都让专业难懂的智能制造技术工艺，变得通俗易懂、生动可感。

3. 另辟蹊径，打造独特的直播报道

《智造中国》大型融媒体报道节目做了近20场大型直播，遇到的挑战经常是来自直播场地的条件限制。但最值得拍的智能制造场景就在那儿，排除万难、实现直播，是节目组同事们的信念。

湖北是目前国内最大、品类最全的中小尺寸显示面板的生产基地，为了呈现国产屏幕的智能制造过程，直播地点选在了国内领先的柔性显示屏生产车间。但这里的洁净程度堪比医院的ICU病房，要进去必须穿严实的连体防尘服。经过商议，直播团队决定另辟蹊径、大胆突破，来一场"不露脸"的直播。穿着连体防尘服的记者，干脆把这个智能车间如何防尘作为一个切入点，介绍了现场的很多细节：所有人都戴着两层口罩、两次洗手、踩过粘尘垫，穿过风淋室后才能进入车间，包括直播设备都严格消毒。而在车间地板上，布满了细小的孔，地板下面是一个个直径35厘米的桶形大孔，它的作用是让空气中的微尘通过孔洞直接流到地下，净化过的洁净空气从天花板的细孔送入，厂房越洁净，生产出来的屏幕品质就越高……记者"探秘"的语态，配合充满细节的画面，让原本专业、陌生的"冷知识"变得生动有趣。

在复杂严苛、专业性很强的智能制造场景中，节目直播团队创新理念、独辟蹊径，打造了"独一份儿"的专业直播报道。

4. 用画面说话：技术创新应用带来的精彩视觉呈现

习近平总书记强调，"党报、党刊、党台、党网等主流媒体必须紧跟时代，大胆运用新技术、新机制、新模式，加快融合发展步伐，实现宣传效果的最大化和最优化"。[1]

---

[1] 新华社．习近平主持中共中央政治局第十二次集体学习并发表重要讲话[EB/OL]．(2019-01-25)．[2023-10-27]．https://www.gov.cn/xinwen/2019-01/25/content_5361197.htm．

智造中国
央视财经大型融媒体报道作品集

中央广播电视总台不断深化"思想＋艺术＋技术"融合创新，给《智造中国》大型融媒体报道节目的视觉呈现创造了巨大的创新突破空间。

（1）GoPro：主观镜头模拟机器视角，带领观众感受生产节拍

在辽宁沈阳的直播连线《智造中国：探秘全国最大机器人产业基地》节目中，着重介绍智慧工厂的运作过程，冰冷的机器本身与大众生活有距离感，生产线外的围挡也会阻隔更多细节的展示。这期节目把 GoPro（随拍摄像机，特点是小巧便携、运动拍摄稳定）固定在 AGV 上，以穿梭在工厂里的小车的主观视角，带观众感受真实的生产节拍。在福建、山东、广东、湖南、浙江等地的多场直播当中，GoPro 被固定在不同的机器设备上，让直播的视角变得空前丰富和新奇。

辽宁沈阳：探秘全国最大机器人产业基地机器人如何赋能工业生产

（2）穿梭机：穿越"巨型工厂"和"大国重器"，犹如 VR 历险的视觉冲击

四川的直播连线节目《四川德阳：走进大国重器诞生地，看"老厂房"的蝶变新生》是在一座长 400 米、高 33 米的巨型工厂里完成直播的。这座厂房始建于三峡工程建设时期，当时被称为"中华第一跨"。工厂的地面上遍布着大型装备、空中是纵横的天车，如何用直播镜头去展现这个令人震撼的场景呢？直播团队选择了穿梭机。直播的开头，穿梭机就伴随着记者的解说，飞速穿越长 400 米的巨型工厂，一路上在各种大型装备之间闪转翻飞，犹如带着观众做 VR 的山谷探险，这样的设备运用和镜头诠释打破了空间局限，使画面充满了视觉冲击力。

由于厂内的装备和产品体型较大、记者直播行走路线跨度较大，节目中采用了航拍接力的方式进行全景展现。在航拍画面中，人与大空间、大装备之间的对比反差，产生了强烈的视觉冲击，小小的身影穿行在大大的装备之间，大国重器的气势扑面而来。

后 记

四川德阳：走进大国重器诞生地，看"老厂房"的蝶变新生

（3）"小快灵"外场融媒体制作系统突破局限，创造更多可能性

节目的首场直播，是在地下 30 米深的一处隧道里顺利完成的，如果没有中央广播电视总台技术局提供的一套外场融媒体制作系统，如此大胆的直播设想是很难实现的。

与以往的制作系统相比，这套系统的特点和优势就是"小快灵"。它创新性地采用了 IP 化的融媒体切换台，突破了传统切换台信号格式不兼容的问题，可以把传统 4K 摄像机、运动相机、4K 遥控云台摄像机、航拍机、穿梭机、手机等一系列采集设备直接接入直播系统，极大地丰富了直播的视觉表现手段。

另外，这套外场融媒体制作系统还能实现在各种苛刻的环境下进行搭建和工作。整套系统不需要大功率供电，系统内还配备了便携式 UPS，为系统供电提供充足的安全保障。一套系统配备 3~4 名技术人员就能满足一个直播点位的搭建、调试和运行工作，还能为直播提供灯光、动力、信号回传等技术支持。

三、从大型融媒体报道到行业指数发布

打造专业影响力，记录和推动制造强国建设进程

作为中央广播电视总台、工业和信息化部共同打造的大型融媒体报道，《智造中国》节目采用创新的新闻语态和丰富的视觉化表现形式，挖掘出了制造业的"网红"潜质，树立了中国制造的国民信心。同时，因其在专业化表达上的高水准，使《智造中国》在制造业领域初步形成了一个 IP。

智造中国
央视财经大型融媒体报道作品集

与《智造中国》16个省（自治区、直辖市）的大型融媒体报道节目呼应，2023年5月，在中关村论坛上，中央广播电视总台财经节目中心与中国信息通信研究院合作编制发布了"智能制造发展指数"，建立了一套符合中国特色、科学系统的智能制造发展评价指标体系，动态反映和推动制造强国建设进程。

习近平总书记强调，"把高质量发展的要求贯穿新型工业化全过程，把建设制造强国同发展数字经济、产业信息化等有机结合，为中国式现代化构筑强大物质技术基础。"[1]

作为时代发展的见证者和记录者，中央广播电视总台坚持以创新为主基调、主旋律，深入推进"思想＋艺术＋技术"融合传播，与时俱进地以新语态阐释新思想、以新传播讴歌新时代。我们希望通过不断创新的高品质节目和持续打造的专业影响力，传递和汇聚更多共识和信心，成为记录和推动制造强国建设进程中的重要力量。

---

1 新华社. 习近平就推进新型工业化作出重要指示强调：把高质量发展的要求贯穿新型工业化全过程 为中国式现代化构筑强大物质技术基础. 中国政府网 [EB/OL]. (2023-09-23). [2023-10-27]. https://www.gov.cn/yaowen/liebiao/202309/content_6905885.htm.

N